검은 모나리자

검은 모나리자

ⓒ 박찬순

| 1판 1쇄 발행 | | 2023년 6월 2일 |
| 1판 2쇄 발행 | | 2023년 7월 4일 |

지은이		박찬순
펴낸이		정홍수
편집		김현숙 이명주
펴낸곳		(주)도서출판 강
출판등록		2000년 8월 9일(제2000-185호)

주소		서울시 마포구 동교로17안길 21 (우 04002)
전화		02-325-9566
팩시밀리		02-325-8486
전자우편		gangpub@hanmail.net

값 15,000원
ISBN 978-89-8218-319-5   03810

검은 모나리자

박찬순
소설집

강

차 례

검은 모나리자

천천히 자전거 페달을 밟으며 희진은 생각했다. 사람의 일이란 정말이지 한 치 앞을 내다볼 수 없다는 말이 맞는지도 모른다고. 바퀴가 구를 때마다 생각의 바퀴도 함께 굴러갔다. 지난 초가을까지만 해도 청소년 글짓기센터 강사로 나가던 자신이 지금은 파리에서 자전거로 음식 배달을 하고 있는 거였다. 서울의 따릉이와 같은 공공 자전거 벨리브는 삼십 분까지는 무료여서 그동안에도 몇 번 이용한 적이 있었다. 하지만 오늘은 임무 수행을 위한 행보여서 페달을 밟는 발에 좀 더 힘이 실리는 느낌이었다. 마스크 밑에서 서서히 숨이 차오르는 것을 느끼면서 그녀는 조금씩 가속 페달을 밟았다. 실외 마스크 쓰기가 의무화되었지만 파리 거리의 행인들 중 절반가량은 쓰지 않고 있었다. 희진은 속도를 더 내기 위해 갑갑한 마스크를 벗어버리고 싶었다. 하지만 십팔만 원이나 되는 벌금도 부담이지만 남의 나라에 와서 규칙을 어기고 싶지는 않았다. 식당에 일이 밀려 있어 빨리 움직여야 하는데 마스크는 벗을 수 없고, 몹시 난처한 상황이었다. 가쁜 숨을 참아가면서도 페달을 조금 세게 밟을 때면 등에 잠자는 아기를 업은 듯 가슴이 조마조마했다. 등에 멘 상자 속의 내용물이 쏟아질까 염려되어서였다.

"페달을 밟을 때 꼭 신경 써야 할 게 있어요. 등짝의 각도요."

한식당 코스위티의 소년 배달부 아둠의 말이었다. 얼마 전 희진이 자전거를 타고 아둠의 배달길에 따라나섰을 때였다. 꼭 그의 무단결근에 대비해서는 아니었고 그저 지리를 익힐 겸 재미 삼아 따라나선 거였다. 그날 희진은 아둠이 배달 일에 세심하게 정성을 쏟는 것을 보고 적잖이 놀랐었다. 그만큼 자기 일에 진정인 아이가 웬일로 새해 첫날 연락도 없이 결근을 했다. 전화나 문자에도 답이 없어 하는 수 없이 희진이 대타로 나선 거였다. 늘 하던 테이블 세팅과 홀 관리, 그리고 홈페이지 업데이트는 오늘 하루 다른 사람에게 맡겼다.

희진이 기행문 대필을 위해 파리에 온 것은 지난해 10월 초였다. 문창과를 다닐 때 소설작법 강사로 나왔던 소설가 H의 대필 제안을 받고서였다. 자신이 코로나에 걸려 출국이 어려워졌으니 대신 다녀오라는 얘기였다. '팬데믹 속 문학 기행—

작가는 어떻게 기억되고 있나'를 주제로 유럽의 여러 도시를 취재하는 일이었다. 그러니까 코로나는 그녀에게서 일자리를 빼앗기도 하고 또 다른 일거리를 마련해주기도 하는 동전의 양면인 셈이었다. 대필이라는 것이 조금 씁쓸했지만 문창과를 졸업하고 나서 등단도 취업도 하지 못한 주제에 들어온 기회를 마다할 수는 없었다. 게다가 항공료와 숙박비에 취재비까지 넉넉하게 책정되어 있었다. 문예지 측과는 이미 합의를 했다고 H는 말했다. 두 사람이 원고 내용을 협의하고 H의 최종 검토를 거친다는 전제하에 '공동 필자'로 명기하기로.

정기적으로 나가던 탈북 청소년 글짓기센터는 언제 다시 문을 열지 기약이 없었다. 말이 글짓기 강사이지 아이들이 쓴 글을 두고 첨삭 지도를 하며 대화를 나누는 상담사 같은 역할이었다. 하지만 교통비 정도만 지급되는 자원봉사 차원이어서 언제 그만둘까, 고민 중이었는데 코로나가 터진 거였다. 잘됐다, 싶으면서도 한편으로는 마음이 짠하기도 했다. 제일 마음에 걸리는 아이가 철웅이었다. 웅이는 탈북 과정에서 입은 상처 때문인지 수업 중에도 갑자기 공포에 떨며 경련을 일으키고는 했다. 하지만 다시 글짓기센터로 돌아간다는 생각을 하면 솔직히 꺼려지기도 했다.

가까운 곳은 걸어서 배달을 다 끝내고 마지막 목적지인 스트라스부르 생드니로 가는 길. 자전거로 오 분 거리여서 가뿐하게 다녀올 수 있는 곳이었다. 단지 마음에 걸리는 것은 정식으로 플랫폼에 등록을 하지 않았다는 점이었다. 새해 첫날이어서 배달부를 구할 수가 없다며 주인이 자신의 얼굴을 쳐다보았을 때 도저히 외면할 수가 없었다. 아둠과 함께 고객들 집을 다녀본 직원은 자신뿐이기 때문이었다. 하지만 조심스러울 수밖에 없었다. 만약 노동 허가증과 취업비자 없이 일하다가 들키기라도 하면 큰 화를 당할 수도 있었다. 본인은 물론 업주에게도 근로소득세 포탈 혐의로 고액의 벌금이 내려진다고 했다. 아무튼 오늘은 어쩔 수 없었지만 배달부 역할은 이것으로 끝내야만 되었다.

그런 걱정 가운데서도 희진은 아둠에 대한 생각을 멈출 수가 없었다. 그와 함께했던 순간들이 하나하나 머릿속에 펼쳐지고 있었다.

'그림을 그리고 싶었는데……'라는 말과 함께 촉촉이 젖어오던 유난히도 큰 눈. 이젤과 물감을 사주고 그를 교포 화가가 운영하는 청소년 미술학교에 데려갔던 날, 아이의 기본 소양을 못 미더워하는 화가 J를 설득하느라 진땀을 흘리던 순간.

"애는 프랑스어에다 영어도 잘해요. 파리에 와서 삼 년 동안 좋은 양부 밑에서 필요한 건 거의 다 배운 것 같아요. 제가 보기에 감수성도 풍부하구요. 받아주시면 제가 아이들 루브르 데려가는 자원봉사 해드릴게요."

화가와의 오랜 실랑이 끝에 어렵사리 아둠은 미술학교 입학이 허락되었다. 희진은 화가와의 약속대로 아둠을 포함해 아프리카와 동남아 등에서 이민 온 청소년들을 데리고 루브르로 갔다. 코로나에도 불구하고 박물관은 전 세계에서 몰려온 인파로 붐볐다. 그중에서도 드농관 일층 모나리자 전시실은 발 디딜 틈이 없을 정도로 인기였다. 사람들은 모나리자 앞에 마치 경배하는 듯한 자세로 서서 좀처럼 떠날 기미를 보이지 않았다. 팬데믹 시대에도 아름다움을 향한 인간의 갈망은 막을 수가 없는 듯했다. 희진은 아이들을 데리고 몇십 분을 서 있었지만 줄은 쉽게 줄어들지 않았다. 한 시간을 기다려 마침내 그림 앞에 섰을 땐 일행 중에서 자신과 아둠만 남아 있었다. 뒤돌아보니 다른 아이들은 기다리다 지쳤는지 줄에서 빠져나가 멀리서 멀뚱멀뚱 사람 구경만 하고 있었다. 모나리자 앞에 서 있는 동안 희진은 아둠에게 그림 얘기는 전혀 하지 않았다. 뭔가 선입견 없이 자신의 눈으로 그림을 볼 수 있도록.

그리고 나서 얼마 후 희진은 전시회에 초대되었다. 아둠이 미술학교에 자신을 보호자로 등록했기 때문이었다. 아둠의 그림 앞에 선 희진은 가슴속에서 잔잔한 파동이 일어나는 것을 느꼈다. 검은 모나리자를 그릴 줄은 전혀 예상치 못했었다. 거기에는 검은 피부에 큰 눈과 도톰한 입술, 그리고 붉거진 광대뼈를 지닌 새로운 모나리자가 서 있었다. 야윈 얼굴에 군살이라고는 찾을 수 없는 홀쭉한 몸매의 여인은 손에 곡괭이를 들고 있는 것으로 보아 밭에서 돌을 캐내다가 잠시 허리를 편 듯한 모습이었다. 여인은 머리에 흰색의 스카프를 꽁꽁

동여매고 겨자색 바탕에 청색 줄무늬가 찍힌 원피스를 입고 있었다. 희진의 눈은 마디가 툭툭 불거지고 갈고리가 다 된 그녀의 손에 가서 한참을 머물렀다. 하지만 가장 인상적인 것은 그녀의 표정이었다. 웃을 듯 말 듯 신비롭고 아련한 다빈치의 그림과는 달리 아둠의 것은 깊고 고요한 눈에 슬픔과 우수가 어려 있었다. 온갖 시련을 다 겪은 뒤 그저 담담하게 주어진 일을 하고 있는 일상 속 여인의 모습이었다. 곁에 있던 화가 J가 말을 건넸다.

"희진 씨와 같이 루브르에 다녀오고 나서 수업 시간에 그린 거예요. 박물관에서 본 걸 그려보라고 했더니 마당에 있는 피라미드를 그린 아이들도 있었지만 대부분이 모나리자를 그렸어요. 모두가 하얀 모나리자였죠. 아둠만 빼고요. 이 친구에게는 아마도 콩고에서 본 익숙한 광경이었나 봐요. 여자들이 힘든 육체노동을 하는 모습이죠. 어쩌면 마음속으로 어떤 바람을 갖고서 그렸는지도 모르겠어요. 여인들에게 좀 더 나은 삶이 오기를. 어쨌든 이 그림을 보면 일단 마음의 안정은 찾은 것 같아요. 그래서 자긍심이 되살아나 자신의 모나리자를 그린 게 아닐까요? 양부 집에서 쫓겨나면서 마음을 많이 다쳤을 텐데. 정말 궁금해요. 무엇이 아이에게 그런 자긍심을 갖게 했는지."

그날 숙소로 돌아오는 길에도 희진은 J의 말이 머리에서 떠나지 않았다. '무엇이 아이에게 그런 자긍심을 갖게 했는지.'

그것이 무엇인지는 희진도 알 길이 없었다. 다만 며칠 뒤 누구를 모델로 그렸느냐고 물어본 적은 있었다.

"그냥 엄마랑 동네 아주머니들요."

아둠의 대답을 들으며 희진은 생각했다. 검은 모나리자의 얼굴에 어린 수심은 어쩌면 오랜 내전의 그림자일지도 모른다고. 그렇다면 아둠이 그 아픈 역사를 알고 있었을까? 반드시 그런 것 같지는 않았다. 그가 태어나기 수십 년 전의 일이었다.

그런데 지금 희진의 마음은 전시회 때의 그 뿌듯함과는 달리 오로지 불안으로 가득 차 있었다. 아둠은 어디서 새해를 맞고 있을까. 혹시 그 악명 높은 새해맞이 '제야의 불놀이'에 가담한 것은 아닐까. 설마 어제 알자스의 작은 도시, 스트라스부르로 가진 않았겠지. 십여 년 전 최초의 자동차 연쇄 불놀이가 시작되었던 곳. 아니면 파리 시내 어느 주차장이었을까. 결코 그럴 리 없다고 생각하면서도 왠지 새해 첫날의 무단결근은 수상쩍게 여겨졌다. 오늘 아침 티브이 화면에서 화염에 싸인 자동차들을 보자 의심의 그림자는 더욱 커져만 갔다.

경찰은 지난밤 전국에서 894대의 자동차가 불에 탔다고 밝혔다. 코로나 사태로 그나마 예년에 비해 줄어든 수치였다. 현장에서는 수십 명의 방화 혐의자들이 검거되었고, 수백 명이 수배 중이라고 했다. 무슨 새해맞이 의식인 양 해마다 제야만 되면 십여 년째 반복되고 있는 자동차 연쇄 방화 사건이었다. 기자는 주로 사회에 불만이 많거나 범죄를 은폐하려는 사람들, 또는 보험사기에 관련된 사람들의 소행으로 추측된다고 보도했다. 희진은 뉴스를 들으며 고개를 저었다. 아둠은 그 세 가지 모두에 해당되지 않아, 라고. 그러면서도 한 가지 찜찜한 게 있었다. 제야에 뭘 할 거냐고 물었을 때 아둠이 한 대답이었다.

"올해는 불놀이하러 갈지도 몰라요. 동네 형이 꼭 같이 가자고 해서……"

묻는 말에 무심코 나온 대답이었다.

"불놀이라니?"

고개를 갸우뚱거리며 묻는 그녀에게 아둠이 자세를 고쳐 앉으며 설명을 했다.

"어? 그거 모르세요? 파리에선 꽤 유명한데. 거리에 주차된 자동차에 불을 놓는 거예요. 해마다 제야에."

희진이 눈이 휘둥그레지며 놀라는 표정을 짓자 아둠은 손사래를 치며 말했다.

"아유, 농담이에요. 그냥 불놀이가 재미있다기에……"

희진의 마음속에서는 기대와 불안이 교차하고 있었다. '혹시 갔다 해도 어쩌다 꼬임에 빠져 어릴 때 하던 불장난쯤으로 알고 갔을 거야. 그렇다면 손을 털고 다시 일터로 돌아오겠지. 아니야, 그 친구들과 어울려 지금과는 전혀 다른 삶을 살게 될지도 몰라.' 생각할수록 마치 교도소 담장 위를 걷는 아이처럼 아슬아슬해 보였다. 어쩌면 그 모든 게 기우인지도 모른다. 갑자기 배탈이 났거나 늦잠을 잤을 수도 있었다. 그래서 혹시나 문자가 오진 않을까 하고 희진은 휴대폰에 귀를 쫑긋거렸다. '지니, 미안해요. 어젯밤 밤새 친구들이랑 놀다가 늦잠을 잤어요. 내일은 일찍 나갈게요'라고. 하지만 끝내 연락이 없자 경찰서에서 전화가 걸려오는 망상에 사로잡히기도 했다. '당신이 아둠의 보호자가 맞느냐?'라고.

희진이 느끼는 이런 착잡한 심경과는 달리 새해를 맞은 파리 거리에는 지난해의 묵은 화사함이 그대로 남아 있었다. 곳곳에 설치된 크리스마스트리가 아직 철거되지 않아서였다. 며칠 전 오페라 거리에서 보았던 크리스마스 풍경이 눈앞에 되살아났다. 건물 전체가 온통 반짝이는 불빛으로 장식된 라파예트 백화점. 노래하고 춤추는 인형들로 꾸며진 쇼윈도. 거기에 홀린 듯 길게 줄을 서서 관람하는 시민들과 매장 안에 설치된 화려한 초대형 트리. 그리고 꽃사슴 마네킹이 반겨주는 샹젤리제 거리의 아기자기한 크리스마스 마켓. 그 모든 풍경을 아우르듯 은은하게 울려 퍼지는 오래된 성당의 종소리. 그런데 그녀의 머릿속에서는 야릇하게도 그 모든 선하고 아름다운 풍경 위로 시커멓게 불에 탄 수백 대 자동차의 잔해가 겹쳐 보였다. 거기에 자전거로 배달을 하다가 이마가 깨진 콩고 소년과 문학 기행문을 쓰려고 왔다가 소매치기를 당해 빈털터리가 된 어느 대필 작가의 모습까지. 그 모든 것이 뒤엉겨 거대하고 울퉁불퉁한 덩어리를 이루면서 돌아가는 곳, 그 곳이 빛의 도시, 파리였다.

아둠은 지난 석 달 동안 희진이 이곳에 살면서 실제로 도움을 받았던 사람들—대형 슈퍼 경비원과 지하철 역무원, 우체국 직원, 코로나 검사소 진행요원들—과 같은 검은 피부 사람들 중 하나였다. 그들은 이미 상당수 직종에서 도시를 떠받치고 있는 중요한 구성원이 되어 있었다. 또한 모두가 영어에 능통해 소통에 아무런 지장이 없었다. 방역 패스를 받기 위해 들렀던 약국에서 완강한 벽을 느끼게 하던 하얀 피부의 약사들과는 전혀 달랐다. 그들은 외국 여행객을 향해 프랑스어 말고는 대답하지 않는다는 듯한 태도를 보였다. 눈을 감고 오늘 파리의 이미지를 떠올려보았다. 석 달 동안 자신의 머리에 와서 뚜렷하게 박힌 그림. 그것은 도시 저변에 알알이 들어와 박힌 흑진주들로 해서 한결 더 다채로워지고 튼실해진 듯한 도시의 모습이었다.

계획대로 실행되고 있던 희진의 취재는 리옹을 끝으로 그만 발이 묶이게 되었다. 그곳에서 소매치기를 당해 빈털터리가 되었기 때문이다. 처음 취재 계획을 짤 때 희진은 H에게 작가 선정을 자신에게 맡겨달라는 조건을 내세웠다. 그는 희진이 보낸 작가 명단을 보고 흔쾌히 동의했다. 에밀 졸라, 오스카 와일드, 알베르 지로, 버지니아 울프, 생텍쥐페리 등 작가를 선정해놓고 보니 브뤼셀과 런던, 파리, 세 도시를 커버

해야 하는 일정이 되었다. 경비를 아끼기 위해 숙소는 모두 아침과 저녁 식사를 제공하는 한인 민박으로 예약했다. 좀 오래 머물게 될 파리에서는 충전해서 무제한 쓸 수 있는 '나비고' 교통카드도 만들었다. 증명사진과 이름, 사인까지 넣은 패스를 갖게 되자 마치 파리 시민이 된 듯 든든했다. 숙박비는 미리 다 지불했고 현금은 최소한의 금액만 환전해서 왔다. 그리고 나머지 필요 경비는 신용카드를 쓰기로 했다. 동전을 쓰는 것이 번거로울 것 같아서였다. 그런데 믿고 있었던 카드가 사라진 거였다.

그날 기차를 타고 내려간 희진은 리옹역에 내리자마자 생텍쥐페리의 동상을 보러 벨쿠르 광장으로 갔다. 하지만 작가의 동상은 보이지 않고 광장 한가운데에 루이 14세의 위풍당당한 기마상만이 우뚝 서 있었다. 주민들이나 학생들에게 물어보았지만 다들 모른다고 했다. 구글 지도를 보면 쉽게 찾을 수도 있었다. 하지만 일부러 물어물어 찾아가기로 한 것은 그 도시에서 작가가 어떻게 기억되고 있는지를 알고 싶어서였다. 결국은 지팡이를 짚고 지나가는 노신사에게 물어서 알게 되었다. 은퇴한 은발의 중학교 교장이 가리킨 자리는 광장의 한 귀퉁이, 가로수에 가리어 잘 보이지도 않는 구석진 곳이었다. 조종사 복장을 한 작가는 어린 왕자와 함께 오 미터나 되는 대리석 기둥 위에 걸터앉아 있었다. 작가의 얼굴을 자세히 보고 싶었지만 너무 높아서 잘 보이지 않았다. 동상에서 길

건너 맞은편에 있는 그의 생가에는 단지 '작가이자 비행사, 생텍쥐페리'라는 글귀를 담은 동판만 붙어 있었고 지금은 어떤 기관의 사무실이 들어서 있었다. 물론 생가 앞 이백 미터 남짓한 거리와 리옹 공항이 작가의 이름으로 불린다는 것이 어느 정도 위로가 되긴 했다.

하지만 동상을 두고 돌아서는 희진의 마음은 허탈하기만 했다. 출생지에 기념관 하나 없다니 도시가 자신의 소중한 자산을 제대로 기억하지 못하고 있다는 생각이 들었다. 전쟁과 광기의 시대를 겪고 난 뒤 인간 사이의 연대를 역설했고, 전 세계에서 여전히 가장 많은 독자들의 사랑을 받고 있는 책 『어린 왕자』를 탄생시킨 작가를. 근처 식당에서 리옹의 별미라는 생선 요리를 먹었다. 예부터 후추 무역의 중심지였다는 도시의 명성에 걸맞은 미식이었다. 하지만 도시가 그저 식도락의 고장으로만 기억되길 바랄 것인지 시민들에게 묻고 싶었다. 기차역으로 가기 전 다시 한번 동상을 바라보았다. 아무리 역사와 전통을 자랑하는 도시라 해도 이런 사실을 안다면 기둥 위의 어린 왕자가 작가와 함께 미련 없이 다른 곳으로 쌩하고 날아가버리지는 않을까, 하는 생각이 들었다.

희진이 돌아오는 파리행 TGV에 올라타고 삼십 분도 채 되지 않았을 때였다. 갑자기 서울에서 전화가 걸려왔다. 해외 감시반이라는 카드사 직원이 다급하게 말했다. 지금 당장 지갑에 카드가 들어 있는지 확인해보라고. 화들짝 놀라 핸드백을 열어보았다. 카드가 든 지갑은 감쪽같이 사라지고 없었다. 직원은 그 카드로 이미 다량의 물품 구매와 현금서비스가 이루어졌다고 알려주었다. 그러고는 파리에 도착하는 즉시 경찰에 신고하고 대사관에 가서 확인서를 받아 제출하라고 했다. 희진은 마지막으로 카드를 사용한 것이 언제였는지 생각해보았다. 작가의 동상을 보고 나서 기차역으로 가기 위해 지하철역 자판기에서 표를 살 때였던 것 같았다. 그때 뒤에서 누군가가 희진이 비밀번호 찍는 것을 훔쳐보았고 곧바로 뒤를 따라와 핸드백에서 지갑을 빼내 간 거였다. 취재비가 날아간 데다 수백만 원의 빚까지 걸머지게 되었다.

그날 오후 파리 리옹 가레 기차역 파출소에서 희진은 몇 번이나 뛰쳐나오고 싶은 것을 억지로 참았다. 경찰은 일손이 어찌나 느려 터졌는지 그 단순한 절도 사건의 신고서를 작성하는 데 네 시간이나 걸렸다. 이튿날은 대사관에 가서 확인서를 받아내느라 민원실 직원과 지루한 실랑이를 벌여야만 되었다. 이래저래 당한 사람만 분통이 터지는 세상이었다.

리옹에서 돌아와 잠을 제대로 이루지 못한 희진은 이튿날까지도 숙소에서 속을 끓이고 있었다. 그러다 머리를 식히려고 다저녁에 산책을 나갔다. 3구에 있는 숙소에서 가까운 지하철역 앞을 지나고 있는데 바로 코앞에서 배달 자전거가 갑자기 가로수를 세게 들이받는 사고가 일어났다. 희진은 얼른 달려가 자전거 밑에 깔린 소년을 일으켜 세운 뒤 가까운 약국으로 데려갔다. 등에 멘 상자를 내려놓게 한 다음 헬멧과 마스크를 벗겼다. 어디를 얼마나 다쳤는지 보기 위해서였다. 찢어진 부위가 다행히 깊지는 않았지만 피가 배어 나오고 주위는 시퍼렇게 멍이 들고 부풀어 올랐다. 상처 부위를 약솜으로 깨끗이 소독해준 다음 약이 마르기를 기다렸다. 잠시후 연고를 바르고 거즈를 붙여주었다. 약사가 뭔가를 물어보았는데 소년은 아주 유창한 프랑스어로 대답을 했다. 아마도 다른 데 아픈 곳은 없느냐고 물어본 듯했다. 희진이 확인차 영어로 물어보았다. '정말 괜찮으냐? 팔이나 다리는 어떠냐'고. 소년은 고개를 살래살래 흔들며 대답했다.

"어깨가 조금 뻐근하긴 하지만 괜찮아요. 정말 고맙습니다. 도와주셔서."

약사와는 프랑스어를 쓰던 소년이 곧바로 영어로 대답했다. 놀란 희진은 소년의 얼굴을 자세히 살펴보았다. 또랑또랑한 눈과 윤기 나는 검은 살결, 훤칠한 이마와 도톰한 입술, 귀여운 곱슬머리가 눈에 들어왔다. 소년의 얼굴에서 언뜻 영화에서 본 구릿빛 얼굴의 용맹스러운 마사이족 전사의 모습이 엿보였다. 소년이 자라 마사이족 전사와 같은 늠름한 청년이 되는 상상을 하다가 별안간 의문이 생겼다. 이런 대도시 파리에서 자란 뒤에도 그렇게 될까, 라는. 희진은 소년에게 정식으로 인사를 건넸다.

"반가워. 나는 서울에서 온 지니야. 사우스 코리아."

희진이 내민 주먹에 소년도 제 주먹을 갖다 대며 인사를 했다.

"굿 애프터 눈, 지니. 난 민주 콩고에서 온 아둠이에요. 킨샤사 콩고."

킨샤사라고 하니 일단 마사이족은 아니었다. 대신 킨샤사 콩고라는 말에 희진은 가슴이 찌르르 아파왔다. 식민 당국에 수난당한 원주민들이 떠올라서였다. 벨기에령일 때 고무 채취 실적이 좋지 않다는 이유로 한쪽 손목이 잘린 아이들 모습이었다. 하지만 눈앞의 귀엽고 명민해 보이는 콩고 소년으로 해서 희진의 마음은 다시 밝아지고 있었다. 나이는 한 열대여섯 살쯤 되었을까.

희진과 인사를 나눈 뒤 소년은 내려놓았던 상자 뚜껑을 열고 안을 들여다보았다. 고개를 들면서 휴, 하고 안도의 한숨을 쉬는 걸로 보아 배달 물건에 이상이 없는 모양이었다. 그녀의 시선도 자연히 상자 안으로 향했다. 두 개의 용기에 담긴 것은 놀랍게도 희진이 객지에 와서 식사를 하고 나서도 뭔가 헛헛함을 느낄 때 본능적으로 떠올리던 음식들이었다. 밥 위에 색색의 나물을 얹은 비빔밥은 한가운데 있어야 할 계란 프라이가 시금치와 살짝 겹쳤을 뿐 조금도 흐트러지지 않았다. 또 치즈떡볶이는 위에 얹힌 모차렐라 덕에 얌전하게 제 모습을 지키고 있었다. 반가운 마음에 희진은 그 식당을 알고 싶어 소년을 따라가기로 했다. 소년은 한 블록 더 지나 높은 대문 앞에서 멈춰 섰다. 대문 앞에는 겨울인데도 연보라색 정장에 얇은 스타킹을 신고 짙은 눈 화장을 한 젊은 여자가 서 있었다. 한 손을 허리에 댄 채 모델 같은 포즈를 취하고 있는 그녀는 희진이 전에 보았던 피갈 거리의 주름살투성이 여인들보다는 훨씬 더 젊고 세련돼 보였다. 여자가 '메르시'라고 인사를 하고는 인터폰을 눌렀다. 잠시 후 안에서 어떤 여자가 나와 음식을 받아 들어갔다.

그렇게 해서 알게 된 곳이 한식당 코스위티였다. 공교롭게도 식당은 그녀가 묵고 있는 민박집과 같은 골목에 있었다. 매일같이 그 골목을 드나들면서도 한식당이 있는 줄 몰랐던 것은 간판이 아주 작은 글씨로 쓰여 있었기 때문이다. 그 집 앞에 자주 길게 늘어선 줄을 보긴 했지만 코로나 때문에 일부러 사람 없는 쪽으로 돌아서 다녔다.

들어가보니 한식당은 메뉴도 다양하고 무엇보다도 음식이 푸짐하고 재료도 신선해 보였다. 벽에 붙은 메뉴는 Bibimbap, Tokbokki, Bingsu Injeolmi, 이렇게 소리 나는 대로 음역을 해놓았다. 더욱 놀라운 것은 식당 위치며 메뉴 소개가 열 개 국어로 되어 있다는 점이었다. 우리에게 익숙한 영, 프, 독, 이, 스, 일, 중 외에도 체코어, 우르드어, 아랍어도 포함되어 있었다. 메뉴가 프랑스어로만 되어 있어 음식을 고르느라 애를 먹었던 때가 생각나 피식 웃음이 나왔다.

희진은 소고기 비빔밥에다 떡볶이에 인절미 팥빙수까지 시켰다. 현금이 달랑달랑하는데도 왠지 걱정이 되지 않았다. 다만 소년을 배불리 먹이고 싶다는 생각뿐이었다. 비빔밥을 순식간에 뚝딱 먹어 치우고는 떡볶이를 열심히 입으로 나르고 있는 그를 보고 희진이 물었다.

"집은 어디야?"

"생드니요. 아프리카 식품점 근처. 여기서 가까워요."

"오, 그래? 식품점 얘기 나오니까 입맛이 당기는데, 제일 맛있는 콩고 요리가 뭐니?"

그는 숟가락을 잠시 멈추고 자신 있게 대답했다.

"아, 리보케요. 생선 요린데요. 콩고강에서는 어른 팔뚝만 한 물고기가 많이 잡히거든요. 거기에 갖은양념을 한 다음 바나나 잎에 싸서 장작불에 구워요. 양념이 뭐더라? 아, 쪽파, 마늘, 생강, 고추 그리고 양파요."

"와, 그래? 쪽파까지, 딱 한국 양념인데. 그건 그렇고 이 식당엔 어떻게 오게 된 거니?"

아둠은 빙수 그릇을 들어 남은 국물을 들이켜고 나서 대답했다.

"오전에 레퓌블리크 광장에 나가보면 오토바이랑 자전거가 쭉 줄을 서 있어요. 다들 콜이 오기를 기다리는 거죠. 며칠 이 식당 일을 했는데 하루는 주인아저씨가 자기네만 전담으로 하지 않겠느냐고 하셨어요. 식사를 공짜로 주겠다고 하시면서요. 그러니까 비빔밥 값 제 건 안 내셔도 돼요. 이 집이 좋은 게 단골들이 죄다 주위 안경점이나 식료품점, 휴대폰 판매점 같은 가까운 상가들이랑 동네 주민들이라는 거예요. 대부분 걸어서 배달할 수 있죠. 멀어봤자 기껏 자전거로 왕복 십 분 거리구요."

그 말을 들으면서 솟아나는 의문이 있었다. 광장에 모인 수많은 배달부들 중에서 하필이면 왜 아둠이 이 한식당의 선택을 받게 된 것일까. 파리 거리에서 자신이 그의 자전거 사고를 목격하게 된 것은 또 무슨 조화일까. 두 가지 모두 단지 우연에 불과한 것일까. 묘하게도 아둠을 만나고 나서부터 그녀는 리옹의 악몽에서 서서히 벗어나는 느낌이었다. 작가 H에게 원고 마감일을 2월 초로 늦춰달라고 한 다음 취재비를 벌수 있는 방법을 찾아보기로 했다. 작가가 소개해준 시테섬의 교포 화가 J를 다시 찾아가 의논해볼 생각도 했다. 파리에 도착하자마자 찾아가서 점심을 얻어먹었고 힘든 일 있으면 언제든 연락하라는 말도 들었기 때문이다. 하지만 그도 이민 온 뒤로 예술가의 집에 등록해 정부 보조금으로 근근이 화업을 이어가고 있었다. 그러면서도 봉사활동에는 열성적이었다. 교포 화가들과 함께 이민 청소년을 위한 미술학교를 운영하고 있다며 희진에게도 봉사를 좀 하라고 채근했다.

"아이들 데리고 주로 박물관 관람하는 일이에요. 희진 씨도 지금 글줄이라도 쓸 수 있게 된 게 좋은 부모 만나고 또 사회에서 많은 혜택을 받은 덕이잖소. 애당초 그런 혜택을 받지 못한 아이들도 많은데."

J의 말을 듣자 희진은 속에서 은근히 반발심이 일었다. 어려서부터 서울 변두리를 떠돌며 살아왔기에 자신이 큰 혜택을 받았다는 생각은 한 번도 해본 적이 없었기 때문이다. 어머니는 세신사로 일하면서 두 동생과 병석에 있는 아버지를 부양하고 있었다. 말이 좋아 세신사지 목욕탕 때밀이였다. 게다가 자원봉사라면 글짓기센터 강사만으로도 이제 넌덜머리가 났다. 하지만 초면에 언짢은 티를 낼 수 없어 수긍하는 척하고 돌아왔다.

아둠의 자전거 사고를 목격한 날로부터 일주일쯤 지나서였다. 집 앞 골목길로 들어서는데 뒤에서 따르릉 소리가 났다. 돌아보니 배달을 마치고 돌아오는 아둠이었다. 희진은 극작가 오스카 와일드가 묻혀 있는 페르 라세즈 공동묘지에 갔다가 맥없이 돌아오던 길이었다. 몇 년 전만 해도 무덤에 꽃다발이 끊이지 않고 열혈 팬들의 붉은 입술 자국이 촘촘히 꽃잎처럼 찍혀 있다고 들었는데 이제는 전혀 딴판이었다. 립스틱에서 흘러내린 기름이 석회석을 부식시키자 가까이 접근할 수 없도록 유리벽으로 막아놓았기 때문이다. 한 시간 넘게 지켜보았지만 사람의 발길이 끊긴 무덤가에는 시들고 말라비틀어진 한두 개 꽃송이만이 찬바람에 나뒹굴고 있었다. 아둠이 자전거를 세우고 먼저 말을 걸었다.

"봉주르, 지니. 지난번엔 정말 고마웠어요. 아직 점심 안

먹었죠? 오늘은 내가 점심 사도 돼요?"

"봉주르, 아둠. 생드니에 다녀오는 길이야?"

"네, 그 집 가는 길에 두 집 더 들렀어요. 김치치즈볶음밥이 요즘 인기예요."

점심시간이 지나 손님은 두 명뿐이었다. 이번에는 떡볶이와 해물볶음밥, 그리고 김치찌개를 시켰다. 음식이 나오는 동안 희진이 물었다. 어쩌다 파리에 오게 되었느냐고.

"얘기가 길어요."

"그냥 짧게만 말해봐. 혼자 온 건 아닐 것 같은데."

"아, 그건 말하기가 좀……"

"좋은 분인데 뭐. 실명만 안 밝히면 되지."

그러자 아둠은 조심스럽게 입을 열었다.

"실은 삼 년 전, 콩고에 있을 때 파리에서 온 화가에게 길 안내를 해드린 적이 있었어요. 강가에 텐트도 같이 치고 식사 준비도 도우면서요. 이젤을 세우고 그림을 그리는 모습이 어찌나 멋지던지. 내가 부러워하며 쳐다봤더니 떠날 때쯤 그러셨어요. 파리에 가서 그림 공부할 생각 없냐구요. 애들 다 독립해 나가 큰 집에 혼자 사신다면서요."

아둠은 눈을 가늘게 뜨고 그때를 다시 떠올리는 모습이었다.

"오, 그래? 그런데 삼 년 만에 무슨 일이 생긴 거구나."

희진의 말에 그는 입을 반쯤 벌린 채 굳은 얼굴이 되었다.

"그냥 내 추측이야. 아무튼 어떤 분이었을지 궁금해. 넌 좀 남다른 데가 있었거든. 두 가지 언어를 다 잘하잖아."

그 말에 안심이 되는지 그가 마음을 털어놓기 시작했다.

"나를 양자로 삼고 좋은 선생님들을 불러주셨어요. 그림 공부를 하든, 일을 하든 말부터 배워야 한다면서요. 부인은 돌아가셨는지 혼자 사셨는데 요리를 워낙 좋아하셔서 맛있는 거 정말 많이 만들어주셨어요."

"좋은 시간 보냈네."

"맞아요. 근데 무엇보다 그림을 그리고 싶었는데……"

그림 얘기를 하는 아둠의 눈이 촉촉이 젖어들고 있었다.

"무슨 일이 생긴 거야?"

그는 눈을 아래로 깔고 힘없이 말을 이었다.

"입원을 하셨어요. 심장병으로."

희진이 그의 눈을 들여다보며 말했다.

"그다음은 말 안 해도 알 것 같아. 자식들이 나타난 거지."

아둠은 고개를 푹 숙이고 아무런 대답을 하지 않았다. 풀 죽은 소년을 보자 그녀는 아차 싶었다. 공연한 말을 했나 하고. 하지만 희진의 말에는 상당한 근거가 있었다. 독일 엔지니어와 결혼해 베를린에 살고 있는 이모에게서 들은 얘기였다. 아프리카로 여행을 갔던 시아버지가 힙합 가수가 꿈이라는 나미비아 소년을 집으로 데려왔다. 그러고는 비싼 악기들을 사주고 레슨을 받게 하는 등 그의 음악 교육에 많은 투자를 하기 시작했다. 그러자 자식들과 분란이 생겨서 결국 소년은 집을 나올 수밖에 없었다. 과거 식민지에 대한 부채 의식을 갖고 있는 은퇴한 지식인들 사이에 종종 있는 일이라고 했다. 희진은 화제를 다른 곳으로 돌렸다.

"근데 말이야, 사고 난 날, 어쩌다 가로수를 들이박은 거니? 그것도 아주 세게. 정신이 어디에 팔려 있었던 거야?"

조금 전까지 시무룩하던 아둠이 돌연 생기를 띠기 시작했다.

"정말 어떻게 된 건지 모르겠어요. 날이 어둑해질 무렵, 아르 에 메티에르 지하철역 앞을 지날 때였어요. 꽃집 크리스마스트리에 불이 켜지기 시작하더니 트리가 금세 콩고 강가에서 보았던 꽃나무로 변하는 거예요. 자잘한 꽃송이가 다닥다닥 붙어 원추형으로 피는 꽃인데 라일락보다 더 탐스럽고 향기가 진해요. 강가에 그 나무가 있으면 물에서도 향이 물씬 풍기는데 바로 그 꽃이었어요. 그래서 나도 모르게 두 팔을 펴서 물에 뛰어들었는데 그 순간 쾅, 하고 말았죠."

"그랬구나. 많이 아팠지? 이마가 깨지고 시퍼렇게 멍이 들었었는데."

아둠은 대답 대신 눈을 감은 채 두 팔로 헤엄치는 시늉을 하며 콧구멍을 벌름거렸다. 강물에서 피어오르는 향기를 맡는 듯한 표정이었다. 희진의 눈앞에는 라일락보다 더 탐스럽고 진한 향기를 풍기는 원추형 꽃차례와 그 향기가 녹아든 시냇물과, 그 물에 첨벙 뛰어드는 소년의 모습이 보이는 듯했다. 어쩌면 그는 원래 그런 향기로운 강물에서 미역을 감으며 살아야 할 아이인지도 몰랐다. 하지만 그것도 틀려버린 일. 지금은 파리에서 그 꽃과 강물을 생각하다 넘어져 이마가 깨진 소년 배달부가 되어 있었다. 그는 이마 한가운데에 생긴 흉터를 손으로 만지면서 대답했다.

"아니요. 하나도 안 아팠어요. 꽃향기가 너무 좋아서요."

"와 천리향이구나. 그 향기가 여기까지 왔다구?"

"밀림 속에서 강을 따라가다 보면 물에서 달콤하거나 상큼한 향내를 풍기는 곳이 많은데요. 그건 향기 나는 나무들 덕분이에요. 그 화가는 물에서 향내를 맡았다 하면 즉시 첨벙 뛰어드셨어요. 그럴 때마다 뭐라고 하셨는지 아세요? '거부할 수 없는'이라는 말이었죠. 덕분에 나도 우리 동네 강물에서 향내가 나는 걸 알게 됐어요. 전엔 당연하게 여겨서 그런지 향기를 잘 몰랐는데."

그러더니 정색을 하고 말했다.

"나도 궁금한 게 있는데."

"물어봐, 뭐든지."

"그날, 왜 달려와서 나 일으켜줬어요? 다들 그냥 지나치는데."

"당연히 그래야 하는 거 아니니? 그런 일을 봤으면."

그는 희진의 눈을 똑바로 바라보며 말했다.

"처음이라서요. 넘어진 건 여러 번이었지만."

"앞에 자전거 타고 가는 사람 볼 때부터 소년 배달부로구나, 하는 생각을 했었어."

그 말에 아둠은 씽긋 웃었다. 점심을 먹고 일어나 아둠이 다시 자전거에 오르려 할 때였다. 희진의 입에서 자기도 모르게, 참고 있던 말이 툭 튀어나왔다.

"혹시 말이야, 나 같은 여행객도 그 일 할 수 있을까?"

아둠은 고개를 갸우뚱하더니 조심스레 말했다.

"글쎄요. 나가보면 외국인 배달부가 많긴 해요. 근데 플랫폼에 등록하려면 무슨 허가증이 있어야 할걸요. 난 십팔 세 미만이라 등록을 할 수 없었지만요. 그래서 다른 사람 이름으로 일하고 있어요. 터키에서 온 동네 형 이름을 빌려서요. 커미션 주고요."

그러고는 자전거에 올라타더니 턱으로 식당 쪽을 가리키며 마지막으로 한마디 툭 던졌다.

"참, 그보다도 여기 어때요? 요즘 엄청 바쁜데."

그러고는 페달을 밟으며 골목을 빠져나갔다. 그날 아둠과 얘기를 나누고 나서 희진은 시테섬의 화가가 운영하는 청소년 미술학교가 머리에 떠올랐다. 자신이 해야 할 일이 생긴 거였다.

아둠에게 힌트를 얻긴 했지만 선뜻 식당 주인을 만날 용기가 나지 않았다. 숙소로 돌아와 배달 플랫폼을 검색해보았다. 딜리버루, 우버이츠 등 모두가 등록하고 십사 일이 지나야만 일을 시작할 수 있다고 되어 있었다. 노동 허가증과 취업비자는 필수적이었고 유창한 프랑스어도 요구되었다. 희진으로서는 도저히 충족시킬 수 없는 요건이었다.

며칠 뒤 희진이 숙소에서 대책 없이 끙끙대고 있을 때 아둠에게서 전화가 왔다. 한식당 주인이 희진을 만나보고 싶어 한다는 거였다. 주인을 만난 희진은 단도직입적으로 솔직하게 털어놓았다. '문학 기행문을 쓰러 왔는데 소매치기를 당했다. 취재 끝날 때까지 한 달 동안만 아르바이트를 좀 할 수 없겠느냐'고. 경찰 신고서와 대사관 확인증도 보여주었다. 처음에는 글쟁이가 이런 일 할 수 있겠느냐며 고개를 갸우뚱하던 주인도 그녀의 진심 어린 호소에 승낙을 했다. 아무래도 아둠의 추천이 주효했을 거라는 생각이 들었다.

아둠과 같은 곳에서 일하면서 희진은 서울에 있는 철웅이 생각을 자주 하게 되었다. 똑같이 낯선 곳에 떨어졌지만 아둠의 밝고 쾌활한 모습이 침울한 철웅이와 비교되었기 때문이다. 웅이는 두만강을 건너 중국과 베트남, 라오스, 태국 등 여러 나라를 거쳐 오는 과정에서 몹시도 힘든 일을 겪은 모양이었다. 센터에 상주하는 상담심리사는 웅이를 여러 차례 만나고 나서 외상후스트레스장애라고 진단했다.

반면에 파리에 홀로 내팽개쳐진 아둠은 자전거 사고로 이마를 다쳤을 때도 전혀 아프지 않았다고 했다. 그 이유를 물었더니 불이 켜진 크리스마스트리가 꼭 고향 동네 꽃나무처럼 보여서라고 했다. 트리에서 꽃향기도 맡았다는 거였다. 물론 방황이 끝난 것은 아니었다. 어쩌면 다시 돌아오지 않을지도 모른다. 하지만 희진은 믿었다. 콩고의 강가에서 맡았던 꽃향기의 기억이 있는 한 그는 반드시 돌아오리라고. 어쩌면 그것 말고도 파리에 온 뒤로 소년의 마음을 편안하게 해주고 즐거움을 느끼게 해준 일들이 뭔가 더 있을 거라는 생각이 들었다. 문제는 철웅이었다. 어떻게 하면 그의 기억 속에서, 아둠이 느꼈던 것과 비슷한, 세상에 대한 유쾌한 감각을 끌어낼 수 있을 것인지, 희진은 머리가 지끈거렸다. 어쩌면 그에 앞서 아둠에게 그랬던 것처럼 웅이에게도 그런 일들이 일어나야만 할 터인데.

한식당에서 생드니에 이르는 오 분간의 자전거 길에서 희진의 머릿속에서는 이 모든 상념들이 끝없이 이어지고 있었다. 자전거 바퀴는 생각의 바퀴도 부지런히 굴려 이제 소매치기를 당했을 때의 상실감을 거의 밀어낸 것처럼 보였다. 그때 홀연 어떤 생각이 머리를 스쳤다. 아둠은 혹시 우주를 떠돌다가 어느 날 지구의 낯선 도시에 떨어진 어린 왕자는 아닐까, 하는. 철웅이도 마찬가지였다. 소행성 B-612에서 지구로 떨어진 어린 왕자는 작가가 죽은 뒤에도 살아남아 여전히 지구촌 여러 곳을 염탐하고 있는 듯했다. 어느 곳이 밀 농사를 짓고 장미꽃을 키우기 알맞은 곳인지 알아내기 위하여. 때로는 아둠으로, 때로는 철웅의 모습으로.

이윽고 도착한 샌드니 고객의 집. 오늘도 높은 대문 앞에는 하늘색 정장 차림에 정성스럽게 화장을 한 젊은 여인이 한 손을 허리에 얹고 서 있었다. 어스름이 내린 노을빛 아래 마치 영화의 주인공처럼. 아둠과 함께 두어 번 와서 본 적이 있는 여자였다. 여인은 희진과 식당 이름이 적힌 배달 상자를 번갈아 바라보며 의아한 눈빛이 되었다. 아마도 평소에 늘 오던 소년 배달부는 어떻게 되었느냐는 물음인 듯했다. 희진이 짧게 대답했다.

"엉 바캉스."

여인은 안도하는 듯한 미소를 짓고는 인터폰을 눌렀다. 희진도 미소로 화답했다. 동네 배달 소년의 안부를 묻는 그녀의 눈빛이 따뜻하게 느껴졌다. 김치치즈볶음밥과 떡볶이를 건네 준 뒤 자전거에 올라타기 전 희진은 휴대폰을 열고 뉴스를 확인했다. 간밤에 있었던 자동차 연쇄 방화 사건의 수배자들이 전국에서 대거 검거되었다는 소식. 경찰청장은 단호한 표정으로 말했다. '법 절차를 서둘러 이들을 특별 법정에 세우겠다.' 희진은 엄격한 법 집행을 공언하는 경찰청장에게 꼭 전하고 싶은 말이 있었다.

"그들에게 물어보라. 그중에 누군가 '검은 모나리자'를 그린 적이 있느냐고. 만약 그런 소년이 있다면 그 아이의 보호자는 나다."

그녀는 자전거에 올라앉아 식당을 향해 페달을 밟기 시작했다. 바퀴가 돌자 아둠의 얼굴에 철웅의 모습이 겹쳐 보였다. 돌아갈 날이 머지않았다. 아르 에 메티에르 지하철역 앞 꽃집을 지날 때였다. 불 켜진 크리스마스트리에서는 아둠이 말한 콩고 강가 어떤 나무의 꽃향기가 저녁 바람을 타고 솔솔 풍겨오고 있었다. 그의 말대로 도저히 '거부할 수 없는' 꽃향기였다.

네가 떠난 그 자리에서

나는 꿈틀거렸다. 엎어져 쓰러진 상태에서 가까스로 몸을 돌릴 수 있을 만큼의 공간이 생긴 덕분이었다. 하지만 그건 라일라, 네가 있던 자리였다. 내게 돌아누울 공간을 마련해주고 나서 너는 사라졌다. 둘이서 손잡고 경사진 그 골목을 같이 내려왔었는데. 어쩌다 우리는 다른 사람들과 겹겹이 포개져 쓰러졌는지. 주위를 살펴보니 어렴풋이 네가 사라진 이유를 알 듯했다. 119 소방대원들이 황급히 너를 빼내서 들것에 태워 나간 거였다. 어디로 갔는지는 알 수 없었다. 아무튼 그런 뒤에야 나는 간신히 몸을 뒤척일 수 있었다. 마침내 몸을 돌려 바로 눕게 되자 제대로 숨이 쉬어지기 시작했다. 그렇게 해서 나는 살아났다. 라일라, 네가 떠난 그 자리에서.

그런데 어찌 된 일인지 다리가 꿈쩍도 하지 않았다. 혹시 마비가 된 것은 아닐까 하는 의심이 들었지만 그런 걱정을 할 때가 아니었다. 나는 오로지 라일라의 행방이 궁금할 따름이었다. 주황색 점퍼를 입은 소방대원들이 여기저기서 사람들을 빼내어 다른 곳으로 옮기거나 쓰러져 누운 사람들에게 심폐소생술을 하느라 분주했다. 그런 아수라장 속에서 사람 살려, 나 죽어요, 이러다 모두 죽겠어요, 라는 애절하지만 힘없는 목소리들이 들려왔다. 나는 겁에 질려 아무 소리도 내지 못했다. 아마도 지옥이나 연옥이 있다면 이런 것이 아닐까 싶었다. 곰곰이 생각해보니 우리는 앞뒤, 양옆으로 압박을 받으면서 숨 쉴 공간을 찾아 몸부림치다가 길바닥에 넘어진 거였다. 다들 그렇게 포개지며 쓰러졌다. 나는 내 앞 사람 등 위에, 내 뒷사람은 내 등 위에. 마치 도미노 게임처럼. 축제일에 무슨 일인지 도무지 알 수가 없었다.

삼층 복도에서 옆 병동으로 나 있는 공중 산책 통로에서 나는 그날 일을 돌이켜보고 있었다. 바퀴 위에 올라타고서였다. 사고 현장에서 병원으로 실려 온 지 삼 주하고도 이틀 만의 첫 나들이였다. 병실에 있으면 자꾸만 눈앞에 와서 들이닥치는 격노한 아버지의 모습. 도저히 견디기 힘들어 간병인에게 제발 밖으로 좀 데리고 나가달라고 졸랐다.

병실의 소란스러움도 견디기 힘들었다. 환자들이 카타르 도하에서 열리고 있는 월드컵 축구 중계를 보느라 떠들썩했다. 이란 대 잉글랜드의 경기. 간밤에 있었던 경기를 재방송하는가 보았다. 경기 시작 전 국가도 부르지 않았고 다들 표정이 어두웠던 이란 선수들. 역시 마찬가지였던 선수들 앞에 선 어린 에스코트 키즈들. 앙증맞도록 귀여우면서도 몹시도 짠해 보이던 옥다문 작은 입술들. 저렇게 사기가 떨어진 채로 경기를 치를 수 있을까, 염려되었다. 그들의 뒤에 어른거리던 모습들. 히잡 착용 불량으로 잡혀가 억울한 죽음을 당한 여대생과 대규모 시위대. 블루투스로 듣고 있는 휴대폰에서 흘러나오던 이란 유학생의 전화 인터뷰.

"이란 대표팀은 시민들을 억압하는 정부와 함께하고 있습니다. 따라서 시민들은 대표팀을 응원하지 않기로 결정했습니다. 열렬한 축구 팬인 저도 이번에는 중계도 보지 않고 응원도 하지 않기로 했어요."

경기가 시작되자 터져 나온 화면 속 관중들의 함성과 아나운서의 빠른 중계방송, 그리고 환자들의 말소리가 뒤섞여 더욱 시끌벅적해진 병실. 그때 라일라의 말이 생각났다.

"이번 월드컵에선 대표팀 응원하지 않을 거야."

그런 마당에 굳이 내가 그 경기를 지켜볼 이유가 없었다. 이래저래 착잡한 마음에는 소란스러운 병실 대신 어딘가 좀 홀빈한 공간이 필요했다.

수액이 달린 링거대를 휠체어에 꽂고 병실을 나왔다. 사방이 툭 트인 산책 통로에 들어서자 일단 병실 소음에서 벗어났다는 것만으로도 가슴이 후련해왔다. 잠시 아버지 생각도 잊을 수 있을 듯했다. 하지만 소용없었다. 라일라 생각을 하다 보면 저절로 딸려오는 아버지의 모습. 같은 집에 살면서도 다른 시대, 다른 세상을 살고 있는 사람들인, 아버지와 나. 평소에도 문득문득 그런 느낌이 들지 않은 것은 아니었다. 하지만 그동안은 그것을 꾹꾹 누르고 있었다. 아직은 그의 보호 아래 있었으므로. 하지만 이제는 도저히 참을 수 없는 임계점에 이른 듯한 느낌. 그날 새벽 원무과의 연락을 받고 병원으로 달려온 아버지가 쏟아냈던 불편한 심기.

"미친 녀석. 미쳐도 단단히 미쳤지. 남의 나라 귀신 놀이에 뭐가 좋다고 달려갔다가 이 지경을 당하누. 남들 보기 창피해서 원, 어디다 말도 못하겠다. 그놈의 축제인가 뭔가 간다고 할 때부터 영 불안하더니만."

다리만 움직일 수 없을 뿐 입은 살아 있었으므로 그냥 듣고만 있을 수 없었던 나. 하지만 막상 목에서 튀어나오려 하자 나도 모르게 꿀꺽 삼켜버린 말.

'아버지, 남의 나라 귀신 놀이 아니에요. 유치원 때부터 해오던 놀이라구요. 아버지도 톰 존스의 「고향의 푸른 잔디」 부르고 양주 마시고 골프 치시잖아요.'

하고 싶은 말을 입 밖으로 내뱉지 못하고 분이 풀리지 않아 애꿎은 언니에게 보냈던 문자.

"언니, 아버지 어쩌면 그러실 수 있어? 살아 있는 것만도 다행으로 여겨야 하는 거 아냐? 라일라는 목숨을 잃었는데. 불같이 화만 내셨어. 내가 버젓이 숨 쉬고 있는데도."

도리어 나를 설득하려 들던 언니의 응답.

"지희야, 니가 이해해. 그날 밤 아버지랑 나, 미친 듯이 병원이며 경찰서 헤매고 돌아다닌 거 알기나 해? 혹시나 무슨 소식이 있을까 싶어 뉴스를 찾아보다가 댓글을 보고 아버지 또 얼마나 충격받으셨게. 기절하지 않으신 게 천만다행이야. 넌 절대 그런 거 보지도 마. 알았지? 몸이나 나을 생각 해야지. 라일라 생각은 좀 나중으로 미루고."

언니의 조언대로 뉴스는 되도록 보지 않으려고 애를 쓰던 나. 댓글 같은 거 걱정할 계제가 아니었으므로. 하지만 도저히 미룰 수 없었던 라일라 생각. 세상을 향해 외치고 싶었던 마음. '내가 라일라의 죽음에 책임이 있어요.' 라일라가 누구인가. 나를 만나고 나서 용기를 내 서울로 유학을 온 테헤란대 학생. 아버지의 극렬한 반대를 무릅쓰고서. 그 완고한 아버지가 딸의 시신을 접하고서 어떤 생각을 하게 될지. 예상되는 반응이 없는 게 아니었다.

'그렇게 한국, 한국 노랠 부르더니만. 내가 뜯어말릴 때 그냥 제 땅에 죽치고 엎드려 있었어야지. 서울 가면 무슨 뾰족한 수가 난다고, 얼빠진 녀석.'

다시 불러낸 그날 밤, 의식을 차린 뒤의 내 모습. 더듬더듬 재킷 주머니를 더듬어 휴대폰을 꺼내 문자를 쓰던 나.

아버지, 여기 이태원인데ㅠㅠ 나 간신히 살아났어.

압사ㅠㅠ 당할 뻔했어.

다리가 이상해ㅠㅠ 안 움직여ㅠㅠ.

이태원역 1번 출구 앞ㅠㅠ 호텔 옆 골목.

막상 써놓고는 결국 보내지 못한 문자. 분당에서 허겁지겁 달려온 아버지가 퍼부을 말들에 지레 겁을 먹고서.

'밤중에 그 바닥엔 왜 가? 정신 나간 년 같으니. 이란인지 어딘지 간다고 그만큼 속 썩였으면 됐지. 이젠 제멋대로 날뛰다가 아예 몸까지 망가뜨려?'

바닥에 쓰러지기 직전의 일들을 찬찬히 돌이켜보았다. 오후 늦게 이태원역 1번 출구에서 만난 라일라와 나의 평범한 모습. 그 뒤로 호텔 뒷골목 세계음식문화거리에서 치즈떡볶이와 빈대떡을 안주로 막걸리를 한 잔씩 마시는 장면. 라일라가 좋아하는 한식. 잠시 후 플라스틱 매부리코와 고깔모자, 검은 망토로 분장을 한 마녀와 두 눈은 툭 불거지고 납작코에다 비뚤어진 입에 뻐드렁니가 난 초랭이 하회탈이 호텔 옆 경사진 골목길로 향하던 모습. 주위에 눈에 띄는 것은 각시탈, 도깨비, 토끼 머리띠, 아니면 괴기스러운 유령 분장들.

몇 년 만에 마스크 없는 축제냐, 하는 생각에 다들 조금은 들떠 있던 분위기. 그 골목의 초입에 발길을 내디뎠을 때는 사고 같은 건 전혀 예상치 못했던 사람들. 그러다 갑자기 몸을 돌릴 수조차 없을 만큼 촘촘하게 들어찬 인파에 떠밀려 넘어지면서 의식을 잃은 나. 한참 뒤 정신을 차렸을 때 보이던 내 모습. 온데간데없는 고깔모자와 플라스틱 매부리코, 찢어진 검은 망토. 무엇보다도 가슴 철렁하게 했던 라일라의 부재. 겁에 질려 떨려오던 몸. 움직임 없는 사람들을 먼저 들것에 실어 나가느라 부산하던 소방대원들의 모습. 그 바람에 꽤 오랜 시간을 기다려야만 되었던 나. 얼마 후 들것에 실린 채로 다른 환자 두 명과 함께 구급차에 실려 어디론가 보내지고. 한참 뒤 잠에서 깨어났을 때 눈에 들어온 유리창 위의 글자들. '일산 ○○대학병원 응급실.'

간호사에 의해 걷어 올려진 바지 밑으로 드러난 짙은 보라색 피멍. 뒤따르던 빠른 소변검사. 오래 참았던 소변을 빼내고 후련함을 느끼고 있을 때 들려오던 의사의 말.

"다리에 멍 자국이 심한 것으로 보아 횡문근융해증입니다. 오랜 시간 압박을 받아 가로무늬근육이 파괴된 거예요. 신장이 급속히 나빠졌을 가능성이 있어요. 당분간 소변이 콜라색으로 나오니까 놀라지 마시고요. 빨리 가족에게 연락해서 입원 수속 밟도록 하세요."

그 말만 하고 돌아서는 의사를 향해 "선생님" 하고 불러 세우던 나. 실례를 무릅쓰고 한 간청. 어쩌면 내 몸보다 더 시급했던.

"같이 있었던 친구, 생사를 몰라요. 외국인인데요. 저 때문에 교환학생으로 온……"

목이 메어 미처 말을 끝내지도 못했는데 냉랭하게 돌아서며 던지던 의사의 한마디.

"그럴 시간 없어요."

옆에 따라온 간호사에게 보내던 내 간절한 눈빛. 하지만 너무나 덤덤해 전혀 알아줄 것 같지 않던 표정. 초조감에 입술이 바작바작 타고 있는데 두어 시간 뒤 수액을 바꾸려고 들어온 간호사. "제발 좀 알아봐주세요. 선생님." 다시 부탁하는 내 말에 주머니에서 메모지를 꺼내주며 건조하게 내뱉던 말.

"이름, 성별, 나이, 국적, 소속."

메모지에 쓴 글자들. '라일라 사다트, 여, 22세, 이란, ○○대학 경영학과 2학년.' 스테이션으로 간 간호사가 한참 뒤 가져온 답.

"119 종합상황실에 떠 있어요. 라일라 사다트, 지금 파주 ○○대학병원에 안치돼 있어요."

쿵, 내려앉던 심장의 소리. 이럴 순 없어. 도무지 믿어지지 않던 그 말. 그 쾌활하고 팔팔했던 라일라가 주검이 되어 어딘가에 누워 있다니. 새하얀 피부에 검은 머리, 큰 눈에 오뚝한 코를 지닌 스물두 살의 라일라. 하지만 아무리 몸부림친다 해도 다시는 살아 돌아올 가망이 없어 보이던 그녀. 억장이 무너져 울음조차 나오지 않고, 며칠간 불면의 밤을 보낸 끝에 기어코 보고야 만 장면. 티브이 뉴스에 나온 이란인 희생자 다섯 명의 관. 방부처리를 끝내고 항공편으로 본국 송환을 기다리고 있던. 라일라, 너를 이렇게 보낼 수는 없어. 실성한 듯 혼잣말로 중얼거리던 나.

처음 라일라를 만난 날이 눈앞에 생생하게 펼쳐졌다. 삼 년 전 교환학생으로 갔던 테헤란대 앞 앵겔랍 거리의 한 식료품 점. 가게에 들어서자 턱수염을 기른 호남형의 가게 주인이 반가운 듯 묻던 말. "코리아?" 잠시 대답을 미루고 석류청에 버무린 올리브를 고르고 있던 나. 학교 앞에 방을 얻어 자취를 하고 있던 중이어서 입에 맞는 먹을거리를 찾는 것이 큰 숙제였던 때. 어쩌다 입맛에 맞아 자주 찾게 된 그 올리브. 잘게 부순 땅콩을 넣으면 씹는 맛이 아작아작하고 더 고소해 김치처럼 즐겨 먹던 반찬. 난을 사다가 손바닥만 하게 뗀 다음 그 올리브를 넣고 싸 먹으면 환상적이었던 이란의 맛.

"세울, 코리아? 라잇?"

다시 다가와 묻던 주인. 돌아보며 '맞다, 어떻게 알았느냐'고 묻는 내게 6 대 2 스코어를 들이대며 통쾌하게 웃던 주인. 이란이 한국에 크게 이긴 전적을 자랑하고 싶었던 중년의 축구 팬. 문법은 엉망이어도 영어로 말이 통해 반갑던.

"중계방송할 때 응원단을 자세히 봐두었죠. 그래서 척 보면 한, 중, 일 사람들 대충 알아맞힐 수 있어요."

그때 대화에 끼어든 한 여대생.

"아저씨, 잘못 알고 계세요."

주인의 축구 자랑질에 내가 조금은 의기소침해진 것을 눈치 챈 듯한 다른 손님.

"최근 전적은 한국이 점점 이란을 따라잡고 있어요. 한국 무시 못해요. 이제 곧 이란도 능가할걸요."

나 들으라고 주인에게 유창한 영어로 말하는 여학생이 반가워 먼저 자기소개를 한 나. 테헤란대 페르시아문학과 교환학생으로 왔다고 하자 반색을 하며 경영학과에 다니는 라일라라고 하던 그녀. 그 뒤로 함께 보석박물관과 팔레비의 하얀 궁전과 초록 궁전에도 가고 유적지도 다니면서 친한 사이가 된 우리. 라일라 부모님께 초대받아 시내 북쪽의 맛집에서 맛보게 된 양고기의 맛.

라일라가 아니어도 유별났던 이란 사람들의 손님 환대. 길을 물어보다가 '사우스 코리아'에서 왔다고 하면 당장 자기 집에 저녁 초대를 하고 싶다던 시민들.

"한국 드라마랑 케이팝 최고예요. 휴대폰과 가전제품도요."

하지만 내 머리를 스치던 다른 생각. 해외로 나가는 길이 막혀 있다 보니 외국인만 보면 무작정 친근감이 드는 것은 아닐까.

무엇보다도 축알못이었던 나를 축구에 관심을 갖도록 만든 라일라. 서울에선 축구장 한 번 가지 않던 내가 그녀를 따라 자주 찾았던 아자디 스타디움. 손흥민이 2022년 카타르 월드컵 최종 예선 이란전에서 선제골을 터트린 구장. 호텔, 광장, 타워 등 많은 관광명소의 이름에 자주 등장하는 '아자디'는 페르시아어로는 '자유'라는 뜻. 온 시내에 발에 차일 만큼 널려 있던 단어 '아자디'. 그런데 정작 그 '자유'에 목말라 하던 시민들.

이란 명문 구단 에스테그랄의 경기에 나를 데려가선 내 손을 잡고서 소리 높여 만세를 부르던 라일라. 꿈인지 생시인지 모르겠다며 흘리던 감격의 눈물. 처음엔 좀체 이해되지 않았지만 듣고 나자 고개가 끄덕여지던 사연.

"혁명 나고 사십 년 만에 허락된 거야. 지금도 남녀가 따로 앉아야 하지만."

"이번엔 웬일로?"

"아, 젊은 여성 팬이 몰래 들어갔다가 재판을 받게 되자 분신을 했거든. 그리고 일주일 뒤에 숨졌어. 혐의는 히잡을 제대로 쓰지 않은 거였지만."

"그 여성 팬 덕분이구나."

"그렇지. FIFA에서 성명 발표하고 대표단 보내 항의하고 난리도 아니었어."

라일라가 인터넷에서 찾아 보여준 여성의 사진. 히잡을 살짝 흘러내리게 쓰고 해맑은 미소를 짓고 있는 모습.

그 여성의 모습은 며칠 전 이불 속에서 휴대폰으로 보던 월드컵 취재 후기를 연상시켰다. 눈길을 끌던 스냅 사진 한 장. 여대생쯤으로 보이는 이란 축구팬이 도하의 경기장에서 얼굴에 피눈물을 흘리는 분장을 하고 월드컵 티셔츠를 들고 서 있는 사진. '마흐사 아미니'라는 이름과 나이를 뜻하는 숫자 22가 쓰여 있던 티셔츠. 얼마 전 거리에서 히잡을 쓰지 않았다는 이유로 '도덕 경찰'에 체포되었다가 사망한 여대생의 이름. 직접 찍은 게 아니고 『뉴욕타임스』에 난 기사에서 캡처한 것이라고 하던 기자. 그 사진을 보았다면 월드컵이 열리고 있는 도하로 달려가 자신도 그 티셔츠를 들고 있겠다고 할 것만 같은 라일라.

"한국에서는 여자들도 자전거 마음대로 타니?"

테헤란에서 만난 지 얼마 되지 않았을 때 내게 묻던 그녀.

"당연하지. 여자라서 할 수 없는 건 아무것도 없어. 육사나 공군사관학교를 나와 장군도 되고 전투기 조종사도 되는데."

내 말에 눈이 휘둥그레지면서 얼굴에 희색이 감돌더니 수줍은 표정으로 하던 말.

"나, 사실은 진작부터 한국에 가고 싶었어."

"왜? 뭐가 좋아서?"

"음, 이란 사람들 모두 '주몽'이랑 '양곰이(장금이)', 그리고 또, 「꽃보다 남자」의 '이민호'에 열광해. 나도 그렇긴 한데."

"주인공 말고 다른 게 있단 말이야?"

"음, 뭐랄까. 나도 양곰이가 제일 마음에 들긴 해. 어려움이 있어도 포기하지 않고 끝까지 자기 뜻을 이뤄내니까. 그런데……"

"그런데 뭐야?"

"음, 난 어릴 때 처음 양곰이를 보고 화면에 보이는 색깔에 반했어. 이란에선 여자들이 영화에 나온다고 하면 온통 시커먼 차도르 느낌이거든. 그런데 거긴 달랐어. 옷이 풍성하고 몸을 다 감싸는 건 비슷한데 색깔이 화사하고 정말 다양했어. 저런 세상도 있구나 싶었지. 마치 동화 속 나라 같기도 하고. 사실은 그때부터 가고 싶었어."

하지만 아버지의 반대로 꿈을 이룰 수 없게 되자 마음을 달리 먹기로 했던 라일라. 설사 유학을 가지는 못할지라도 공부를 계속해 한국에 대한 갈증을 달래리라 마음먹었다고. 한국 대사관에서 운영하는 세종학당에 입학해 한글을 배우고, 시중에 유통되고 있는 한국 역사 관련 영상물을 구해 시험공부 하듯 두 번 세 번 돌려 보고. 그렇게 한국에 대한 동경을 키워 오던 중에 학교 앞 식료품점에서 나와 마주친 그녀.

둘이서 얘기를 나누다 보면 라일라는 내가 모르는 것까지 빠삭하게 알고 있었다. 라일라도 만날 겸, 경영대 구내식당에 점심을 먹으러 갔던 날, 둘이서 나눈 대화는 아직도 내 가슴에 아프게 남아 있었다. 인문대와는 조금 떨어져 있었지만 구내식당 음식 맛이 좋기로 소문나 나도 자주 찾았던 캠퍼스. 때마침 그곳에서 한·페르시아 문화교류전이 열리고 있었다. 노르스름한 샤프란 밥에다 구운 토마토를 곁들인 양고기를 맛있게 먹고 나서 들어간 전시장. 유물들은 주로 신라의 석상과 유리병, 왕관과 장신구들이었지만 페르시아 양식이 혼합

된 것들이었다. 전시장을 나오면서 불쑥 라일라가 던진 질문.

"유물만이 아니야. 너, 그거 아니? 페르시아 왕자가 신라 공주랑 사랑한 이야기."

신라 공주와 페르시아 왕자의 사랑 이야기라니. 어리둥절하기만 하던 나.

"그런 얘기가 있어? 무슨 신화나 전설 아니니? 못 들어본 얘긴데."

더욱 신이 나서 얘기를 풀어놓던 그녀.

"둘이서 결혼까지 해서 아기도 낳았어. 그 아들이 자라나 멸망한 페르시아를 다시 일으켜 세웠고."

"그래? 진짜야? 신기하네. 근데 어쩌다 페르시아 왕자가 신라까지?"

"아, 그때 페르시아가 이슬람의 침략을 받아 망하는 바람에 왕자가 당나라로 망명 갔다가 신라까지 가게 된 거래."

"그랬구나. 그래도 그렇지. 좀 황당한 판타지 같은데."

"판타지가 아니고 페르시아 작가가 쓴 영웅 서사시 『쿠시 나메』에 나오는 이야기야. 연대기로 따져보아도 충분히 근거가 있어. 한국은 통일신라시대쯤 되고 이란은 사산조 페르시아시대였대."

"오 그래? 와, 그때도 두 나라 사람들이 서로 왔다 갔다 했다는 얘기네."

"그렇지. 신라 공주 이름은 프라랑, 페르시아 왕자 이름은 아브틴."

　그 이야기를 하며 무척이나 상기되어 있었던 그녀의 표정. 마치 자신이 이야기의 주인공이라도 된 것처럼. 하지만 열띠게 이야기를 하다가도 금세 어두워지던 얼굴.

　"지희야, 이런 얘기 들으면 너처럼 솔깃해해야 하는데 우리 아버지는 어쩌면 좋으니? 나더러 한국에 미쳐서 그렇대. 도서관에서 그 책을 복사해다 보여드려도 내가 환상을 봤다는 거야. 한국에 홀딱 빠져서. 어른들 생각이 이렇다니까. 세상을 제 발로 걸어가 제 눈으로 보고 싶어 하는 우릴 결코 이해 못해. 우리가 꿈꾸는 세상이 어떤 건지도 모르고. 이슬람 혁명 직후에 나라를 떠난 사람이 얼마나 되는지 아니? 자그마치 오백만 명이야."

　해외를 다니며 사업을 크게 하고 있다는 라일라의 아버지에 대해 무어라고 해야 할지 난감했던 나. 내 아버지 얘기로 답할 수밖에.

　"라일라, 아버지 세대는 다 비슷한가 봐. 자식 세대도 당신들 방식대로 살아주기를 바라는 것 같아. 내가 이란에 간다니까 아버지가 얼마나 말렸는지 몰라. 테헤란에 가면 무슨 일이라도 날 것처럼 걱정하시는 거야. 지금 생각해보면 아버진 딸이 어떤 모험도 하지 않고 그저 당신 날개 밑에서 안락하게 살기만을 바라신 거였어. 내 생각 같은 건 중요하지 않은 거지. 교환학생 가게 됐다고 했더니 뭐라고 하셨는지 아니? '학비고 뭐고 이제 없어. 당장 나가.' 우리 아버지, 그런 분이야."

내 말에 반쯤 놀라기도 하고 반은 동의할 수 없다는 표정의 라일라.

"너는 나만큼은 압박을 덜 받고 있나 보다. 그렇게 어른들을 잘 이해하는 걸 보니. 몇십 년 전 왕조 시대에도 여자들 히잡 쓰지 않았어. 테헤란에는 한껏 멋을 부린 멋쟁이들이 많아 '중동의 파리'라고 불릴 정도였지. 우린 지금 거꾸로 가고 있는 거야. 제발 신라 공주와 페르시아 왕자 이야기를 다시 기억했으면 좋겠어. 천 년 전 그 옛날에도 조상들이 자유롭게 왕래했었는데 왜 문을 꼭꼭 걸어 잠그려 하는지 모르겠어. 우리 아버지부터."

그 말을 하고는 나를 껴안고 울던 라일라. 아직도 귀에 들리는 듯한 그녀의 울음 섞인 목소리.

"아무튼 나뿐이 아니라니까 조금은 위로가 돼. 그런 일로 아버지랑 싸우는 게. 그래도 나, 무지 힘들어."

그랬던 라일라였다. 경영학을 전공해 돈을 벌면, 한·이란 문화교류를 지원하겠다는 야무진 꿈을 갖고 있었던 그녀. 그러니까 나는 라일라뿐 아니라 이란 사람들에게도 큰 손해를 끼친 셈이었다. 그 생각을 하면 교환학생을 지원했던 일조차 후회스럽기만 했다. 그러지 않았다면 내가 라일라를 만나는 일도, 그녀가 한국에 오는 일도 없었을 터였다. 나를 만나보고 나서 마음을 바꾸었다던 라일라의 아버지. 딸을 한국에 보내도 별일 없을 거라는 믿음을 갖게 되었다고 했다.

집에서 쫓겨난 뒤의 일은 지금 생각해보아도 아슬아슬하기만 했다. 친구 집에서 지내면서 항공료와 체재비를 벌기 위해 하루 두 탕씩 편의점 아르바이트를 뛰던 날들. 하지만 날짜는 다가오고 턱없이 모자란 경비에 일찍 세상 떠난 어머니를 원망하고. 거의 포기 상태에 있을 때 어느 날 별안간 찾아온 언니. 결혼 자금으로 따박따박 부어오던 적금을 깼다면서 건네주던 봉투. 나중에 알게 되었지만 그 안에 포함되어 있었던 아버지의 돈. 언니는 어떻게 아버지를 설득할 수 있었을까.

산책 통로에 머물면서 참사 이전의 일을 돌이켜보고 있는데 갑자기 옆구리에 심한 통증이 왔다. 내 표정이 일그러지는 것을 본 간병인은 재빨리 나를 병실로 데려와 침대에 눕혔다. 이불을 덮어쓰고 누워 있으니 통증이 조금 가라앉았다. 한숨 자고 일어나면 괜찮을 것 같아 눈을 감았다. 하지만 잠이 쉽게 오지 않았다. 나는 텔레그램에 들어가 아이다에게서 무슨 소식이 없나 하고 찾아보았다. 삼 주 전 나눈 대화를 끝으로 아직 새 소식은 없었다. 둘이 나눈 문자를 다시 읽어보았다.

"아이다, 이 일을 어쩌면 좋으니? 라일라에게 일이 닥친 것 같아."

"나도 알고 있어. 이란 대사관 사이트에 떴더라. 일은 이미 벌어진 거니까 너라도 몸을 잘 돌보길 바라."

"모든 게 내 탓이야. 라일라를 한국에 데려온 것도, 이태원에 데려간 것도."

"그게 어떻게 니 탓이니? 공연히 자책하지 마. 니 몸이나 잘 보살펴. 라일라네 집 소식은 내가 알아서 알려줄게."

친구에게 그 말을 털어놓고 나면 마음의 짐을 좀 덜 수 있을까 싶었는데 도리어 가슴에 새로 와서 매달린 듯한 더 큰 납덩이. 잠이 안 와 엎치락뒤치락하다가 눈을 감고 버티는데 들려오던 간호사의 목소리.

"손지희 님, 아, 주무시는군요. 여사님, 환자 깨거든 보호자에게 연락해 병원으로 오셨으면 한다고 전해주세요."

보호자 어쩌고 하는 말에 화들짝 놀라 나는 눈을 떴다. 뭔가 심상치 않은 일이 생긴 것 같은 느낌. 나는 병실을 나가는 간호사를 불러 세웠다.

"간호사 선생님. 저, 이제 깼어요. 뭐든 제게 알려주세요."

간호사는 뜨악한 표정으로 병상 가까이 다가와 말했다.

"손성택 씨가 보호자로 되어 있는데 오실 수 없나요?"

"아버지는 사업으로 바쁘세요. 여기선 제가 제 보호자예요."

내 말에 피식 웃음을 보이는 간호사. 병실을 나가면서 말했다.

"잠깐만요. 의사 선생님과 의논해볼게요."

설사 어떤 결과를 듣는다 해도 놀라지 않으리라 다짐했다. 태어나 처음으로 뼛속까지 외로움이 밀려왔다. 하지만 왠지 나 자신이 그다지 나쁘지 않은 고독한 결단에 이르리라는 예감이 왔다. 젊은 의사가 와서 설명을 했다.

"며칠 전까지는 그럭저럭 수치가 괜찮았는데 어제 한 혈액 검사에서 혈청 근육 효소 수치가 정상보다 몇 배나 높게 나왔어요. 단백 성분도 높고요. 그래서 계속 갈색뇨가 나왔던 모양입니다. 요산과 칼륨 수치도 아주 높아요. 필요하다면……"

의사가 말을 하다 말고 멈칫했다. 나는 그의 말을 마저 듣고 싶었다.

"필요하다면 뭘 하죠? 다 말씀해주세요. 괜찮아요. 저도 스무 살 넘었어요."

의사는 잠시 고개를 딴 데로 돌렸다가 다시 나를 보며 말을 이었다.

"신장 투석을 해야 될지도 몰라요. 그래서 보호자를 뵈었으면 하는 겁니다."

나는 그 말에도 전혀 동요하지 않았다. 낮은 목소리지만 또렷하게 내 의사를 밝혔다.

"선생님, 제발 부탁인데요. 아버지껜 아직 알리지 않았으면 좋겠어요. 제 몸은 제가 잘 알아요. 그렇게 위태로운 지경까지는 가지 않을 것 같아요. 저 자라면서 감기 한 번 안 걸린 몸이에요. 일반적인 처치만 해주시면 머지않아 벌떡 일어날 수 있을 거예요."

의사는 야릇한 미소를 지으며 병실을 나갔다. 아마도 내 말이 턱도 없는 소리라는 뜻인 듯했다. 몸살이 나려는지 몸이 찌

뿌듯해왔다. 다시 잠을 청했다. 나 자신이 스스로의 보호자로서 치료에 대한 결정을 하지 못한다는 것이 서글펐다. 나 스스로 결정해 실행에 옮겼던 테헤란행은 무사히 끝냈다. 이번 치료에 관한 것도 나는 충분히 견뎌낼 자신이 있었다. 일 년간의 교환학생 생활을 무사히 마치고 손가락 하나 다치지 않고 돌아왔듯이. 아버지의 염려는 기우였다. 때로 어른들은 장차 일어나지도 않을 일들을 미리 빌려 와서 지레 걱정을 한다. 자꾸만 생각이 많아지자 모든 것을 다 잊고 잠이나 자기로 했다. 그러다 영영 깨어나지 않아도 좋겠다는 생각도 했다. 눈을 감자 어느새 깊은 잠의 골짜기로 소르르 빠져들었다.

아버지가 침대 옆에 서서 싸늘해진 내 손을 잡고 왈칵 울음을 터트렸다. 그러더니 간병인에게 침대 상체 부분을 올려달라고 했다. 그런 다음 내 옆에 앉아 딸을 부둥켜안았다. 내 뺨에 당신의 뺨을 대고 부비면서 계속 울어댔다. 물론 딸을 잃은 그가 가엾게 여겨지긴 했다. 하지만 내게는 또 다른 슬픔이 있었다. 나를 믿고 따라왔던 친구를 잃은 슬픔. 그때 얼핏 머리를 스치는 것이 있었다. 단지 피와 살을 나누었다는 것만으로 서로간의 의식의 간극을 좁힐 수 있을까? 상대가 소중하게 여기는 것을 공감하지 않으면서도 그것이 가능할까.

나는 아버지에게 소리 높여 외치고 있었다. 하지만 그 소리가 입 밖으로 나가고 있는지는 알 수 없었다.

"아버지, 제가 거기 간 것을 창피해하실 필요 없어요. 아파트에 있는 어린이 놀이터처럼 그곳은 그날 하루 이 도시에서 젊은이들, 아니 모든 시민들의 놀이터였어요. 그냥 일 년에 하루 특이한 탈을 쓰거나 분장을 해서 서로 놀라게 하고는 깔깔대고 마냥 즐거워하는 곳이었다구요. 모여서 노는 데 무슨 대단한 의미가 있겠어요?"

아버지는 울고만 있을 뿐 내 말을 전혀 들을 수 없나 보았다. 내가 이미 죽은 목숨이어서인지도 알 수 없었다. 가슴이 답답하고 숨이 막혀왔다. 그 순간 놀랍게도 내가 지르고 싶은 소리가 있었다. 이태원에서 라일라에게 선보이려고 열심히 연습해왔던 마녀 웃음소리였다. 매부리코를 치켜들고 검은 고깔모자를 삐딱하게 쓰고 새빨갛게 칠한 긴 손톱을 앞으로 내밀면서.

하지만 목소리가 전혀 입 밖으로 나오지 않았다. 마음속으로 나는 간절히 원했다. 그 소리가 세상에 울려 퍼져 온갖 못된 악령들과 오랜 편견과 모든 추문까지도 모조리 쫓아버리기를. 그때 누군가가 내 어깨를 마구 흔들어댔다. 눈을 떠보니 간병인이었다.

"지희 씨, 정신 차려요. 뭘 하려고 그렇게 용을 썼어요? 얼굴은 시뻘게지고 목에는 힘줄이 툭툭 불거져서 뭔가가 터지는 줄 알았어요. 마침 간호사가 소변을 받아 오라고 해서 깨웠기 망정이지."

이불 밑으로 소변기를 집어넣는 간병인의 손길을 느끼며

나는 안도의 한숨을 내쉬었다. 적어도 내 마녀 소리가 입 밖으로 새 나가진 않은 모양이었다.

마녀 웃음소리가 미수에 그쳤다는 생각을 하자 문득 테헤란에서 라일라, 아이다와 함께 시내 북쪽에 있는 토찰산 유원지에 갔던 기억이 났다. 그곳에서 만난 티 없이 맑은 여고생들. 막 대입자격고사를 끝내고 나왔다고 했다. 코리아에서 왔다고 하자 대뜸 물어오던 질문. "이민호를 아세요?" "아다마다. 「꽃보다 남자」의 F4 중에 내가 제일 좋아하는 캐릭터인걸." 그 말에 내 손을 잡고서 와, 탄성을 지르며 몇 분 동안이나 폴짝폴짝 뛰던 소녀들. 그들과 함께 체험했던 가상 어드벤처 프로그램. 화면 속으로 급속하게 빨려 들어가 파미르 고원을 지나고 히말라야를 넘어 열대의 정글로 날아가던 우리. 빽빽한 숲속에서 아가리를 벌리고 달려드는 무서운 호랑이들과 정면으로 마주치고. 아무리 날고뛴다 해도 힘으로는 이길 수 없는 맹수들에 단지 비명과 괴성으로 맞설 수밖에. "으아아아아악! 으아아아아악!" 나는 무서워 눈을 감고 소리도 내지 못했다. 하지만 맹수들을 제치느라 줄기차게 질러대던 젊은 이들의 함성.

잠시 후 간호사가 채혈을 하러 왔다. 정밀 혈액검사용이라고 했다. 아마도 급성신부전이 왔는지 알아볼 모양이었다. 피를 뽑은 탓인지 허기가 몰려왔다. 간호사가 무슨 전단지를 건네고 갔다. 간병인이 잠시 병실을 비우고 있어서 내가 받아서 읽어보았다.

급성신부전증 환자 식단. 2000kcal 이상의 고칼로리. 고기, 생선, 두부, 계란 등 단백질 식품은 끼니당 한 토막만. 싱겁게 먹기……

나는 읽다가 그것을 놓아버렸다. 앞으로는 그런 것들이 나의 주요 관심사가 되어 일상을 지배하리라는 생각에 가슴이 섬뜩해왔다. 살아도 산 게 아니란 느낌이 와락 밀려왔다. 그러다 라일라의 얼굴이 떠오르면 내 사치스러운 생각이 부끄러워 얼굴을 들 수가 없었다. 나는 그녀가 떠난 그 자리에서 살아났다. 내게 숨 쉴 공간을 마련해주고 떠난 거였다. 라일라가 보고 싶다며 전화에 대고 울자 나를 위로한답시고 하던 언니의 말.

"어딘가에서 너를 보고 있을 거야. 사람이 죽어도 세상에 존재한다고 하지 않니?"

하지만 전혀 위로가 되지 않던 그 말. 나는 언니에게 속으로 외치고 있었다. 내가 원하는 건 뿔뿔이 해체된 그런 원자가 아니야. 살아 움직이는 발랄한 라일라라구. 거드름 피우는 양반탈이 아닌 가난하고 못생기고 힘없는 노비 역의 초랭이탈을 골라온 그녀, 히잡을 내던지고 한강변에서 자전거를 타고 씽씽 달리며 그리도 신나 하던 테헤란 소녀.

테헤란에서 다른 대학 세미나에 가는 길에 도덕 경찰에게 걸렸던 장면도 기억났다. 잠시 보자며 라일라를 구석진 가로

수 밑으로 데리고 간 여경. 한참이 지나도 친구가 돌아오지 않자 용기를 내어 여경에게 다가가던 나.

"무슨 일로 그러시죠? 오늘 세미나에서 라일라가 제 통역을 맡기로 했는데."

아래위로 나를 훑어보더니 꼬치꼬치 캐묻던 여경. 여권과 도서관 출입증을 들이대며 당당하게 말하던 내 모습. 서울에서 온 교환학생인데 테헤란대에서 페르시아 문학을 공부하고 있다. 그러자 라일라의 다리를 가리키던 여경의 손가락. 투명 스타킹 밑으로 드러나던 말간 살구색 종아리. 긴 재킷 탓에 노출된 다리 부분이 한 뼘이나 되었을까. 어이가 없어 웃으면서 응수하던 나.

"저기 가게에 들러 검은 스타킹 사 신길게요. 그러면 되겠죠?"

내 말엔 아무 대꾸도 하지 않고 냉담한 표정으로 라일라에게 가라고 까딱하던 여경의 손짓. 지금도 잊을 수 없는 그때 라일라의 표정. 순한 양이 되어 나를 마치 구세주인 양 바라보던.

그런 라일라를 보호하지 못했다는 자책감에 베개를 적시고 있는데 아이다에게서 연락이 왔다. 문자는 없이 사진만 첨부되어 있었다. 공항에서 딸의 관을 인수한 뒤 그 위에 엎드려 울고 있는 라일라 아버지의 모습이 담긴 사진이었다. 나는 그 사진을 한참 동안 물끄러미 바라보았다. 딸의 친구인 내가 그

아버지의 슬픔을 어디까지 헤아릴 수 있을까, 하고. 아마도 또박또박 제 의견을 내세우는 딸이 조금 못마땅하긴 했어도 그에게는 천사였으리라. 관 위에서 거구인 아버지의 어깨가 천천히 들먹여지고 있는 것이 보이는 듯했다. 힘없이 축 처진 그 어깨에서 세상 아버지들의 슬픔이 소리 없이 흘러내리고 있었다. 계속 바라보고 있자니 가슴이 아려와 더는 볼 수가 없었다. 그 사진에 누군가의 모습이 겹쳐 보이기 때문이었다. 그 누군가의 슬픔은 무엇이고 또 라일라를 잃은 나의 아픔은 무엇일까, 라는 생각을 하면서 나는 옆으로 돌아누웠다.

신 테트리스 게임

이게 도대체 무슨 일이지? S는 바짝 긴장했다. 그녀는 병상에 붙어 서서 환자의 눈꺼풀에 시선을 고정하고 한참을 관찰했다. 눈꺼풀 밑에서 일어나고 있는 활발한 눈동자의 움직임, 그것은 환자의 의식이 돌아오고 있다는 신호일 수 있었다. 코마 환자에게서 보이는 이런 현상은 환자가 꿈을 꾸고 있으며 뇌 활동이 원활하다는 증거라고 배웠기 때문이다. S는 몹시 궁금했다. 이것은 소생의 기미일까, 아니면 우연한 생리 현상에 불과한 것일까. 열흘 전 고열에 실신 상태로 응급실에 실려 온 이십대 남환 K. 그가 쓰러진 곳은 공교롭게도 얼마 전 코로나19가 집단으로 발생한 대형 물류센터였다. 병명은 코로나19로 인한 중증 폐렴과 뇌경색 의심이었다. S는 차트에 환자 상태를 기록하기 위해 병상에서 한발 물러섰다. 이제 한 시간 간격으로 두 차례 더 관찰한 뒤 그 결과를 간호사 스테이션에 보고할 작정이었다. 방호복 밑 등줄기에서 땀이 주르르 흘러내리는 것이 느껴졌다. 라텍스 장갑 두 장을 겹쳐 낀 손에서는 쓰리고 아린 통증이 다시 시작되었다. 하지만 그런 것쯤 개의치 않았다. 그녀의 신경은 오로지 자신이 맡은 환자를 놓치느냐 마느냐에 쏠려 있었다. 또다시 환자를 떠나보내게 될까 두려웠다.

K는 그녀가 음압병실 전담이 되고 나서 세번째로 맡게 된 환자였다. 첫번째와 두번째 환자는 허망하게 떠나보냈다. 코로나19와 싸우던 오십대 여환과 칠십대 남환이었다. 칠십대 남환은 이미 당뇨와 심장병이라는 지병을 갖고 있었지만 오십대 여환은 그런 기저질환도 전혀 없는 사람이었다. 가족의 애절한 편지를 읽어주고 그들의 목소리를 들려주느라 무전기를 귀에 갖다 대주며 생명줄을 붙잡으려 안간힘을 썼지만 소용이 없었다. 사선에서 깜빡거리던 두 생명의 불빛은 봄날 첫 꽃망울이 막 터지기 시작할 무렵 가뭇없이 꺼져버렸다. S는 나이팅게일 모자를 쓴 지 삼 년 만에 처음으로 전담했던 환자의 죽음을 연달아 목격한 거였다. 그것도 일주일 사이에 일어난 일이었다. 그녀는 심한 충격과 자책감에 시달렸다. 자신의 손끝이 어쩌다 실수로 그 생명줄을 놓쳐버린 것은 아닐까, 하고. 그래서 세번째 환자만큼은 결코 허무하게 떠나보내지 않

게 되기를 간절히 바랐다. 하지만 환자는 벌써 열흘째 의식을 찾지 못하고 있었다.

이토록 척척 아귀가 잘 맞아떨어질 수가 없었다. K가 보기에 상차(上車) 작업이란 그저 신나는 한판의 게임이었다. 친구들에게도 자신 있게 추천할 만한 신 테트리스 게임. 그는 컨베이어벨트 옆에 서서 쉬지 않고 쏟아져 들어오는 상자들을 들어 올려 탑차 안에 쌓아 올렸다. 어쩐 일인지 오늘은 상자를 들어 올려 꽂았다 하면 줄이 딱딱 들어맞았다. 전처럼 상자들 사이사이에 구멍이 숭숭 뚫리거나 쌓은 줄이 무게를 지탱하지 못해 허물어지는 일이라고는 없었다. 신기하게도 그는 벨트를 따라 연달아 들어오는 상자의 내용물을 단박에 파악할 수 있었다. 상자 끝을 살짝 들어보거나 냄새만 맡아보아도 어느 것이 고양이 모래이고 어느 것이 김치나 절임배추인지 또 무게가 대충 얼마나 나가는지. 탑차 바닥에 이십 킬로그램이 넘는 무거운 짐들을 깔고 그 위에다 비교적 덜 무거운 상자를 차곡차곡 빈틈없이 쌓아 올려 반듯한 벽을 만드는 것, 그것이 상차 작업이고 신 테트리스의 규칙이었다. 나머지 가볍고 작은 상자나 비닐 팩은 그 벽 뒤 적당히 비워둔 공간에다 농구 슛하듯 잽싸게 던져 넣으면 되었다. 대개 옷가지나 봉제 인형처럼 던져 넣어도 파손되지 않을 물건들이었다. 그의 손은 한 치의 실수 없이 재빠르게 착착 돌아갔다. 마치 배속으로 돌리는 영상처럼 날렵하고 경쾌하게.

"뭐야. 이 정도 갖고서 그렇게 힘들다고 징징댄 거였어? 영재 녀석, 약골인가. 테트리스를 아직 통달하지 못한 탓일 거야. 나처럼 게임부터 정복했어야지. 그리고 일단 일을 시작했으면 죽든 살든 끝을 봐야지. 조금 힘들다고 깨갱, 하고 나가 떨어져?"

"그럴 때 생각해/지금 이 순간이 언젠가 너를/더욱 빛나게 할 거야/괜찮아 힘을 내/넌 할 수 있을 거야……"

상차 작업이 힘들다고 징징대던 친구를 비웃듯 K는 자신이 좋아하는 발라드 가수 R의 노래를 흥얼거리며 작업을 계속해나갔다. 일이 이렇게 술술 풀리는 것은 정말 오랜만이었다. 그사이 내 실력이 이렇게 눈에 띄게 좋아진 건가. 마치 강철 팔을 가진 듯 그는 무거운 상자를 번쩍번쩍 들어 올려 탑차 안에 가지런히 쌓아 올렸다. 일을 시작하고 나서 한 달도 채 안 돼 자신이 상차의 달인이 된 듯했다. 물론 입바른 소리일 것 같아 '완전히'라고는 할 수 없었다. 적어도 '거의'라는 말은 붙이는 게 안전했다. 오랜만에 맛보는 짜릿한 쾌감. 입가에 절로 웃음이 흘렀다.

"이쯤 되면 일찌감치 물류회사에 짱박아야 되는 거 아냐? 아르바이트로 상차, 하차, 분류, 세 가지 다 경험해보고 나서 아예 택배 기사로 뛰어봐? 중고로 일 톤 탑차 한 대 구해서. 뭐 괜찮은 선택 아닌가. 대학 나와봤자 정규직은 바늘구멍이고 어차피 백수 신세 면하지 못할 텐데. 회사에서 해고될까

늘 전전긍긍하기보다는 더 배짱 편할지도 몰라. 내 맘대로 시간 정해 일하면서도 한 달에 몇 백만 원이 통장에 와서 소록소록 쌓인다는데. 그만한 직업이 또 있을까. 밑천 없이 달랑 몸뚱어리 하나만으로 말야. 돈이야 어떻게 벌든 무슨 상관이야? 알뜰하게 모아서 아파트 장만하고 처자식이랑 알콩달콩 살면 그만이지. 행복이 뭐 별건가."

택배 일이 자신에게 가져다줄 장밋빛 앞날을 그려보며 K는 모처럼 환하게 웃었다. 그때 부드러운 손길이 K의 어깨를 살포시 흔들었다. 몸은 잠에서 깨어나는 듯한데 눈은 왠지 뜨기가 싫었다. 그 안에 모든 행복이 소복이 쌓여 있는 듯한 눈꺼풀을 좀체 열기가 싫었다. 열었다 하면 왠지 행복이 단숨에 하르르 날아가버릴 것만 같은 느낌. 하지만 계속해서 자기 이름을 부르며 흔들어대는 누군가의 손길에 얼마 후 그의 눈꺼풀은 저절로 스르르 열리고 말았다. 눈앞에는 뭔가 흐릿한 형상이 어른거렸고 사방이 하얀 방 안에서는 삐 하는 기계음과 함께 작은 모터 돌아가는 소리가 들렸다. 그 형상은 머리에서 발끝까지 온통 흰색 차림에 고글을 쓰고 있었다. 혹시 우주인인가, 하며 좀 더 자세히 살펴보았다. 자신의 병상 왼쪽에 서 있는 그 형상은 언뜻 보아 두 손이 마치 하프를 켜다가 멈춘 것 같은 포즈였다. 한 손은 하프 윗부분에 다른 한 손은 아랫부분에. 그러더니 갑자기 울음 섞인 여자 목소리가 들렸다.

"어머, 금동희 님, 깨어나셨군요. 세상에! 제 말 들리세요?

어디 오른팔 좀 들어보세요."

그는 침대 왼쪽에 바짝 다가온 여자의 지시에 따라 오른팔을 살며시 들어 올렸다. 그러고 나서 눈을 몇 번 깜빡거리자 서서히 초점이 맞춰졌다. 그녀가 손을 대고 있었던 건 하프가 아니라 수액 주머니를 주렁주렁 매달고 있는 폴대였다.

"이번엔 왼팔을 조심조심 살짝만 들어 올려보세요. 됐어요. 이제 쥠쥠 해보세요. 좋아요. 자 이번엔 왼쪽 다리 올리고, 내리고, 자, 오른쪽 다리요."

그는 계속 여자의 지시를 따랐다.

"됐어요. 이제 내리세요. 아주 좋아요. 이번엔 눈으로 제 볼펜 끝을 따라와보세요."

그는 눈으로 그녀가 쥐고 있는 볼펜 끝을 따라갔다. 좌우로 각각 한 번씩, 그리고 위아래로 한 번씩.

"네, 잘하시네요. 눈동자가 특정한 물체를 잘 응시할 수 있는지 보는 거예요."

그녀는 우주인도 하피스트도 아닌 간호사였다. K는 일이 어떻게 된 것인지 도무지 알 수 없었다. 간호사는 K 곁으로 다가와 이불을 가슴까지 올려 여며주었다. 고무장갑을 낀 탱탱한 손길이 그의 턱 밑을 살짝 스치고 지나갔다. 장갑 낀 손인데도 매끄럽고도 따스한 느낌. 그 촉감으로 K는 마침내 자신이 깊은 잠에서 깨어난 것을 실감했다. 그리고 또 한 가지 중요한 사실도 알게 되었다. 자신이 달인이 되었다고 생각했던 그 환상적인 작업은 꿈속의 일이었음을. 그렇다면 꿈을 꾸기 전에 무슨 일이 있었던 걸까. 목이 뻐근해 손으로 더듬어보았다. 울대 부분에 딱딱한 관이 만져졌다. 왼팔엔 주삿바늘, 가운뎃손가락엔 집게가 꽂혀 있었다. 심장이 서늘해 오면서 저절로 눈이 휘둥그레졌다. 이게 대체 무슨 일이지? 간호사는 겁에 질린 K를 안심시키려는 듯 가까이 다가와 속삭였다.

"아, 괜, 괜찮아요. 놀라지 말아요. 회복이 엄청 빠르니까요. 며칠 전 작업장에서 쓰러져서 구급차에 실려 왔어요. 하지만 걱정했던 증세들이 많이 사라지고 있어요. 이제 곧 주치의가 들어와 예후를 설명해주실 거예요. 걱정 붙들어 매시라고요. 이 정도 속도면 금세 '껌환' 되니까요. 퇴원 날짜만 기다리는 환자 말이에요. 보세요. 산소도 뺐는데."

그녀는 급히 병상 오른쪽으로 가더니 환자 바이오 모니터를 K 쪽으로 돌리며 말했다. 모니터의 숫자는 줄줄이 녹색. 산소포화도 98, 맥박 92, 혈압 120~80, 체온 36.4. 간호사 S는 오른손 검지와 엄지로 동그라미를 그려 보이고는 고개를 끄덕였다. 그러고는 병상 끝으로 가서 높이 조절 레버를 돌렸다. 상체 부분이 스르르 올라가자 K는 마치 어릴 때 아빠의 어깨에 목말을 탈 때처럼 기분이 좋아졌다. 간호사가 마치 자신을 안아 일으키는 듯한 느낌도 들었다. 병상 상체 부분이 사십오 도 각도가 되었을 때 S가 말했다.

"저기 저 유리창 좀 보실래요? 제가 조금 전 간호 스테이션에다 보고한 거예요."

거기엔 '7번 남환 금동희'라는 이름 밑에 이렇게 적혀 있었다.

'자가호흡 중, 지속적인 눈동자 움직임 관찰됨. 웃는 표정도 목격.'

그 아래는 병실 밖에서 반대 방향으로 쓴 댓글이 달려 있었다.

'브라보! 조금 있다가 살살 깨워봐. 깨고 난 뒤에는 체크리스트 점검, 알지?'

어안이 벙벙해진 그에게 간호사가 물었다.

"무슨 좋은 꿈 꾸셨어요? 잠에서 깨기 직전에 한동안 아주 환하게 웃으시던데."

그녀는 답을 채근하듯 눈을 크게 뜨고 고갯짓을 했다. K는 씩 웃으며 뭐라고 입술을 달싹였지만 소리는 들리지 않았다. 간호사가 보기에 마지막 입술 모양이 '엔젤' 같기도 했다. 그녀는 아주 조심스럽게 침대를 천천히 내리고는 말했다.

"어머, 미, 미안해요. 목에 관이 들어간 걸 깜빡했어요. 당연히 소리가 안 나오죠. 제가 아직 좀 모자란 '천삼이'라서……"

K는 그 말에 한 박자 늦은 웃음을 짓고는 다시 눈을 감았다. '천삼'에서 'ㅁ' 받침을 떼려면 아직 한 단계 모자란다는 겸손의 말이었다. K는 언뜻 자신이 처음 눈을 떴을 때 말을

걸어오던 그 목소리에 울음이 섞여 있었다는 것을 기억해냈다. 누군가가 자신을 위해 울먹였다는 사실에 그는 코끝이 찡해오는 것을 느꼈다. 어쩌다 자신이 이곳에 와 있는지는 모르지만 마치 비바람 몰아치는 거친 광야를 헤매다가 운 좋게 포근한 피난처를 만난 것 같은 느낌이 들었다.

그는 '천삼이'로 해서 잠시 들떴던 마음을 가라앉히고 일이 어떻게 된 것인지 지난 일을 돌이켜보았다. 가물가물하고 흐릿한 기억을 거슬러 올라가자 마침내 뭔가가 보였다. 엉성하게 쌓아 올린 상자들 사이사이에 뻥뻥 뚫려 있는 구멍들. 그랬다. 그곳은 물류센터 상차 작업 현장. 그날따라 상자를 탑차 안에 쌓아 올리는데 자꾸만 구멍이 생겨 끌탕을 하던 중이었다.

"오늘따라 왜 이런 거야? 내 딴엔 잘 쌓았다 싶었는데 금세 무너져 내리고, 쌓고 나서 보면 군데군데 자꾸만 구멍이 뚫려 있다니. 인생에는 아무리 노력해도 메울 수 없는 틈새라는 게 있는 걸까. 여간해서는 좀체 메워지지 않는. 어쩌면 나라는 인간의 빈틈 같은 것은 아닐까."

그는 그 구멍들이 께름칙하게 여겨졌다. 아무래도 몇 줄을 허물고 다시 쌓아야겠다고 생각했다. 이번에는 중력의 법칙에 따라 상자의 크기와 부피를 정확히 판단해야지, 결심을 하고 몇 줄을 허무는 순간이었다. 뒤통수를 치는 듯 들려오던 작업반장의 불호령.

"야, 인마, 지금 예술 하냐? 등신. 몇 날 며칠 그러고 있을래? 얼렁뚱땅 후딱 해치울 줄도 알아야지. 틈새 메우겠다고 그래, 이미 쌓은 줄을 허물어? 바보 멍청이 아냐?"

반장의 호통을 듣자 K는 뭔가 일이 삐끗했다는 느낌이 들었다. 처음 물류센터 일을 시작할 때 그의 모토는 '게임처럼 즐겁게'였다. 십대 시절 테트리스의 지존이라 불렸던 그였으니까. 정해진 장소에 모여 회사 통근 버스를 타고 물류센터를 향해 갈 때만 해도 자신만만했었다. 상자 쌓기쯤이야, 라고. 그때 상차 작업이란 그에게는 손가락만 까딱거리면 되는 신 테트리스 게임이었다. 손가락으로 단추를 눌러 내려오는 막대들을 돌리거나 눕히고 세우기만 하면 제자리에 가서 딱딱 정확하게 꽂히는. 아니 마땅히 그렇게 되어야만 했다. 하지만 한 달이 지나자 깨닫게 되었다. 택배 상자는 모양과 크기, 무게가 너무나 다양해서 일관된 규칙을 적용하기 힘들다는 것을. 생수 팩과 도자기, 수박 상자를 어떻게 똑같은 규칙으로 다스릴 수 있을까. 허리를 꺾었다 폈다, 같은 동작을 반복한 지 몇 시간 만에 그는 몸을 가누지 못할 만큼 휘청거렸다. 어설프게 쌓아 올린 상자가 떨어지면서 발등을 쿡쿡 내리찍었다. 쉬지 않고 쏟아져 들어오는 무거운 상자들에 부딪쳐 온몸이 멍투성이가 되었다. 게다가 윙, 하고 끊임없이 돌아가는 컨베이어벨트 소리는 신경을 날카롭게 긁어댔다. 당시를 돌이켜보자 그는 금세 얼굴이 찌푸려졌다.

잠시 기척이 없던 간호사가 다가와 속삭이듯 말했다.

"금동희 님, 다시 잠드신 거 아니죠? 눈 좀 떠보실래요? 자꾸 가라앉으면 안 돼요. 이것 좀 보세요. 짠!"

눈을 뜬 K 앞으로 들이밀어진 것은 휴대폰에 담긴 연보랏빛 라일락 사진이었다. 작은 꽃잎들이 소담스럽게 모여 핀 몽실몽실한 꽃송이. K는 그 사진을 보다 말고 간호사의 얼굴을 쳐다보았다. 마스크로 얼굴이 반 이상 가려져 있지만 웃음 띤 눈매가 나머지 부분까지 훤히 다 비춰주고 있었다.

"우리 병동 바로 앞에 피었어요. 기분 좀 좋아지시라구요."

간호사 S는 그 말을 하며 K의 안색을 살폈다. K는 봄을 알리는 꽃 사진도 그리 달갑지 않은 듯 보였다. 그 기분은 바로 간호사 S에게 전달되어 그녀 역시 시무룩한 표정이 되었다. 꽃을 보고도 좋아하지 않다니, 뭔가 이상했다. 그녀는 K가 잠에서 깨기 직전의 모습을 돌이켜보았다. 분명 기쁜 일이 생긴 듯 해맑게 웃는 표정이었다. 그런데 지금은 그때와는 정반대로 먹구름이 잔뜩 낀 얼굴, 아무리 생각해도 이해가 되지 않았다. 이제 생사의 경계를 넘나들던 상태에서는 확실히 벗어난 듯한데 저 사색이 된 얼굴은 무엇이란 말인가. 누구에게 물어봐야 하나? 선배 간호사와 의사들을 떠올려보았다. 그분들은 물론 알 터였다. 그러자 S는 이런 생각이 들었다. 혹시 내가 천삼이라서일까. 간호사로서 아직 한참 모자란.

그녀의 자책은 계속되었다. 나는 왜 환자에게 다시 살아난 기쁨을 일러주지 못하고 있는 것일까. 나의 이 벅찬 감격이 환자에게는 왜 전달이 되지 않는 걸까? 그런 생각을 하는 중에도 S는 라텍스 장갑 속에서 욱신거리는 손의 통증을 느꼈다. 하루에도 몇 번이나 씻고 또 씻고 소독하고 또 소독한 탓에 손은 허옇게 허물이 벗겨져 너덜너덜해져 있었다. 거기에 살갗을 찌르는 듯한 통증도 동반되었다. 손이 그렇게 헐어가는데도 나는 아직 멀었다는 말일까. 얼마나 더 손이 헐고 아파야만 천삼이를 벗어나 환자와 진정으로 통할 수 있을까. 낮은 연차에도 불구하고 결혼하는 선배 대신 중환자실에 근무한 이력 때문에 음압병실로 차출된 그녀였다. 환자는 다시 종전의 잠자기 모드로 퇴행하는 것처럼 보였다. S는 와락 겁이 났다. 하지만 그저 환자를 지켜만 볼 뿐 자신이 할 수 있는 일이라고는 없었다.

감긴 눈 속에서 K의 기억은 시간을 거슬러 올라갔다. 대구를 봉쇄해야 한다는 얘기가 나오던 즈음, 신천지교회발 코로나19 집단 감염 사태는 전국으로 빠르게 번져나갔다. 대구 시민뿐만 아니라 온 국민이 패닉 상태에 빠졌다. 사람들은 모두 대면 접촉을 꺼렸다. 파출부와 학습지 교사, 방문판매업자 등 대면 접촉을 해야 하는 서비스 업종 종사자들은 모두 실업자가 되었다. 가정으로 중고생 과외를 하러 다니는 대학생들도 마찬가지였다. 3월 중순을 넘어서자 영어와 수학 과외를 하던 중학생 집에서는 K에게 당분간 쉬라고 했다. 그런 낌새는

2월 중순부터 나타났었다. K가 대중교통을 이용한다고 하자 학생 집에서는 꺼리는 눈치가 역력했다. 거기에다 설마 대학까지 문을 닫으랴 싶었지만 그런 날은 실제로 오고야 말았다. 하는 수 없어 대구 집에나 내려갈까 했지만 어머니는 펄쩍 뛰었다.

"동희야, 대구는 지금 완전 유령도시데이. 겁이 나서 다들 문밖도 못 나간다 아이가. 이 시국에 지금 누가 대구로 내려오노."

그러고는 마치 유언 같은 말도 했다.

"동희야, 니라도 어디서든 꼭 살아남아야 한데이. 코로나 걸려 병원에 가믄 면회도 안 되고 죽으면 장례도 제대로 못 치른다 안 카나."

죽든 살든 서울에서 버둥거리며 견뎌내야만 되었다. 월세는 이미 석 달 치가 밀렸고 라면 살 돈도 바닥이 났다. 언제 주인에게서 월세 독촉이 올지 몰라 휴대폰 벨 소리만 울려도 깜짝깜짝 놀라곤 했다. 급기야 지푸라기라도 잡는 심정으로 그는 같은 물리학과 친구인 경민에게 전화를 걸어보았다.

"경민아, 우째 지내노. 요즘 하도 세상이 어지러워 잘 있나 하고."

K는 용건 대신 친구의 안부만 물었다. 순진한 경민은 친구의 전화를 곧이곧대로 받아들였다.

"동희야, 너 아직 대구 안 내려갔어? 대면 금지 시대니 만나지도 못하고 어쩌니. 우리 뉴턴 스터디그룹 계획도 날아가 버렸네. 코로나 땜에 허무하게."

"그러게. 만나야 뭘 하든지 말든지 하지. 그럼 잘 지내라. 이만 끊을게."

신입생 때부터 사귀어온 같은 과 여자 친구 홍주에게도 전화를 해보았다.

"홍주야, 잘 지내지? 너무 오래 얼굴 못 봐 어떻게 지내나 하고."

"아니, 동희야, 너 아직도 대구 안 내려간 거니? 하긴 대구라서 내려가기도 좀 꺼려지겠다. 어서 빨리 끝나야 될 텐데. 아무튼 조심해. 별일 없지? 동희야."

"응, 별일 없어. 코로나 좀 잠잠해지면 다시 연락하자. 참 해리는 잘 있냐? 걔 나 되게 따랐는데, 보고 싶다."

"응, 잘 있어. 근데 해리도 스트레스 엄청 받고 있지 뭐. 요즘 조심스럽다고 엄마가 해리 데리고 산책도 못 나가게 하시거든. 우리 언니 은행원이잖아. 그래서 동생들 엄청 단속해. 쓸데없이 밖으로 돌아다니다 바이러스 묻혀 오지 말라고. 그건 그렇고 너 정말 별일 없는 거니? 혹시 뭐 할 말 있어서 전화한 건 아냐?"

그 말에 K는 솔직히 털어놓을까 싶기도 했다. 하지만 여자 친구에게 구차한 얘기를 꺼내기가 왠지 쑥스러웠다. 차마 고백할 수는 없었다. 라면 살 돈도 없다는 사실을.

"아냐, 그냥 오랜만이라 해본 거야. 해리 안부도 궁금하고. 거실에서라도 운동 잘 시켜라. 홀라후프 넘기도 시키고."

K는 애꿎은 푸들 걱정만 하고는 전화를 끊었다. 그 말을 하는데 왠지 자기 자신이 더욱 초라하게 느껴졌다. 어쭙잖게 안온한 집안에서 잘 보호받고 있는 해리를 걱정하다니. 홍주에게 전화할 때면 왠지 자신이 이미지 관리를 한다는 생각이 들어 씁쓸해졌다. 사투리가 튀어나올까 조심도 하고. 그러고 나서는 전에 몇 번 가서 일한 적이 있는 이태원 이탈리아 식당을 찾아갔다. 꽤 오래 일한 덕에 설거지 단계를 넘어 샐러드 담당까지 올라갔던 곳이었다. 그러다 과외 자리가 나와 그만두었었다.

"어? 요즘 혼자 하세요? 저라도 와서 좀……"

"아냐, 괜찮아. 나도 내일쯤 문 닫으려고. 지난번에 동네 카페에서 집단 확진자 나온 뒤로 이 일대가 다 손님이 뚝 끊겼어."

항상 손님이 북적대서 아르바이트생을 여러 명 쓰던 홍대 앞 유명 커피숍에도 가보았다. 이제는 딱 한 명이 남아 있었다.

"한 명으로 되세요? 낮에 손님들 한꺼번에 몰려오면 어쩌시려구요. 제가 와서……"

매니저는 K가 미처 말을 끝내기도 전에 손사래를 치며 말했다.

"그럴 필요 없어. 다들 도시락 배달해서 먹는지 회사원들이

통 밖으로 나오질 않네. 나도 언제 문 닫을지 몰라."

마지막으로 찾아간 동네 편의점 주인도 탄식하듯 중얼거리는 건 마찬가지였다.

"요즘은 식구들이 번갈아가며 카운터를 보고 있다네. 라면이랑 음료수도 다들 인터넷으로 사는지 원. 학교에 학원까지 죄다 문을 닫고 나니 중고생 코빼기도 못 보겠어. 거리엔 저런 차들만 쌩쌩 달리고 말야. 탑차들만 살판났다니까."

'탑차'라는 말이 K의 머리에 번개 치듯 와서 꽂혔다. 그러자 퍼뜩 생각이 났다. 티브이 뉴스에서 본 장면이었다. 물류센터에 산더미처럼 쌓여가던 크고 작은 택배 상자들. 코로나19가 터지고 나서 물량이 이삼십 프로나 증가했다고 했다. 아르바이트를 다녀온 친구의 얘기도 생각났다. 물류센터에서는 일당을 이튿날 통장으로 재깍 입금해준다고 하던. 정녕 그랬다. 평시든 코로나 시대든 일감 있는 곳에 행복이 있을 것이었다. 확진자가 대거 나온 곳이라도 상관없었다. 그까짓 코로나쯤 문제도 아니었다. 지금 그에게는 코로나보다 몇 배나 더 무서운 게 있었다. 그것은 곧 일할 곳이 없다는 사실이었다. 다단계 영업사원이 단체로 회원 교육을 시키다 거리두기 위반으로 잡혀가면서 외쳤다는 말이 생각났다.

"코로나보다 더 무서운 게 있다구요. 일을 하지 못하게 된다는 거요. 일, 일이라구요!"

청년에게 일할 곳이 없다는 사실은 거룩하게 말해서 '인간으로서 존재 가치를 느낄 수 없다'는 뜻이었다. 아니 더 솔직해지자면 '입에 풀칠을 할 수가 없다'는 말이었다. K는 자기보다 먼저 물류센터 아르바이트를 경험해본 동기생 영재를 찾아갔다. 그의 집 근처 쌈지공원에서 만난 영재는 고개를 절레절레 흔들며 아예 택배의 '택' 자도 꺼내기를 꺼렸다.

"야, 그 동네는 다시 생각도 하기 싫다. 관두자."

그러자 K는 더욱 궁금증이 일었다.

"아는 대로만 좀 얘기해봐. 힘들어도 절대 원망하지 않을게."

그는 K의 처지를 조금은 눈치챈 듯 벤치에 앉아 얘기를 털어놓았다.

"구인구직 앱에 들어가 신청하면 어디로 모이라고 문자가와. 그러니까 일용직 단기 알바지. 그럼 통근 버스 타고 센터에 가서 분류나 상하차 작업을 하게 돼. 주소지에 따라 물건을 분류하는 작업은 얻어걸리기 힘들어. 조금 쉽다고 여자들이나 회사 직원들을 주로 시키니까. 우리 같은 젊은 남자들에겐 주로 상하차 작업이 주어지더라. 수거해 온 택배 상자를 트럭에서 내리는 게 하차인데 이걸 까대기라고 불러. 통조림 뚜껑 까듯이 트럭에서 화물을 간다고 해서 말야. 그리고 컨베이어로 들어오는 짐을 들어서 탑차에 싣는 작업을 상차라고 해. 아무튼 상차나 하차는 정말 허리 나가기 십상이다, 너."

"그럼 자기 차로 하는 택배 기사는 어때?"

"차도 없으면서 그건 또 왜?"

"언젠가 중고차라도 사게 되면……"

"얘가, 어디서 무슨 얘길 듣고 자꾸 택배 일에 껄떡대냐, 껄떡대길. 꿈 깨라. 그건 말야, 발전성이라고는 1도 없는 그냥 단순 막노동이야. 노가다. 아니, 택배보다는 차라리 노가다가 더 신사지. 용역회사나 가봐. 노가다 뛰라구."

"그치만 거긴 물이 다르잖아. 나이 많은……"

"어차피 단순 노동인데 물은 왜 따져? 노동 시간은 노가다가 훨 짧다니까. 자기 차로 택배 뛰면 뭐 신선놀음일 것 같니? 뉴스 못 들었어? 택배 기사들 배달 현장에서 픽픽 쓰러진다는 소식. 얼마 전에도 새벽 배송하던 기사가 빌라 계단에서 쓰러져 숨졌잖아. 그 잘난 총알 배송, 로켓 배송, 심야 배송, 새벽 배송하다가 말야. 솔직히 그렇게 득달같이 번개 배송을 받아야 할 만큼 급한 게 뭐가 있니? 일상용품 중에. 그저 모두가 '빨리빨리' 문화에 젖어서 그런 거지. 그건 문화도 아니야, 폐습이지, 고질병. 하루에 이백 개 배송하려면 열두 시간 일해도 시간이 턱없이 모자라. 근무시간을 밤 열시로 정해놓으면 뭐 해? '배송 종료'라고 보고해놓고도 새벽까지 뛰어야만 일이 끝나는데."

"그렇구나. 근데, 누가 그랬지? 어떤 허풍쟁이 경제학자였냐? 2030년쯤에는 주 열다섯 시간만 일해도 풍요로운 삶을 누릴 수 있다매? 그때쯤엔 자본이 축적되고 기술이 크게 발전해서 말야. 이제 딱 구 년 남았는데, 이게 뭐야? 아무튼 난 나중에 차가 생겨서 택배 기사를 하더라도 죽지 않을 만큼만 뛸 거야. 다른 사람들 이백 개 배송할 때 백오십 개만 하면서."

"바로 거기에 맹점이 있다, 동희 군. 인간이란 마음속에 탐욕이 득시글대는 동물이야. 그 점을 간과하지 말라구. 눈앞에 돈벌잇감이 있으면 못 참거든. 왜 그, 유명한 이야기 있잖아. 「사람에겐 얼마만큼의 땅이 필요한가」라는 단편. 누구냐, 그 러시아 작가."

"톨스토이. 나도 읽었어." K가 대답했다.

영재가 핀잔을 주며 다시 말을 이었다.

"그래, 읽었으면 알 거 아냐. 악마가 뭐라고 꼬셨니? '하루 종일 달려 나갔다가 약속된 시간 안에 출발지로 돌아오면 네가 밟고 온 그 땅을 죄다 싼값에 주겠다.' 농부는 그 말에 혹해서 온종일 땅을 밟으며 뛰었지. 그러다 너무 멀리 나간 거야. 그래서 약속 시간에 맞춰 달려오다 그만 숨이 멎고 말았지."

"악마의 유혹이라. 택배 기사는 그렇다 치고, 그럼 물류센터 상하차나 해보지 뭐. 위아래도 없고 일한 만큼 받는 거 괜찮지 않아? '일용직 단기 알바'면 어때? 어떻게든 돈만 벌면 되잖아? 돈에 뭐 이름 붙어 있나?"

"동희야, 실은 나, 거기 갔다 와서 단단히 결심한 게 있어. 온라인 쇼핑, 되도록 안 하기로. 솔직히 택배라는 게 말야. 사람들이 자기 편하자고 남의 노동력을 헐값에 부리는 것이더라구. 말이야 비단 같지. 4차 산업혁명이네, 전자상거래네 어쪄고."

"그래도 택배 덕분에 이 팬데믹 시대에 살아남은 업종도 많
잖아. 또 그 일로 먹고사는 사람들도 많고. 하다못해 동네 식
당도 배달 앱에다 배달 기사 안 쓰면 장사 안 되는 세상 아냐.
택배 기사도 그래. 일하다가 쓰러지는 거야 어쩌겠어? 자기
선택인데."

"뭐 선택? 선택한 거면, 뭐 죽어도 괜찮다는 거니?"

영재는 경멸적인 표정으로 K를 쏘아주고는 한숨을 푹 내쉬
면서 말했다.

"좋아. 일단 니가 한번 다녀온 뒤에 얘기하자. 너 택배 무
게 한도가 얼만지 알기나 해? 삼십 킬로그램이야. 십 킬로그
램짜리 쌀 포대 세 개. 너 그렇게 무거운 상자 단번에 들었다
놨다 할 수 있어? '추노(推奴)'가 생각나더라. 돌아오는 통근
버스엔 딱 절반만 남았거든."

영재가 뭐라고 해도 K는 은근히 믿는 구석이 있었다. 어떤
일이 긴가민가할 때 판단 기준이 되는 것. 이른바 '그래도'라
는, 시중에 떠돌아다니는 속설이었다.

"그래도 규모가 제일 커서 미국 증시에 상장도 할 회사라는
데, 그래도 잘하면 직고용도 해준다는데, 그래도 일당이 제일
높다는데, 그래도 밥이 제일 잘 나온다는데, 그래도 언제든
나가면 일거리가 기다리고 있다는데."

집에 돌아온 그는 거울 앞에서 팔의 이두박근을 만들어보

며 혼잣말로 중얼거렸다.

"그까짓 택배 상자 들어 올리는 것쯤 뭐 대수라구. 군대에서 이십 킬로그램짜리 군장 메고 이십 킬로미터 행군도 너끈히 해낸 몸인데. 택배 상자 쌓기나 테트리스 막대 쌓기나, 그게 그거지. 게임 한번 즐겁게 뛰어보지 뭐. 돈 벌면서 살도 뺄 수 있다는데."

그는 자기 몸매도 다시 한번 훑어보았다. 사실 그는 뚱보라고는 할 수 없었다. 약간 통실통실하다고나 할까. 그런데도 홍주가 늘 자기에게 하던 말이 생각났다.

"동희야, 넌 말야. 살만 조금 빼면 스타일이 아이돌 급인데."

홍주의 말을 떠올리자 K는 더욱 그 일에 구미가 당겼다.

하지만 상차 작업에 투입된 지 며칠 만에 상황 파악은 끝났다. 그것은 군대 행군보다 더 혹독한 노동이었다. 무섭게 돌진해 오는 컨베이어벨트 위로 상자들은 숨 가쁘게 쏟아져 들어왔고 채워도 채워도 빈 탑차는 계속 들어왔다. 밤을 꼬박 새워도 작업은 끝나지 않았다. 몸을 굽히고 펴는 동작을 수없이 되풀이하고 나자 허리가 끊어질 듯 아파왔다. 단련이 되면 좀 낫겠지 하며 하루하루 버텨온 지 한 달째였다. '한판 게임이나 즐기자'던 처음의 목표는 머리에서 깡그리 사라져버렸다. 지금 자신의 신세는 침대에 느긋하게 누워 스마트폰으로 테트리스를 하는 사치스러운 게임 플레이어가 아니었다. 멋모르고 밤나무 밑에 다가간 다람쥐 신세였다. 그저 알밤 몇 개 주워 먹으려다 형벌처럼 쏟아지는 밤송이에 찔리고 짓눌려 겨우 숨만 할딱이고 있는.

그날도 작업을 시작할 때 썼던 마스크는 자기도 모르게 벗어 던졌다. 무거운 짐을 들어 올리느라 헉헉대다 보면 숨이 차서 도저히 계속 쓸 수가 없었다. K뿐이 아니었다. 작업 개시 오 분도 채 지나지 않아 모두들 노마스크 상태가 되었다. 마스크를 벗어도 누구 하나 뭐라고 하지 않았다. 센터 출입구에만 체온 측정기와 손 소독제가 비치되어 있을 뿐 작업장에는 아무런 방역 장치도 없었다.

식사도 심야조는 바깥의 고기낙원식당이 아니라 구내식당에서 해결했다. 메뉴는 비곗덩어리 삼겹살 수육 몇 점에 김치와 콩나물, 깍두기 단 세 가지, 그리고 멀건 된장국이었다. 그것도 비좁은 식당에 백여 명이 다닥다닥 붙어 앉아 먹었다. 사회적 거리두기는 딴 나라 얘기였다. 모두들 빨리 먹고 일하러 가겠다는 일념으로 된장국에 밥을 말아서 입안에 후루룩 쓸어 넣기 바빴다. 옆 사람과 말 한마디 나눌 겨를도 없었다. 여물통의 가축들도 먹이를 먹다가 하늘을 한번쯤은 쳐다본다던데.

잠시 후 어떤 남자 목소리가 그의 이름을 불러댔다. 눈을 떠보자 흰색의 방호복을 입고 두건 같은 것을 쓴 의사였다. 그는 손에 든 차트를 들여다보면서 K에게 말했다.

"금동희 씨, 정말 다행입니다. 엑스레이 결과가 나왔는데

폐가 많이 좋아졌어요. 보다시피 자가호흡 중이고요. 어디 다시 한번 확인해봅시다. 자, 눈으로 이 볼펜을 따라와보세요."

K는 눈으로 볼펜 따라가기쯤 이제는 문제도 아니었다. 그런 다음 의사는 그의 양쪽 다리를 세웠다 폈다 해보고 나서 말했다.

"코로나에 뇌경색까지 겹쳤나 하고 걱정 많이 했어요. 작업 현장에서 쓰러지면서 머리를 컨베이어벨트의 철제 부분에 심하게 박았다고 해서 말이죠. 외상도 없이 의식을 잃은 채 실려 왔거든요. 게다가 근육 경직까지. 무엇보다도 사이토카인으로 발전할까 염려했죠. 면역물질이 정상세포를 공격하는 거요. 그걸 피해 가서 얼마나 다행인지."

놀란 K는 눈을 크게 뜨고 이어지는 의사의 설명을 들었다.

"한 가지 안타까운 것은 한때 호흡이 위험해져 기관 삽관을 할 수밖에 없었다는 점이에요. 다행히 원무과에서 수소문한 끝에 부모님과 연락이 닿아 동의를 받을 수 있었죠. 그런데 뭐, 체크리스트를 보니까 금세 뺄 수 있겠어요. 단지 음압기 소음이 조금 성가시겠지만 곧 적응될 겁니다."

의사는 폴대에 매달린 수액들의 상태를 한번 쓱 살펴보고 나서 K의 가슴 위를 손으로 가볍게 몇 번 토닥거린 다음 병실을 나갔다. K는 왼쪽으로 돌아누워 눈을 감았다. 눈꺼풀 안에서는 물류센터에서의 그날 밤 장면이 계속 펼쳐지고 있었다.

밤 두시부터 야식을 포함, 한 시간 동안의 휴식 시간이 있었다. 밥과 미역국, 무말랭이랑 깍두기, 모양만 고기완자인 동그랑땡이 나왔다. 가끔 부대찌개가 나온다는 얘길 들었는데 K는 한 번도 얻어걸리지 못했다. 달랑 라면만으로 끼니를 때우는 것보다야 진수성찬이었다. 하지만 양이 성에 차지 않았다. 다른 사람들도 그랬던지 식사를 끝내고 나서 준비해 온 컵라면에 뜨거운 물을 부어 먹었다. 쫄깃한 면발을 입술로 쪽쪽 빨아들이며 맛있게 먹는 모습을 구경하고 있던 K는 계속 꼴깍꼴깍 침을 삼켰다. 밥을 먹고 나서 잠시 눈을 붙이고 싶은데 몸을 누일 데가 없었다. 컨테이너 박스 안에 마련된 휴게실은 있었지만 몇 사람이 들어가 눕자 가득 차버렸다. 하는 수 없이 작업장 바닥에 마분지 상자를 접어 깔고 누울 수밖에 없었다.

사방이 조용해지자 무거운 상자에 부딪혀 여기저기 멍들고 상처 난 자리가 쿡쿡 쑤셔왔다. 한밤의 고요도 잠시, 휴식 시간이 다 끝나기도 전에 컨베이어벨트 돌아가는 소리가 다시 들려왔다. 그렇게 밤샘 작업을 하고 나서 이튿날 오전까지도 잔업을 계속했다. 그 뒤로는 어찌 된 일인지 전혀 기억에 없었다. 정신을 잃고 쓰러졌다면 아마도 그 언저리쯤이었을 것이다. 탑차 몇 대분을 다 채우고 난 뒤 컨베이어벨트 옆에서 일어난 일인 듯했다. 기억을 잃기 직전 K는 옆에서 같이 작업하던 형뻘 되는 남자가 뭐라고 중얼거리는 소리를 들은 듯도 했다. 귓가에 들려오는 허스키한 목소리를 끝으로 K는 소르르 어디론가 한없이 떠내려갔다.

"아이구 못 말려. 가끔 화장실이라도 다녀올 것이지. 그러면서 사이사이 허리를 좀 펴는 거지. 저런 맹꽁이 같은 새끼가 무슨 상차 일을 한다고."

K는 오른쪽으로 돌아누우며 생각했다. 애당초 '상차의 달인'이란 없었다. 그저 어떤 상처든 꾹꾹 삼켜야 하는 '상처의 달인'이 있을 뿐이었다. 물론 자신이 정말 맹꽁이인지도 모를 일이었다. 모든 책임은 자기 자신에게 있었다. 누구를 탓할 일이 아니었다. 처음부터 뭔가 톡톡히 잘못된 일이었다. 상차 작업을 신 테트리스 게임쯤으로 여긴 것부터. 간호사 S가 정원에서 찍어온 라일락 사진은 K에게 무언가를 알리는 잔인한 신호였다. 행복했던 꿈에서 깨어나 맞닥뜨린 지금 이 순간이 그가 살고 있는 진짜 세계임을. 그리하여 K의 얼굴에 드리운 어두운 그림자는 간호사 S에게로 옮겨져 또 다른 슬픔이 되었다. 자신의 애틋한 마음이 환자에게 전달되지 않는 데서 오는 서글픔이었다. 각자 그 슬픔의 연원이 달랐기에 한 슬픔은 다른 슬픔을 이해할 수 없었다. 라일락 사진을 찍으러 나갈 때 그녀의 발걸음은 마치 소풍 가는 아이의 그것처럼 경쾌하고 사뿐했었다. 하지만 그것의 효과는 정반대로 아주 무겁게 나타났다.

K는 눈가에 도는 물기를 들킬세라 지그시 눈을 감았다. 열흘간의 사투 끝에 그는 아마도 코로나의 손아귀에서는 서서

히 벗어나고 있다고 생각했다. 그렇다면 이제 그에게 남겨진 것은 단 한 가지 사실뿐이었다. 저 천상의 하피스트, 아니 천삼이의 따스한 눈빛과 손길을 뒤로하고 다시 그곳으로 돌아가야 한다는. 누군가의 손길을 애타게 기다리는 상자들이 계속 들어와 쌓이고 있는 그곳으로. 윙, 하고 컨베이어벨트 돌아가는 소리가 다시 들려왔다.

잠시 후 그는 꿈인지 생시인지 모를 어슴푸레한 지대로 흘러 들어갔다. 자욱한 안개 속에 컨베이어벨트처럼 생긴 원형의 거대한 회전 장치가 돌아가고 있었고 자신도 그 위에 올라타 있었다. 친구, 이웃들과 함께였다. 모두들 그 벨트를 숙명으로 알고 있는 듯했다. K도 습관인 듯 아무런 의심 없이 그 벨트를 따라 충실하게 돌았다. 벨트는 점점 더 가속도가 붙기 시작했다. 급기야 속도가 너무나 빨라져 도저히 감당할 수가 없는 지경에 이르렀다. 심장이 곧 터질 지경이었다. 어떻게든 그곳을 벗어나야만 되었다.

벨트에서의 탈출을 생각하는 순간, 그는 로켓에 실려 하늘로 쏘아 올려진 우주선이 생각났다. 그것이 우주로 솟구쳐 오르려면 먼저 빠른 속도로 지구의 중력에서 벗어나야 한다. 그런 다음에는 또 다른 장애물인 태양의 인력을 뿌리쳐야 한다. 그러려면 지구의 중력을 벗어날 때보다 수십 배나 더 빠른 속도가 필요하다. 그 속도를 담보해주는 것은 로켓의 엔진에 저장된 추진제인 액화산소와 액화수소다. 나의 몸에는 어떤 추진제를 장전할 수 있을까. 이 벨트의 가공할 속도를 물리치고 몸을 쌩, 하고 공중으로 솟구쳐 오르게 해줄 어떤 강력한 힘. 그것이 과연 무엇일까 골똘히 생각하면서 K는 무섭도록 빠르게 돌아가는 벨트를 예리한 눈으로 노려보았다.

끝없이 나선형으로 나 있는

전동차 문턱으로 힘껏 백팩 캐리어를 밀어 넣을 때 동표는 손이 떨려오는 것을 느꼈다. 세희가 곁에 없는 데서 오는 금단현상이었다. 매일같이 그와는 다른 문으로 타서는 엄지와 검지로 동그랗게 오케이 신호를 그려 보이던 세희. 안테나 역할을 하던 그녀가 떠난 지 한 달째 되는 날이었다. 요 며칠 괜찮다 싶더니 한 달째라는 것을 의식하는 순간 증상이 도진 거였다. 그녀가 없으니 언제 단속요원에게 뒷덜미를 잡힐지 알 수 없었다. 하지만 그는 입술을 다부지게 꾹 다문 채 전동차 중간에 자리를 잡고서 백팩에서 물건을 꺼내 들고 일어섰다. 왼손에는 휴대용 치약이, 오른손에는 A4 용지 크기의 코팅한 사진이 들려 있었다. 속에 받쳐 입은 하늘색 와이셔츠와 빗금

무늬 청색 넥타이는 그런대로 어울려 보였다. 하지만 몸과 따로 노는 헐렁한 감색 정장은 누가 보아도 얻어 입은 티가 났다. 물론 모두가 세희 연출이긴 하지만 그로서는 고객에게 최대한의 예의를 갖춘 거였다. 머리는 애교스러운 쉼표 스타일을 하고, 양복 윗주머니에는 작은 다이아몬드 무늬가 박힌 하늘색 포켓 스퀘어를 꽂고, 와이셔츠 소매에는 고급스런 커프스 버튼을 했다. 마무리는 샤넬 향수로 해서 그의 주위에서는 은은하면서도 싱그러운 향기가 감돌았다. 하지만 어쩐 일인지 동표의 이런 정성 어린 준비에도 주위의 시선은 무심해 보였다. 승객들은 모두가 손에 쥔 휴대폰에 코를 박고 있었다. 그가 설사 입을 뗀다 해도 잉잉대는 한 마리 파리쯤으로 여겨질 게 뻔했다.

평일 오전 열시, 서 있는 사람이 열 명쯤 되는 전동차 안은 비교적 할랑하고 편안해 보였다. 물고기가 몇 마리 들어 있지 않은 어항처럼 헤집고 다닐 공간은 충분했다. 그는 미소 띤 얼굴로 배 속 깊은 곳에서 소리를 끌어올려 입을 뗐다.

"환한 미소 사이로/내비치는 새하얀 이/그대 사랑 저절로 찾아와/살며시 품에 안기죠."

멜로디는 잠시나마 사람들의 눈길을 확 끌어모으는 효과가 있었다. 동표가 작사 작곡한 시엠송에 많은 승객들이 휴대폰에서 눈을 떼 고개를 들었다. 가사와 멜로디도 괜찮았지만 자신의 가창력도 한몫했을 것이라고 동표는 생각했다. 아무렴,

미래의 싱어송라이터가 작사, 작곡에 노래까지 한 시엠송인데. 세희는 신입생 환영회 때부터 그의 노래에 반했다고 했다.

"안녕하세요? 웬 사랑 노래냐구요? 사랑을 불러오는 천연 치약을 소개해드리려고요. 바로 이 산숄 치약입니다. 전 두 달째 이걸 쓰고 있는데요. 기분이 아주 상쾌합니다. 이도 하얘지구요."

멘트를 한 뒤 그는 배시시 웃어 보였다. 자연스런 미소 속에 자신의 새하얀 치아가 드러나기를 바랐다.

"여러분 다들 잘 아시죠? 시판되는 치약에는 몸에 좋지 않은 화학 성분이 들어 있다는 거요. 그래서 최근 우리 과학자가 자연에서 충치 예방 성분을 추출하는 데 성공했어요. 바로 이 조피나무 열매에서요. 알파 산숄이라는 성분인데요. 이것을 넣어 만든 것이 바로 이 천연 산숄 치약입니다."

동표는 오른팔을 앞으로 쭉 뻗어 사진을 좌우의 승객들에게 보여주고 나서 말했다.

"참 앙증맞죠? 이 작은 붉은 열매요. 추어탕이나 매운탕에 넣어 먹는 향신료가 바로 이 조피나무 열매 가루예요. 『동의보감』에도 나와 있죠. 향기가 진하고 항균력이 뛰어나다고요. 판촉용이라 시중가의 삼분의 일도 안 되는 이천 원에 드립니다."

그때 오른쪽 좌석에서 대학생인 듯한 젊은 여자가 킥킥거리며 애써 웃음을 참는 모습이 보였다. 다른 승객들은 아무 반응 없이 다들 눈길을 다시 휴대폰으로 돌렸다. 동표는 겉으로는 웃고 있었지만 속으로는 애가 탔다. 벌써 원룸 월세가 두 달 치나 밀려 있었다. 충청도 소도시에서 학습지 교사로 동생들을 키우고 있는 어머니에게 손을 내밀 수는 없었다. 전철 안 분위기가 냉랭해 보이자 기가 확 꺾이는 기분이었다. 그러자 어릴 때 생활통지표를 본 아버지가 했던 말이 생각났다.

"이게 뭐냐? '발표할 때 수줍음을 많이 탐'이라니. 남의 앞에 설 땐 말이다, 청중을 뒷간에서 일 보고 있는 초등생쯤으로 여기라구. 내 군대 동기가 가르쳐준 건데 나도 그걸로 재미 좀 봤다. 입사 시험 마지막 관문이 뭐였는지 아니? 서울역 광장에서 회사 신제품 엠피스리플레이어 팔기였어. 눈앞이 캄캄했는데 그 비법으로 목표치를 초과한 거야. 그래서 철커덕 붙었지."

그 말을 떠올리자 동표는 승객들이 뒷간에서 일 보고 있는 초등생까지는 아니더라도 조금은 달리 보였다. 그들은 낯선 이들이 아니었다. 희끗희끗한 머리에 허름한 점퍼 차림의 중년 남자는 모든 것을 포기한 채 술독에 빠져 세월을 보내던 말년의 그의 아버지였고, 보글보글 파마머리 중년 여자는 아무리 세련된 베라왕 슈트를 입혀놓아도 장독 몸매를 감출 길 없는 영락없는 그의 어머니였다. 온통 몸과 마음이 스마트폰에 사로잡혀 있다가도 별안간 허둥대며 창밖을 살펴보는 또래 청년들은 다름 아닌 그 자신의 모습이었다. 그들은 뭔지 알 수는 없지만 눅눅한 일상의 냄새로 동표 자신과 한 줄에

꿰어져 있는 모습이었다.

아무런 반응이 없자 동표는 퍼뜩 어떤 꼼수가 생각났다.

"아 저 맨 끝에 손 든 손님, 잠깐만 기다리세요. 곧 가겠습니다."

손 드는 사람이 없어도 허공에 대고 소리치기. 주로 잡상인들이 쓰는 수법이었다. 그러다 그는 멈칫했다. 새초롬한 표정으로 매섭게 그를 노려보는 세희의 눈길이 느껴졌기 때문이다. 언젠가 그 방법은 어떠냐고 물어보았다가 호되게 당한 적이 있었다. 그녀가 동표에게 되레 질문을 던졌다. "우리가 누구니?"라고. 그 말은 곧 '우리가 뭘 공부하고 있는 거니?'라는 물음이었다. 뭔가 헷갈릴 때면 모든 상황을 단숨에 깔끔하게 정리하는 칼이 되어주던 그녀의 말.

그뿐이 아니었다. 친구들이 세상에 대해 불평을 하면 세희는 뭔가 경지에 이른 듯 제법 그럴싸한 말들을 내뱉곤 했다. 그래서 친구들 사이에서는 '사부'로 불렸다. 동표와 친구들이 명색이 철학과생이면서도 일학년 때부터 마케팅이나 회계학 책을 끼고 다닐 때 혼자서 인문학 책을 섭렵한 덕분으로 보였다.

"얘들아, 어쩌겠니. 이 세상을 만든 건 삼류 신인걸. 전능한 원조 하느님의 먼 후손인데 솜씨가 영 꽝이었다나 봐. 애당초 조잡한 재료로 주물럭거리다가 중간에서 포기한 거예요. 그래서 세상이 온통 실수와, 참사와 죄와 고통으로 가득하게 되었다는 거야. 진짜 신은 이제부터 우리가 만들어가야 해."

세희의 말에 동표는 충청도 출신답게 구수하게 호응했다.

"뭐여? 환장하겠네유. 날 잡아잡슈. 역시 세희는 우리의 사부여, 싸부."

그가 크게 감탄할 때면 버릇처럼 내뱉는 사투리였다. 그러면 세희도 어색한 말투로 따라 하곤 했다.

"뭐여? 지가 더 환장하겠네유, 별말도 아닌 걸 갖구서 뭘 그려유."

친구들은 박수를 치며 웃어댔다. 자신들이 신을 만들어간다는 생각은 꽤나 신나는 일이었다. 세희는 이어서 또 다른 주장도 폈다.

"세상은 끝없이 나선형으로 나 있는 통로와 같아. 하지만 아주 느리게나마 조금씩 앞으로 나아가는. 그러니까 세상이 거꾸로 간다 싶을 땐 이렇게 생각하라구. 지금은 나선의 구부러진 쪽에서 뒤로 미끄러질 차례인가 보다, 라고."

이 말에는 동표가 격하게 반발했다.

"앞으로 나아간다니 말도 안 돼. 4차 산업혁명 어쩌고 하는 최첨단 문명 시대에 곳곳에서 전쟁과 테러가 쉴 새 없이 벌어지고 있고 갈수록 세상살이는 팍팍해지고 있는데."

하지만 아무도 그녀의 입담을 이길 수가 없었다. 그저 "네, 싸부님" 하고 수긍할밖에. 그런데 '사부'라는 말에 세희가 매서운 눈으로 동표와 친구들을 째려보며 쏘아붙였다.

"싸부? 나 그 별명 사양할래. 우리가 지금 '쿵후' 영화 찍니? '말이 부서진 곳에서는 어떤 사물도 존재하지 않으리라.'"

친구들은 그때부터 그녀의 별명을 '뮤즈'로 바꾸어주었다. 하지만 얼마 안 되어 어느 눈 밝은 친구에 의해 그녀가 한 말은 보르헤스의 것으로 밝혀졌다. 친구들 사이에서 '표절'이라는 비판이 나왔다. 그래도 목청을 높이던 세희.

"그래, 표절 맞다. 하지만 말이야, 나마저 펴보지 않았으면 그 책은 쓰레기로 버려졌을 거 아냐. 내가 펼쳐봄으로써 이런 미학적 사건이 발생한 거라고. 책하고는 담쌓은 니들하고 표절 시비를 벌인다는 게 이 삭막한 시대에 그나마 미학적 사건이 아니고 뭐겠니."

전동차를 다 훑었는데도 치약을 몇 개밖에는 팔지 못했다. 단속요원들이 식사하러 가고 없는 점심시간에도 공치고 말았다. 다음 역에서 내리는데 동표는 와락 허기가 밀려오는 것을 느꼈다. 개찰구 밖 어묵나라에서 꼬치 두 개와 김밥 한 줄을 샀다. 아침을 거른 탓인지 어묵은 야들야들한 게 혀에 착착 감겼다. 두번째 꼬치를 들어 올리는데 뮤즈와의 마지막 대화가 생각났다.

그날도 이때쯤 둘이서 허겁지겁 어묵과 김밥을 먹고 있던 중이었다. 세희가 고개를 젖히고 기다란 어묵을 들어 막 한 입 베어 물려 할 때의 옆모습은 언제 보아도 매력적이었다. 살짝 튀어나온 앞짱구와 오뚝한 코, 윤곽이 또렷한 입술과 우아한 턱선까지. 그런데 어묵을 입에 넣다 말고 손을 내리고는 느닷없이 엉뚱한 소리를 했다.

"근데 말이야. 떡볶이랑 어묵이 곧 지하철에서 사라질 거래. 화재 위험에다 환기랑 위생 문제로."

그 말에 그의 입에서 반사적으로 튀어나온 말.

"그럼 우리 이제 어디서 허기를 면하지?"

그때 동표는 보았다. 세희의 표정이 굳어지는 것을. 그녀는 어묵을 내려놓고 정색을 하며 말했다.

"야, 이동표. 니가 진정으로 걱정하는 게 뭐니? 떡볶이집이랑 어묵나라 퇴출이야, 아님 너 끼니 때울 데가 없어지는 거야?"

"야, 별생각 없이 한마디 한 걸 갖고 뭘 그래? 이웃에 대형 마트가 생겨 동네 구멍가게가 문을 닫으면 다들 뭐라고 하니? 이제 어디 가서 담배 사지, 어디서 콩나물이랑 두부 사지, 그러잖아."

동표의 해명에도 더욱 싸늘한 말투로 몰아붙이던 세희.

"다 알았어, 이동표. 넌 말야, 둘이 같이 살다가 내가 먼저 가고 나면 아마 이럴 거야. 엉엉, 이제 어디 가서 맛있는 김치찌개 얻어먹나. 엉엉, 이제 누구한테 공짜로 인생 상담 받나, 라고. 결코 내가 죽었다는 사실이 슬픈 게 아닐 거야. 순전히 내가 챙겨주던 그 모든 서비스가 아쉬워서 슬피 울 거라고."

동표는 어쩐지 그날 그 대화가 둘 사이를 갈라놓는 계기가 된 것 같았다. 어쩌다 말 한마디로 그만 자기중심적인 인간으로 찍혔나 보았다.

그가 세회에게 처음 지하철 판촉 얘기를 꺼낸 것은 1학기가 거의 끝나가던 어느 날이었다. 그날 늦은 오후, 해외 학회에 갔던 '예술경영' 과목 교수의 보강이 끝난 뒤, 그는 동아리방으로 향했다. 이제 그 과목 리포트만 내면 졸업이었다. 학생회관이 있는 중앙광장으로 가는 길에는 백양나무가 순간순간 햇빛을 쪼개어 연두와 흰빛의 점묘화를 그려 보이고 있었다. 그 점묘화를 배경으로 휘파람새가 달콤한 구애의 노래를 불렀다. 휘이이이익 호르륵 휘이이이익 호르륵. 전날 내린 비로 미세먼지가 씻긴 서울 하늘은 마치 먼 고대의 것을 잠시 빌려온 듯 모처럼 푸르렀다. 산보 나간 달팽이도 어느 풀숲에서 몸을 풀고 나른한 오후의 햇살을 즐기고 있을 초여름, 계절과 날씨만으로는 어떤 생명도 딱히 불평할 일이 없을 것 같은 그런 날이었다.

　새로 지은 학생회관 안으로 들어갈 때 그는 괜히 어깨가 으쓱해졌다. 그가 복학하기 직전에 완공된 십층짜리 건물은 건축문화대상까지 받은 작품이었다. 주변 환경과 잘 어울리는 데다 채광과 환기가 원활하도록 설계되었기 때문이다. 그런 곳에 동아리방이 있다는 것은 자신들의 격도 덩달아 올라갔음을 의미하는 것이라고 동표는 생각했다. 지하 이층에 있는 동아리방 문에는 '헤르메스의 후예들'이라는 포스터가 붙어 있었는데 웬일로 처음 거기에 눈길이 갔다. 신의 뜻을 인간에게 전달하는 전령이라는 헤르메스는 상체를 한껏 앞으로 내

민 채 공중을 나는 포즈를 취하고 있었다. 두 발과 모자, 그리고 왼손에 쥐고 있는 지팡이에는 작은 날개가 달려 있었다. 지팡이에는 교미 중인 두 마리 뱀이 꽈리 모양으로 꼬여 있었는데 그것은 지상과 지하를 마음대로 오가며 인간의 영혼을 안내하는 헤르메스의 상징이었다.

문을 열고 들어가자 열댓 명이나 되는 회원들이 모여 있었다. 소집을 한 것도 아닌데 무슨 일인지 궁금했다. 더욱 미심쩍은 것은 열댓 명이 모인 방에서 쩍소리 하나 나지 않는다는 거였다. 싸한 분위기가 마치 시체들의 집합 같았다. 그의 입에서 "무슨 일이야?" 하는 소리가 튀어나왔지만 아무도 답하지 않았다. 다시 한번 "무슨 일이야?" 하고 소리치자 어디선가 기어 들어가는 듯한 소리가 들렸다.

"결, 정…… 됐대요, 형."

목소리가 밤송이머리 신입생이었다. 그 순간 재벌이 학교를 인수한 뒤부터 솔솔 흘러나오던 인문대 통폐합론이 머리를 스쳤다.

"설마."

반사적으로 튀어나온 동표의 말에도 아무런 반응이 없었다. 다들 뭔가를 꾹꾹 누르고 있는 게 역력했다. 뿌리 뽑힌 채 길거리에 내팽개쳐진 듯한 그 느낌을. 플래카드를 들고 구호를 외치던 장면들이 눈앞에 보이는 듯했다. '철학 없이 살아볼래?' '배부른 돼지보다 배고픈 소크라테스가 되겠다.' 교수들

이 침묵시위 때 들었던 피켓도 보였다. '치욕, 철학과 폐지.'

친구들은 풀이 죽은 채 하나둘 집으로 돌아갔다. 동표와 세희는 끝까지 불을 켜지 않은 채 방을 지켰다. 마치 어둠과 대결이라도 하려는 듯이. 과 동아리 잡지 『헤르메스의 후예들』을 같이 편집하면서 티격태격하는 사이에 어느새 캠퍼스 커플이 되었던 방이었다. 문패가 곧 바뀌게 될 날이 째깍째깍 카운트다운 되고 있었다. 심철교상담학과. '융합'이 화두인 시대에 걸맞은 탁월한 선택이었다. 심리학, 철학, 교육학 세 개 학과 통폐합쯤이야. 그때 어디선가 낮은 목소리로 흐느끼는 소리가 들려왔다. 어둠 속에서도 컴퓨터 책상 아래에서 들먹여지고 있는 어깨의 실루엣이 어렴풋이 보였다. 조금 전 오늘의 빅뉴스를 겁먹은 목소리로 일러준 밤송이머리였다. 고슴도치 파마머리를 귀엽게 부르는 이름이었다. 세희가 가서 그를 의자에 앉히고 달래기 시작했다.

"그만해. 어쩌겠니. 우린 힘이 없는데."

아무리 달래도 소용없었다. 잠시 후 울음 섞인 목소리가 들려왔다.

"누, 누나랑 형은 이제 조, 졸업이지만 오, 올해 들어온 우, 우린 어, 어쩌란 말야? 엉엉."

동표는 자기도 모르게 벽에 세워두었던 어쿠스틱 기타를 가져와 품에 안았다. 그러고는 손가락이 가는 대로 그냥 두었다. 콩나물만 아직 그려지지 않았을 뿐 이미 머릿속에서 돌아가고 있던 멜로디였다. 둥둥 딩딩딩 디리리 딩딩딩. 앳된 신입생의 울음소리와 젊은 여자의 속삭임, 물컹한 물감처럼 만져지는 짙은 어둠. 거기에 나직한 기타 소리가 어우러지자 방 안에는 서늘하고도 축축한 공기가 흐르는 것이 느껴졌다. 그 흐름 가운데에서도 뭔가 어른거리는 것이 있었다. 자신과 세희, 그리고 밤송이머리가 차례로 덜커덩덜커덩 구르는 모습이었다. '끝없이 나선형으로 나 있는 통로' 속을. 세희는 밤송이의 어깨를 부둥켜안고 말없이 토닥거리기만 했다. 그 잘난 뮤즈도 이런 사태를 예견하지는 못한 모양이었다. 그 토닥거림은 별 위로가 되진 못했겠지만 밤송이머리가 일단 울음을 그치고 집으로 돌아가게 하는 데에는 효과가 있었다.

얼마 후 둘은 말없이 일어나 방을 나왔다. 동표가 문을 잠그고 돌아서는데 세희가 그를 문 쪽으로 힘껏 밀어붙였다. 헤르메스에게로. 그러고는 기습적으로 덮쳐왔다. 짧고도 진한 키스였다. 어떤 의혹도 녹여버리고 뭔가를 봉인해버릴 만큼 뜨거운.

밤의 캠퍼스를 걸어 나올 때 휘청거리는 두 사람과는 달리 재벌이 세운 학생회관은 저 홀로 위풍당당하게 서 있었다. 지붕 위에 떠 있는 반쯤 파먹힌 하현달을 보자 어디선가 드뷔시의 피아노곡이 들려올 것만 같았다. 「황폐한 사원에 걸린 달」. 그 쓸쓸하고도 절제된 선율을 배경으로 오늘의 이 야만스런 현실의 '황폐'는 그의 등줄기에 강렬한 몸서리로 새겨지고 있었다. 그 '황폐한 사원' 위에는 면접 오라는 답을 받지 못한 수십 장의 입사 지원서가 달 아래 떠서 펄럭거렸다.

교문 쪽으로 걸어 나오며 이런저런 궁리를 하던 중에 어쩌다 생각이 났다. 자신이 그토록 경멸해 마지않던 그것, 아버지의 신화였다. 이 자본주의 세상에서 살아남기 위해 스스로 장사의 신이 되기. 소통의 신 헤르메스는 상업의 신이기도 했다. 아까 세희에게 떠밀려 문에 걸린 헤르메스에게 마구 등을 비볐던 것이 우연은 아닌가 보았다. 아버지의 무용담이 그의 머릿속에서 재생되고 있었다.

"내가 엠피스리 팔 때 말이다. 처음엔 막막했지. 그런데 이거 못 팔면 합격은 물 건너간다, 생각하니 죽기 살기로 뛰게 되더라."

그 말을 들으며 반항심만 더욱 키워가던 자신의 모습도 보였다. '망할 놈의 세상, 인간을 꼭 그렇게까지 극한으로 몰아붙여야겠어?' 아버지의 일화를 듣고 나서 서울역 앞을 지날 때면 애꿎은 광장을 향해 눈을 흘기며 외면하던 그였다. 하지만 눈을 조금만·옆으로 돌리면 추운 겨울 광장에 서 있는, 인생 군기가 빳빳하게 든 새파랗게 젊은 아버지의 모습이 보였다. 손에 뭔가를 들고서 목에 힘줄이 불거지도록 큰 소리로 외치고 있는.

"자 즐거운 인생은 이 '휘파람'과 함께입니다! 이 신통한 엠피스리 하나만 목에 걸고 다니면 인생이 행복해집니다. 저절로 휘파람이 나오죠. 라미전자가 세계 최초로 개발한 엠피스리플레이어 '휘파람'입니다. 손안에 쏙 들어가는 요 조그만 기계에 노래 천 곡이 들어갑니다. 멋진 목걸이 이어폰도 함께 드립니다. 휘파람, 휘파람, 휘파람입니다."

그토록 어렵게 들어간 회사에서 갓 마흔을 넘긴 나이에 구조조정으로 회사를 나와야만 했던 아버지. 제품 개발은 세계 최초였지만 파일을 다운로드 받는 시스템에서 아이팟에 밀려 부도가 난 탓이었다. 동표는 아직도 눈에 선했다. 아버지의 실직으로 일곱 살 때 덜컹거리는 시외버스를 타고 외가가 있는 충청도로 이사를 가던 가족의 모습. 그 뒤로 하는 일마다 낭패를 보고는 술병만을 끼고 지내던 아버지. 그는 자기의 소신을 결국 이루지 못하고 세상을 떴다. 동표에게 늘 힘주어 말하던 자기만의 개똥철학이었다.

"야, 인마. 사람은 누구나 실패도 하고 상처도 입기 마련이야. 문제는 옆구리에 골처럼 깊게 팬 상처를 아름다운 협곡과 같은 음악으로 다시 빚어내느냐 마느냐에 달린 거지."

동표에게 아버지는 이제 기껏해야 반면교사일 뿐이었다. 결코 그 삶의 궤적을 따라서는 안 되는. 그런데 그날 무슨 일이 일어난 것일까. 다만 철학과의 퇴출이 있었고, 동아리 회원들의 침묵 그리고 헤르메스에 몸을 비벼대며 나누었던 뮤즈와의 강렬한 키스가 있었다. 그는 '황폐한 사원'을 나오면서 작정한 듯 말했다.

"있잖아, 나 지하철 판촉 한번 해보려고."

"왜 하필. 뭐가 달라? 그 자……"

"아, 잡상인? 그 사람들이야 그저 지하철 승객들 꼬여서 시답지도 않은 물건 사게 만드는 조무래기 장사치들이지. 내가 하려는 건 판촉활동이야, 신제품 홍보. 옛날에 아버지가 했던 것 같은 거지."

"아니, 갑자기 왜? 그런 거 질색이라더니."

세희가 의아한 표정으로 물었다.

"글쎄, 모르겠어. 아버지가 가고 나니까 더 이상 반항할 곳이 없어서인지도. 당장 돈도 필요하고, 어쩜 좋은 스펙이 될지도 몰라."

뮤즈는 아무 말이 없었다. 동표는 어둠 속에서도 그녀의 표정을 읽을 수 있었다. 그다지 탐탁지 않다는 듯한. 그렇다고 다시 시급 아르바이트로 돌아갈 수는 없었다. 음식점 주차며, 주유소, 편의점 등에서 아르바이트를 하던 장면이 하나하나 눈앞을 스쳐 지나갔다. 최저임금이 인상되자 편의점 주인이 한 말은 아직도 귓가에 쟁쟁했다.

"이 군, 앞으로는 야간에 여섯 시간만 해야겠네. 낮 시간은 집사람과 교대로 하기로 했어. 나도 먹고살아야 하니까."

그렇게 해서 월 수령액은 기어코 다시 이전 수준으로 되돌아가고, 보너스로 주어지던 폐기 음식마저 금지되었다. 유통기한 지난 삼각김밥이나 도시락, 샌드위치로 허기를 채우던 것이 편의점의 유일한 복지였는데. 배고픔에 허덕이던 긴긴 밤, 폐기 식품을 보관하던 음료수 병 뒤쪽으로 자꾸만 자기도 모르게 뻗어가던 손길. '사장님, 조금 맛이 갔어도 괜찮아요. 먹고 싶어요.' 그 소리가 목구멍에서 막 기어 나오려 할 때 귓가를 때리던 점주의 냉랭한 목소리.

"배탈 나면 내 책임이야. 안 되네."

돌이켜보면 오로지 시급 몇천 원을 벌기 위해 억지로 견뎌 낸 일들이었다. 딱 한 군데만을 제외하고는. 그건 지난 연말 잠실 올림픽 체조경기장에서 열린 싱어송라이터 R의 콘서트에서 진행요원으로 일한 거였다. 그의 팬인 세희가 물어온 아르바이트였다. 열 명 모집에 백여 명이나 지원했는데 어쩌다 자신이 당첨되었는지 알 수 없었다. 첫날과 둘째 날은 밖에서 주차 정리를 했다. 추운 데서 떠는 게 보기 안쓰러웠던지 마지막 날엔 경호팀장이 그를 장내 정리요원으로 바꿔주었다. 밖에서 일하던 이틀 동안은 음악이 들리는 안으로 들어가고 싶어 몸에서 열이 나고 가슴이 터질 지경이었다. 그러자 알 수 없는 일이 일어났다. R의 음악이 머리와 가슴에 꽉 차오르더니 온 잠실벌로 울려 퍼졌다. 세상이 온통 그의 목소리로 가득했다. 환청이라고 해야 할지, 잔향이라고 해야 할지.

마지막 날 홀 안에 들어간 그는 일층 입구 쪽 기둥 앞에 서서 공연이 시작되길 기다렸다. 막이 오르기 전 기둥에 기대어 서 있을 때 문득 음악에 대한 그리움을 가졌던 한 소년의 모습이 눈앞에 떠올랐다. 중학교 때 「알함브라 궁전의 추억」의 트레몰로 주법에 빠져 기타를 배우기 시작하고, 대학에 들어와서는 아르바이트한 돈을 몽땅 바쳐 피아노 레슨을 받던 아이. 같이 음악을 듣다가 그가 '반도네온, 플루트, 오보에, 하프, 바순, 클라리넷……' 하고 악기 이름을 맞출 때마다 눈을 동그랗게 뜨고 감탄하던 뮤즈의 모습까지.

R의 노래는 온통 사랑 타령뿐이라고 꼬집는 사람도 있었지만 그는 사랑에 대해 단계별로 수많은 감정들을 하나하나 섬세하게 그려내고 있었다. 노래가 각각 한 편의 드라마였다. 오케스트라 편곡이 가미된 그의 음악에서는 가슴 깊은 곳을 건드리는 유려한 선율이 흘렀고 시구와 같은 가사에서는 헤어진 연인에 대한, 아니 인간에 대한 지극한 예의가 묻어났다. 어떤 곡은 클라이맥스 부분에서 조명과 마이크가 다 꺼지고 반주도 멈추었다. 그러고는 육성으로 몇 소절을 불렀는데 그 소리가 일만 석이 넘는 공연장에 쩌렁쩌렁 울려 퍼졌다. 그 순간 동표는 온몸에 소름이 돋는 것을 느꼈다. 융단처럼 부드러운 중저음에 매혹적인 비브라토에다 우렁찬 고음까지. 그의 목소리는 그 자체가 하나의 예민하고도 풍부한 악기였다.

헤르메스 앞에서의 키스가 있고 나서 이튿날 아침 세희에게서 문자가 왔다. 뜻밖의 내용이었다.

"미안해. 내가 뮤즈가 아니라 '무지(無知)'였어. 그동안 니가 그렇게 힘들어한 줄도 모르고. 그 무지의 대가로 내가 '안테나' 해줄게. 단 조건이 있어. 언제 어디서든 당당하게 나가기. 또 하나, 어디까지나 취직하기 전까지다."

그는 곧장 답을 보냈다.

"당연하지. 지금 내 속에서 스멀거리는 콩나물 대가리들 성화 때문에라도 어디든 꼭 들어갈 거야. 육체를 먹여야 곡도 쓸 수 있으니까."

그날 당장 동표는 세희의 언니가 다니는 미용실로 끌려갔다. 촌티 나던 더벅머리가 세련된 쉼표 머리로, 추레한 점퍼와 청바지는 산뜻한 감색 정장 차림으로 바뀌었다. 거기에다 작은 다이아몬드 무늬가 박힌 하늘색 포켓 스퀘어와 아르마니 커프스 버튼까지. 한발 떨어져서 옷깃과 귓불을 향해 알뤼르 옴므를 살짝 분무하고 나서 세희가 말했다.

"어때? 남격이 느껴지지 않아?"

샤넬 향수까지 뿌렸지만 동표가 바라본 거울 속 사내에게서는 남자의 품격은커녕 장물아비 냄새만 풀풀 났다. 자신이 걸친 모든 것들은 세희가 형부 것을 슬쩍 해온 것들이었다. 그는 거울 속의 사내가 자기 같지가 않아 몸을 비비 꼬아댔다.

판촉용 제품은 특허청 홈페이지에서 찾아냈다. 김포의 작은 치약공장에서 생산된 것이었다. 사십대 후반이라는 사장은 가엾을 만큼 깡마른 몸매에 이마에 굵은 주름이 패고 눈가에는 잔주름이 자글자글했다. 안경 밑으로 보이는 눈에서만은 알 수 없는 광채가 났다. 동표가 정중하게 운을 뗐다.

"좋은 제품을 한번 제대로 홍보해보고 싶습니다. 단 선금을 내고 사갈 수는 없어요. 우린 학생이니까요."

두 젊은이를 마치 철부지 보듯 물끄러미 바라보고 있던 사장이 한참 뒤 입을 열었다.

"판촉이라는 게 그리 쉬운 일이 아닐세. 자기 인격을 파는 일이지. 며칠 공장 견학부터 한 다음에 같이 생각해보세."

천연 치약 판촉은 그렇게 해서 시작되었다.

점심을 먹은 다음 화장실로 가서 양치를 하고 포켓 스퀘어를 고쳐 꽂는데 세희 생각이 났다. 혹시 유턴족이 되려는 걸까? 4년제 대학 재학 중이나 졸업 후에 다시 전문대에 재입학하는 이들을 유턴족이라 불렀다. 세희도 혹시 유경이와 두현이처럼 간호전문대로? 철학과의 뮤즈가 그럴 리가. 고개를 저으면서도 동표는 세희가 잠적한 이유를 충분히 이해할 수 있었다. 대학원에 가서 철학을 계속 공부하고 싶지만 아버지의 사업 실패로 소녀 가장이 되어야 하는 처지를. 세희 생각을 하자 R의 공연장에서 함께 들었던 노래가 다시 귓가에 들려왔다. 그의 뇌리에 가장 강렬하게 와서 꽂힌 곡이었다. 뭔가를 목숨 바쳐 사랑하고 싶게끔 만드는. 이번 공연에서는 새로 편곡해 크로스오버 남성 사중창단과 함께 불렀는데 그 파괴력은 정말 어마어마했다.

"단 한 사람만을 사랑한 게 그리 죄가 된다면/몹쓸 병이라면/나 가망 없는 삶이라오/잊어주오, 지워주오."

이어서 모든 것을 부숴버릴 듯한 비트와 리듬. "뭐여? 환장하겠네. 날 잡아잡슈." 동표의 입에서는 저절로 평소의 말버릇이 튀어나왔다. 혹시 옆 사람이 들었을까 봐 그는 얼른 조용히 다른 곳으로 옮겨갔다. 발라드의 문법을 송두리째 파괴하는 듯한 곡이었다. 동표는 그 신선한 충격에 가슴이 뛰었다. 자신도 그런 곡을 쓸 수만 있다면 여한이 없을 것이었다.

다시 체크인. 종로3가에서 1호선으로 갈아탔다. 장사가 잘되기로 소문 난 노선이어서 텃세가 염려되었지만 상관없었다. 그는 어엿한 신제품 판촉요원이었고, 잡상인들은 방한용 장갑에, 밤 깎는 가위, 만능 드라이버 같은 일상용 소품을 파는 이들이었다. 전동차 안은 다른 노선보다 조금 더 복잡했다. 동표는 노래 솜씨를 발휘해 시엠송을 부르고 멘트도 깔끔하게 마무리했다. 하지만 승객들 사이에서는 아무런 반응이 없었다. 잔뜩 주눅 든 얼굴로 다음 칸으로 가려고 할 때 양쪽에서 각각 몇 명의 승객들이 손을 내밀었다. 그렇게 해서 단숨에 여섯 개가 나갔다. 역시 1호선이군, 하면서 그는 다음 칸으로 향했다. 전동차 사잇문을 열고 건너가자 허름한 점퍼 차림의 중년 아저씨가 한창 만능 드라이버 기능을 설명하고 있었다. 동표는 얼른 그 자리를 피했다. 선점한 사람이 있는 곳에서는 전을 펴지 않는 것, 그것이 같은 장소를 이용하는 업자로서 최소한의 예의였다.

그다음 칸에서도 관객들의 첫 반응은 싸늘했다. 시엠송을 맛깔스럽게 부르고 천연 치약의 장점도 머리에 쏙쏙 들어오게 잘 설명했다. 하지만 아무도 눈길을 주지 않았다. 민망해진 동표가 어쩔 줄 몰라 쭈뼛거리고 있을 때였다. 오른쪽 좌석의 중년 남자가 손을 내밀었다. 그는 치약 곽에 쓰인 문구를 꼼꼼히 살피더니 말했다.

"아니, 최승준, 이 친구가 이걸 하고 있었군."

"저희 사장님을 아세요?"

"알다마다. 중학교 친구인데 정말 성실해. 암, 이 친구가 하는 거라면 믿을 수 있지. 다섯 개 줘요."

그 옆자리, 어머니 나이 또래의 멋쟁이 중년 여자와 맞은편 좌석의 두 여대생도 합세했다. 단숨에 여덟 개가 나갔다. 동표는 어리둥절했다. 내가 언제 바람잡이라도 심어둔 것일까. 내 노래 솜씨가 드디어 먹히기 시작한 걸까. 혹시 외판에서 기염을 토한 아버지의 아우라가 내게 씐 것일까. 그때였다. 오른쪽 좌석에서 한 청년이 자꾸만 눈을 찡긋거리면서 손가락으로 동표의 뒤쪽을 가리켰다. 돌아보자 형광색 유니폼 조끼를 입은 단속반 두 명이 다가오고 있었다. 조끼에 세로로 질서기동대원이라는 글자가 찍혀 있었다. 동표는 그들의 지시에 따라 다음 역에서 내렸다. 신분증을 내놓으라는 말에 동표는 뭉그적대면서 버텼다. 세번째 걸린 것이니 십만 원짜리였다. 그때 웬 사내들 세 명이 다가왔다. 덩치들이 좀 있어 보였다. 가운데 서서 빵모자를 쓰고 양손을 바지 주머니에 찌른 중년 남자가 "이보쇼"라며 기동대원들을 불렀다. 빵모자는 턱으로 동표를 쓱 한번 가리키고 나서 말했다.

"저 친구, 신참인 듯한데 한 번만 좀 봐주쇼. 학생이 오죽하면 잡상인으로 나섰을까."

그때 동표가 "저 자, 잡……"이라고 말하려는데 빵모자가 째려보는 눈짓으로 그의 입을 막았다. 그러고는 단속반에게 다가가 뭐라고 귓속말로 속삭였다. 그러자 단속요원들은 조용히 물러갔다. 동표는 그에게 고개 숙여 깍듯하게 인사를 했다.

"고맙습니다. 힘들 때 도와주셔서. 뭐라 감사해야 할지……"

빵모자가 동표의 어깨에 손을 올리고 말했다.

"고생이 많군. 오늘은 장사도 글렀으니 포차로 가서 술이나 한잔하지."

포장마차 술값쯤이야. 자기 일이 아닌데 이렇게 발 벗고 나서서 도와주는 사람이 있다니, 동표는 감격했다. 세상엔 나쁜 사람만 있는 게 아닌 모양이었다.

빵모자의 눈짓에 따라 내리고 보니 노량진이었다. 큰길가에 늘어선 포장마차를 힐끗거리던 빵모자가 말했다.

"이런, 포차가 모조리 컵밥집으로 바뀌었군. 저 골목 안쪽에 어묵 국물이 끝내주는 우리 단골집이 있어."

노량진 역전은 많이 개발되어 음습한 뒷골목은 다 사라진 줄 알았더니 그렇지도 않았다. 고시학원이 밀집된 큰 거리를 지나 뒷골목으로 들어서자 음침하고 우중충한 옛날 집들 사이에 리빙텔이며 백반집, 독서실 간판 등이 어지럽게 걸려 있었다. 녹슨 철대문을 지나 여기저기 시멘트가 떨어져 나간 몇 개의 계단을 내려가자 온갖 잡동사니와 쓰레기 봉지가 수북이 쌓여 있는 공터가 나왔다. 왠지 으슥하고 후미지다는 생각을 하고 있을 때 빵모자가 멈춰 서더니 입을 열었다.

"어이, 귀뜸해줄 게 있는데 말야. 좋은 기회가 있어. 우리랑 합치는 게 어때?"

동표가 뭐라 답을 해야 할지 몰라 머뭇거리자 앞서가던 두 사내가 휙 돌아섰다. 뼈대가 굵고 우락부락해 보이는 껑다리와 작은 키에 몸뚱어리가 농구공처럼 탱탱해 보이는 땅딸이였다. 땅딸이가 두 손을 허리에 대고 어깨를 뒤로 젖힌 채 다가왔다. 그는 북어처럼 비쩍 마른 몸에 흘러내릴 것 같은 정장 차림의 동표를 아래위로 훑어보며 이기죽거렸다.

"거, 보험 안 들고 견뎌내겠남? 그 몸으로? 잡상인 주제에."

동표는 그제야 그들이 '패밀리'임을 알아차렸다.

"전 잡상인하고는 다릅니다. 신제품 판촉요원이에요. 그럴 생각 없습니다."

그 말이 끝나기가 무섭게 이번에는 옆에 서 있던 껑다리가 나섰다. 조금 느물거릴 뿐 그다지 험악한 표정을 지은 게 아닌데도 동표는 그에게서 심한 위협을 느꼈다. 자신이 마치 거인의 구둣발에 밟혀 으스러지기 직전의 한 마리 벌레처럼 생각되었다. 위기는 곧장 그의 머리에 어떤 신호를 보냈다. 정면 대결은 승산이 없다는. 동표는 시간을 벌기 위해 생각하는 척하며 잠시 옆으로 고개를 돌렸다. 그동안을 못 참은 두 사내가 주먹을 쥐고 동표 앞으로 다가가려 하자 빵모자가 나서서 가로막았다.

"어허, 성질도 급하기는. 어이 애송이. 거, 말을 잘 못 알아듣는구먼. 보험 얘기는 동업할 생각 없느냔 얘기야. 그동안 지켜봤는데 제법 수완이 있어어. 우리 같이 새 판 한번 짜볼까."

'있어어'는 어느 액션 영화에서 들은 주먹의 말투였다.

"글쎄요. 동업은 별로입니다만, 혹시 조건이 맞는다면……"

"좋았어. 그거야 우리 아우님 좋을 대로 해야지이."

빵모자는 이미 동업자라도 된 듯 동표에게 어깨동무를 하고 다시 큰길로 나오더니 포장마차로 들어갔다. 겉으로는 태연한 척했지만 동표의 속내는 몹시 복잡하게 돌아갔다. 기왕 이렇게 얽힌 거, 패밀리에 들어 상무 자리라도 꿰차고 지하철 영업 기획자로 나서봐? 아냐, 차라리 깨끗하게 얻어터지고 말걸. 부어라 마셔라 하다가 그는 어느덧 정신이 알딸딸해져갔다. 술이 불콰해진 빵모자는 송곳니로 오징어 다리를 쭉 물어뜯어 동표의 입에 넣어주며 알랑거렸다.

"그 시엠송, 제법이던데. 혹시 가수 지망생이야?"

빵모자의 칭찬에 기고만장해진 동표는 거푸 술잔을 목구멍에 털어 넣으며 꼬부라진 혀를 겁도 없이 놀려댔다.

"뭐, 그 정도는 약과지이. 상권에 지각 변동이 올꺼얼. 이 몸이 형님들이랑 새 판을 짜는 날에는 말야. 형님들, 사업은 거, 이 아우한테 맡기고 리조트에 가서 편히들들 쉬더라고. 자, 건배."

두어 달 지하철 영업 끝에 어쩌다 이런 임기응변을 터득하게 된 것일까. 생각해보면 꼭 그런 것도 아니었다. 다만 뭔가 한 가지 확신이 섰을 뿐이었다. 내일 아침이면 이치들 얼굴을 다시는 볼 일 없을 것이라는.

그가 포장마차에서 풀려난 것은 새벽 서너시쯤, 며칠 동안 번 것을 몽땅 털리고 난 뒤였다. 오후에 신도림역 앞 삼양유통으로 가겠다는 약속도 헛말이었다. 그는 발길 닿는 대로 마냥 걸었다. 비좁은 길에 어슴푸레한 벽화가 보이는 것으로 보아 노량진 '연인길'인 것 같았다. 골목길이 너무 비좁아 둘이 꼭 껴안고 걸어야 한다고 해서 붙은 이름이었다. 뮤즈와 정말 그렇게 껴안고 걸은 적도 있었다. 혼자 걷자니 싸늘한 새벽 공기에 부르르 온몸이 떨려왔다. 다시 뮤즈의 말이 기억났다. '언제 어디서나 당당하게 굴라'고 하던. 그녀를 볼 낯이 없었다. 이 혼돈의 세상에서 좌충우돌하면서도 헤르메스처럼 날개가 돋길 바랐는데, 온통 야바위꾼의 촉수만 생긴 듯했다.

뮤즈를 만나 용서를 빌고 싶었다. 아니, 다시 만나지는 못하더라도 둘이 함께 R의 콘서트에서 들었던 노래라도 혼자서 흥얼거렸으면 했다. 라틴풍의 리듬과 비트로 가슴을 뛰게 하고 머리에서 발끝까지 온몸을 통째로 흔들어놓던 음악. 그녀와의 첫 키스처럼. 그것은 그의 삶에 없어서는 안 될 어떤 처방전 같은 것이었다. 하지만 아무리 애를 써도 노래는 단 한 소절도 기억나지 않았다. 제목이라도, 첫 소절만이라도 제발, 하고 끙끙대도 소용없었다.

그는 몇 발짝 더 못 가 길가에 풀썩 쓰러졌다. 안경은 저만치 가서 나동그라지고, 넥타이는 풀어지고, 스타일의 완성이라던 포켓 스퀘어는 어디로 날아갔는지 간 곳이 없었다. 등짝에 멘 백팩만이 묵직한 무게로 그를 꼼짝 못하게 짓눌렀다. 동표는 자신의 속에서 그 음악을 끄집어내기 위해 다시 한번 심장을 쥐어짜보았다. 하지만 선율은 들리지 않고 몸은 앞으로 나아갔다 뒤로 미끄러졌다 되풀이하면서 어두운 통로 속을 계속 굴렀다. 끝없이 나선형으로 나 있는.

구르면서 동표는 간절하게 바랐다. R의 공연장 밖에서 들었던 환청이나 잔향이라도 다시 찾아오기를. 하지만 그 기대는 깡그리 무너지고 한 가지만이 또렷하게 다시 확인되고 있었다. 자신의 몸 안에서 일어난 음악의 죽음이었다. 동표는 눈앞이 아찔해 왔다. 도저히 감당 못할 무엇인가가 그를 압도해왔다. 아까 구둣발에 짓밟힐 뻔했을 때와는 또 다른, 슬픔조차 느껴지지 않는 먹먹한 공포였다. 그것이 사라진다면 살아갈 힘을 잃어버리는 거였다.

그러다 뭔가 어렴풋이 짐작 가는 것이 있었다. 자신의 몸구석구석 가득 차 있던 선율을 잃어버린 이유였다. 그 일당들 앞에서 위기를 넘기려고 약삭빠르게 머리를 굴려대다가 그 회전 속도에 그만 선율이 먹혀버린 것 같았다. 동표의 마음속에서 저도 모르게 고백이 터져 나왔다. '염병할, 빌어먹을 자식. 넌 니 애비보다 더 치졸하게 세상을 살아갈 놈이야. 오늘은 돌아섰지만 언젠가 막다른 골목에 몰리게 되면 다시 놈들을 찾아가 머리를 조아릴지도 몰라. 먹고살게 해달라고.' 그러자 술이 확 깨는 느낌이 들었다. 그는 땅바닥에 쪼그리고 누워 두 팔로 머리를 부둥켜안고 끙끙댔다.

그런 채로 한참 시간이 흘렀을 때, 뺨에 와닿는 차가운 기운과 함께 홀연 한 줄기 푸른 섬광이 번쩍 머릿속을 관통해 지나갔다. 자신을 옥죄고 있는 무엇인가를 홀홀 벗어던지라는 강한 암시처럼 여겨졌다. 판매의 신이 되고자 했던 아버지의 신화나, 세상은 '끝없이 나선형으로 나 있는 통로'라고 했던 보르헤스의 개똥철학. 하지만 그것들을 내팽개칠 자신이 없었다. 동표는 자신의 우유부단함에 넌더리가 났다. 마음 한구석에서 울분이 치솟았다. '제기랄, 누가 누구에게 함부로 프레임을 씌우는가. 매일같이 새로운 생명이 태어나고 세상은 하루가 멀다 하고 변하고 있는데.'

마침내 그는 벌떡 일어섰다. 그러고는 나선형의 통로에서 구르기를 거부하듯 막대처럼 꼿꼿하게 서서 어깨를 펴고 재빨리 발걸음을 옮겼다. 그 어떤 신화도, 나선형의 통로도 없는 곳으로. 어딘가에 개척되지 않은 불모지가 있을지도 모른다. 이제 자신의 발길이 가닿는 새로운 땅에서 잃어버린 선율을 찾을 것이었다. 그것이 가능할지 어떨지는 상관이 없었다.

팽이 돌리는 소년

스크린도어는 입이 크다. 그런 입이 역마다 수십 개는 된다. 입들은 몇 분 간격으로 드르륵 하고 열리며 수많은 숨결을 토해내고 또 빨아들인다. 첫 데이트를 앞두고 가슴 설레는 청춘 남녀의, 면접 시간에 늦을세라 가슴이 콩닥콩닥 뛰는 어느 취업 준비생의, 멀리 소래포구에서 산 새우젓과 생선을 담은 흰색 스티로폼 상자를 든 억척 어멈의, 나이와 행색과는 어울리지 않는 커다란 꽃바구니를 들고 조심조심 발걸음을 딛는 추레한 택배 할아버지의 숨결을. 나는 그 입이 편히 숨쉴 수 있도록 지키는 수문장, 스크린도어 정비공이다. 승객을 보호하기 위해 설치된 스크린도어의 정식 명칭은 '안전문'이다. 하지만 사람들은 왠지 모르지만 안전문보다는 스크린도어라고 부르기를 좋아하는 듯하다. 나는 오늘도 그 안전문의 입이 잘 작동되도록 센서를 닦고 조이고 기름칠하면서 쉴 새 없이 지하철에서 뺑이를 친다. 얼음판에서 도는 팽이처럼, 온종일 시내 지하철을 뱅뱅 돈다. 발걸음을 잠시 멈추고 스크린 도어에 적힌 시구 한번 찬찬히 읽어볼 시간이 없다.

5-3번 도어 앞. 문 안쪽으로 들어가 선로 쪽에 선다. 한 뼘도 안 되는 좁고 경사진 문턱에 까치발을 하고 서서 왼손으로 문을 꽉 그러잡는다. 문을 잡은 왼손에 몸무게를 싣고 오른손으로 측면의 센서를 닦는다. 수건으로 먼지만 제거해도 문이 잘 열렸으면 좋겠다. 제발 기계 고장이 아니기를. 발 디딜 자리가 비좁아 자꾸 미끄러지려 한다. 하지만 이제 그런 일로 가슴이 철렁하진 않는다. 많이 담대해진 내 모습. 처음 선로 쪽에 나와 설 때의 느낌이 떠오른다. 벼랑 끝에 선 듯 눈앞이 아찔해오던 기억. 열차가 언제 들이닥칠지 몰라 진땀이 바짝 나고 심장이 진군하는 군대의 발소리처럼 쿵쿵 뛰었다.

발 디딜 널찍한 난간은 없어도 그나마 이곳은 지상 구간이라 한결 마음이 놓인다. 대부분의 캄캄한 지하 구간에서는 나도 모르게 머리카락이 쭈뼛해오곤 한다. 그래도 이 문 덕에 선로로 뛰어들려 했던 많은 이들이 마음을 돌리기라도 했을까. 아니면 뜻을 이룰 문이 막혀버려 더한 절망감만 느끼고 돌아섰을까. 그건 나도 모르겠다. 내가 아는 건 단지 이렇게 으스스할 때 콧노래를 흥얼대거나 휘파람을 불면 잠시나마 무서움을 잊는다는 거다. 예를 들면 요즘 제일 핫한 그룹 블랙핑크의 「휘파람」을 휘파람으로 부는 거다. "휘파람, 휘휘, 휘파람 파람 파람, 휘 파라 파라 파라 밤, 휘휘." 이렇게 신나게 휘파람을 불면서 일을 하게 되면 기분이 좋아져서 힘든 것도 잠시 잊게 된다. 이건 내 나름으로 터득한 작업 요령이다. 그런데 이런 비법을 동료 L한테 전수해주려다가 되레 핀잔만 들었다.

"인마, 휘파람은 무슨. 그러다 열차 들어오는 거 못 보면 어쩌려고. 옆이나 잘 돌아보라구."

어쨌든 일 끝나고 나서 이런 얘기라도 주고받을 친구가 있어 다행이다. 한 가지 아쉬운 점이라면 우리는 각자 혼자서 '뺑이 치고' 있다는 거다. 언젠가부터 친구들은 힘든 일을 빡세게 해내느라 고생하는 것을 '뺑이 친다'고 말한다. '뺑이 친다'고 하니까 발음이 비슷해서인지 문득 팽이 치던 생각이 나고 내 몸이 팽이가 되어 뺑이 치고 있는 것 같은 느낌이 든다. 결국 우린 혼자서 뺑이 치는 '혼뺑족'이다. '혼밥족', '혼술족'은 그래도 입으로 먹을 것이 들어가기라도 하지, 혼뺑족은 선로에서 풀풀 일어나는 먼지만 냅다 들이켜면서 지하철 역사를 혼자서 뱅뱅 돌 뿐이다.

서울메트로 121개 역사에서 우리 회사가 맡은 곳은 97개 역, 7,700개의 스크린도어다. 이 많은 수의 스크린도어를 정비공 마흔 명이 관리한다는 것은 애당초 불가능한 일이다. 내가 소속된 강북지사에서는 주간조 열한 명이 오후 한시에서 저녁 열시까지 근무한다. 그 가운데 휴무자를 빼면 실제 인원은 일곱 명 안팎. 지하철 1~4호선에 각각 한 명을 배정하고 나머지는 예비조로 보수 작업에 투입한다. 그래서 원래는 2인 1조를 지켜야 하지만 모두가 혼자서 다닐 수밖에 없다. 시간이 오래 걸리는 부품 교체나 기계 수리는 주로 전철이 다니지 않는 심야에 이루어지는데 그때도 달랑 혼자다. 우리는 밤이나 낮이나 의연하게 팽이처럼 홀로 돌아가는 '지하철 혼팽족'이다.

'혼팽족' 하니까 문득 기억이 난다. 어릴 때 동네 얼음판에서 혼자 돌리던 팽이. 그해 겨울, 아버지가 서랍에서 찾아내준 고질고질 손때 묻은 나무 팽이였다. 아버지 어릴 때 할아버지가 박달나무로 깎아준 것이라고 했다. 그것은 요즘 흔한 플라스틱 팽이와는 달리 투박하지만 묵직한 것이 제법 짬밥이 있어 보였다. 그때까지 나는 줄에 감았다 바닥에 내리치는 줄팽이밖에는 몰랐었다. 그런데 채로 쳐서 돌리는 팽이가 있다는 걸 알게 되자 신바람이 났다. 할아버지가 만든 팽이채는 닥나무 껍질을 벗겨서 만들었다는데 그 채로 때리면 팽이가 오래도록 멈추지 않고 잘도 돌았다. 그해 겨울 얼음판에서 열린 팽이 돌리기 게임에서는 단연 내 나무 팽이가 꿋꿋하게 제일 오래 살아남았다. 채로 치면 칠수록 쌩쌩 잘도 돌던 팽이. 친구들과 어울려서 시끌벅적한 가운데서 칠 때는 몰랐었다. 그런데 친구들이 다 집에 가고 해 질 무렵 혼자서 팽이를 치는데 지치지 않고 계속 도는 모습이 이상하게 짠해 보였다. 홀로 뱅뱅 도는 모양이 얼핏 도도해 보이기도 했지만 어쩐지 쓸쓸하다고나 할까. 그러고 보니 요즘 서울 시내 지하철을 뱅뱅 돌고 있는 내가 꼭 그 팽이 신세인 것만 같다. 비가 오나 눈이 오나 뭔가에 의해 뱅뱅 돌려지고 있으니까. 나를 뱅글뱅글 돌리고 있는 건 무엇일까. 그러다 나도 언젠간 팽이처럼 멈춰 서겠지.

이런, 괜히 센티해져서 지난 추억이나 돌이켜보고 있을 때가 아니다. 지금 발등에 불이 떨어졌는데. 여기 수리 끝내고 빨리 가봐야 할 곳이 생긴 것이다. 고장도 전염이 되는 것인지 일은 늘 한꺼번에 터진다. 그것도 꼭 출퇴근 시간에. 조금 전 구의역에 내려 막 계단을 오르는데 L의 전화를 받았다. 웬만해서는 흥분하지 않는 녀석인데 오늘은 왠지 목소리에서 초조감이 묻어났다.

"고제총출, 을지로4가역 또 스크린도어 장애래."

고제총출이란 '고객 제일 총알 출동'이란 뜻이다. 동료임을 확인하는 암호이면서 회사의 모토이기도 하다.

"고제총출, 오마이갓, 아니 또? 접수 시간은? 내가 곧장 그리로 갈까?"

시간에 쫓기는 다급한 상황이었지만 L은 다시 침착한 목소리로 말했다.

"다섯시 이십분. 아냐, 넌 거기 일부터 봐. 내가 경복궁역 빨리 끝내고 가지 뭐. 여기서 더 가까우니까. 혹시라도 일이 일찍 끝나거든 연락하라고."

"오케이. 고제총출."

공고 동창에다 입사 동기인 L. 나와 동갑내기라고 할 수 없을 만큼 차분하다. 아무리 급해도 호들갑 떠는 모습을 본 적이 없다.

마음이 급한 나는 성큼성큼 계단을 두 개씩 뛰어 올라갔다. 한가롭게 에스컬레이터를 탈 시간이 없었다. 먼저 역무실로 가서 마스터키를 받아야 했다. 계단을 뛰어오르면서 생각했다. 아예 고장 없는 센서는 없을까. 왜 없겠어. 다른 나라에선 레이저 센서를 쓴다는데. 센서를 레이저로 바꾸고 각 역에 설치된 CCTV랑 연결하면 모든 역의 스크린도어 상태를 한눈에 살펴볼 수 있을 것이다. 그러면 작업 중에 전동차량 스크린도어 사이에 끼어서 죽는 정비공은 없지 않을까. 또 문 안쪽에 들어가지 않고도 밖에서 수리할 수 있는 방법도 있다고 했다. 대학에 가면 연구해봐야지. 그때 내 비장의 카드가 머릿속에 떠올랐다. 오 개월째 붓고 있는 적금 통장. 대학 갈 종잣돈이다. 월급 144만 원 중에 100만 원씩이면 좀 과했나. 지난번 친구들이랑 가는 주말여행에도 끼지 못하고 동생 용돈도 조금밖에 주지 못했다. 하지만 어쩔 수 없다. 고3 때 특강 온 교수님이 말했다. '자신의 미래에 투자하는 것이 가장 값

진 일이다.'

역무실에 도착한 나는 잡다한 생각을 거두고 정중하게 역무원에게 신고했다.

"원성 PSD 김성호입니다. 스크린도어 5-1번 장애 신고 받고 출동입니다."

PSD라고 하니까 어깨에 힘깨나 줄 만한 뭐 대단한 것의 약자로 보이지만 그건 아니다. 그저 플랫폼 스크린도어, 승강장 안전문이란 뜻이다. 역무원은 아무 말 없이 마스터키를 선뜻 내주었다. 왜 혼자 왔느냐고 묻지 않았다. 내가 꽤나 믿음직한 정비공으로 보여서일까. 허, 쓴웃음이 나온다. 그랬다면 백 프로 착각이다. 열쇠를 순순히 내준 건 내가 믿음직해 보여서가 아니었다. 2인 1조 출동이 규칙이지만 인력이 턱없이 달리다 보니 언제부터인가 회사 측이나 서울메트로 측이나 1인 출동을 당연시하게 된 것이다.

사인을 하면서 일지를 훑어보았다. 어? 장애 신고가 된 문이 5-1번이 아니라 5-3번이잖아. 기관사가 잘못 본 건지, 역무원이 잘못 본 건지, 보고받는 우리 회사 직원이 잘못 받아적은 건지 통 알 수가 없었다. 아무튼 누군가는 잘못한 게 분명했다. 인간이란 뜻하지 않게 그런 실수를 하는 것 같다. 그래, 실수하니까 인간인 거지.

실수투성이 인간들 속에서 내가 믿고 의지할 수 있는 친구는 단연 L이다. 나를 '롤'에서 끌어낸 친구. 주말에 내가 물고기방(PC방)에 가서 딱 한 판만 하자고 꼬여도 기어코 나를 농구 코트가 있는 공원으로 이끄는 놈이다. 입사 초만 해도 '롤'에 푹 빠져 지냈는데 L하고 어울려 지내다 보니 LOL이 금세 시들해졌다. L은 L로 잡는 걸까. 아무튼 그렇게 해서 화려하던 내 '리그 오브 레전드'의 시대는 종말을 고했다. 아유, 내 삶의 왕재미를 앗아간 녀석. 애당초 이런 놈은 친구로 삼질 말았어야 하는 건데. 내가 미쳤지. 오, 서운한지고. 적의 넥서스를 파괴했을 때의 짜릿함과 통쾌함이란. 대학에 갔다면 지금도 롤의 영웅들 연구하고 전략을 짜느라 아마도 성적은 쌍권총을 찼을 것이다. 우리 팀 전사들에게 '똥'싸지 않으려고 기를 쓸 것이다. 적의 유닛과 구조물을 쓰러뜨려 골드를 벌어들이고, 벌어들인 골드를 갖고 상점에 가서 아이템을 사들이고…… 손을 털고 나서 얼마간은 허전했지만 곧 홀가분해졌다. 솔직히 말하면 아직도 이따금씩 귀여운 티모 영웅이 눈에 삼삼하긴 하지만. 그것도 그저 한때인가 싶기도 하고. LOL만큼이나 위대한 L. 자연히 우리 엄마에게는 제일 환영받는 친구다. 엄마는 녀석이 집에 오면 은근히 반찬에 신경을 쓴다. 그래봤자 오징어볶음에다 고등어무조림밖엔 더 올라오지 않지만.

안팎으로 센서를 닦고 나서 작동해보았더니 스르르 문이 잘 여닫힌다. 먼지 때문이었다. 기계 고장이 아니라 천만다행. 이제 9-4번으로 갈 차례다. 오늘 오전만 해도 구의역에서 몇 번이나 신고가 들어왔던지. 도무지 알 수가 없다. 같은 회사 제품인데 어떤 적외선 센서는 오작동이 잦고 어떤 것은 한 번도 고장이 안 나고. 이유는 뭘까. 어느 회사 품질관리과에서 일하고 있는 선배가 와서 말해주었다. 어떤 제품이든 QC가 제대로 이루어지지 않으면 불량이 많이 나오기 마련이라고. 오전에 누가 손을 본 거니까 그냥 지나쳐도 되지만 온 김에 다시 한번 확인해야지. 우리에게는 이런 게 바로 QC가 아닐까. 그러고 나서 을지로4가로 가야지. 나는 경복궁역에서 뻥이 치고 있는 L에게 전화를 걸었다.

"고제총출. 5-3번 완료. 센서에 먼지만 제거했는데 잘 여닫히네. 9-4번 잠깐 보고 나서 을지로4가로 갈게."

"고제총출. 그럴래? 여긴 손볼 데가 아직 많아 걱정했는데 다행이다. 고제총출."

나는 9-4번 승강장으로 향한다. 열차가 한 번 왔다 떠나갔다. 다섯시 이십분에 신고가 들어왔으니 여섯시 이십분까지 을지로4가역에 가닿아야 한다. 한 시간 안에 처리하지 않으면 회사가 불이익을 당한다. 반장님이 매일같이 귀에 못이 박히도록 당부하는 말이다. 오죽하면 회사 모토가 고제총출일까. 그래야만 경쟁에서 살아남기 때문이겠지. 분명 무슨 각서라도 쓴 게 틀림없다. 시간 약속을 어길 경우 계약 금액의 몇십 프로를 깎는다든가 하는. 어쨌든 그 말을 들으면 꼭 우리가 마치 시(時)테크로 손님을 끌어모으는 패밀리 레스토랑의 종업원이 된 기분이다. 음식이 십오 분 늦게 나오면 공짜로 준다든가 하는 식당 말이다. 반장님 안 보는 데서 우리는 낄낄대며 식당 장면을 흉내 내고는 했다. 내가 빳빳한 광고지를 접어 우스꽝스러운 고깔모자를 만들어 쓰고 손님 테이블에 타임 시계를 놓고는 무릎을 꿇은 채 코맹맹이 소리로 말한다.

"손니임, 십오 분 안에 주문하신 음식이 나오지 않으면요, 나가실 때 계산하지 않으셔도 됩니다아."

이렇게 넉살을 떨고 나면 L은 점잖은 손님 행세를 한다.

"오 그래요? 좋지, 좋아. 한번 늦어봤으면 좋겠군. 오늘 공돈 좀 벌어보게, 허허."

음식이 십오 분 늦게 나오면 돈을 안 받겠다는 조건. 그러다 식당이 망하진 않을까. 그전에 시간 맞추려고 급하게 층계를 오르내리다 발목 삐고 넘어져 뜨거운 음식을 얼굴에 뒤집어쓰는 종업원이 나올지도 모른다. 그게 바로 대학에 간 뒤로 아르바이트에 목을 매고 있는 내 친구 성철이가 될지 누가 알아? 어머니와 단둘이 사는 녀석은 유난히 패밀리 레스토랑 아르바이트를 즐긴다. 아이들도 많이 오고 유쾌한 잔칫집 분위기가 나서 좋대나. 지금이 다섯시 오십사분. 을지로4가까지는 전철로 이십 분 거리다. 육 분 안에 수리를 끝내고 을지로행 열차에 올라타야 한다. L이 오늘 경복궁역에서 일복이 터진 모양인데 을지로에는 내가 가줘야지.

촌각을 다투는 마당에 눈치도 없이 배가 꼬르륵, 찬조 출연을 한다. 갑자기 스패너, 니퍼, 펜치, 드라이버 등 공구들과 함께 배낭에서 사이좋게 뒹굴고 있는 육개장 컵라면이 확 눈앞에 클로즈업된다. 배가 고프긴 한가 보다. 햇반을 사서 국물에 말아 먹으려고 스테인리스 숟가락도 챙겨왔는데. 항상 숟가락을 지참할 것. 이것도 내가 시골 출신인 L에게 전수해준 정비공의 수칙이다. 컵라면 이백 프로 활용법. 이럴 때 매끌매끌 꼬불꼬불한 면발을 얹어주면 아마도 혓바닥이 환장하겠지. '호르륵 냠냠, 요렇게 맛나는 걸 왜 여태 올려주지 않았남?' 국물에 밥 말아 숟가락으로 듬뿍듬뿍 퍼 먹으면 온몸으로 퍼져나가는 그 행복감. 고기반찬이 무슨 소용이랴. 아서라, 아직은 안 돼. 컵라면은커녕 옆도 돌아볼 틈이 없는걸. 을지로 끝내고 보자아. 나는 푹 꺼진 배를 토닥거려준다. 컵라면 하니까 생각난다. 회사 앞 충정로역 편의점의 아르바이트생.

"허구한 날 컵라면이세요?"

무릎과 허벅지 부분이 하늘하늘하게 해진 청바지—눈이 어질어질해서 감히 쳐다보지 못했다—에다 가슴에 꽃사슴 무늬가 찍힌 흰 티셔츠—싸구려 티 한 장으로 고상한 사슴 이미지를 낚아채는 저 영특함을 보라지—차림의 그녀가 오늘 아침 컵라면을 건네면서 툭 던진 말이었다. 그저 씩 웃고 돌아서 나왔지만 뒤통수가 어쩐지 서늘해왔다. 팔아주는 거나 고맙게 여길 일이지. 자기가 무슨 상관이람. 남이야 컵라면으로 끼니를 때우든 말든. 언제 공짜로 하나 주기라도 했나. 아냐,

혹시 내게 은근히…… 알 수 없지. 그런 날이 올지도. 어쩌다 그녀의 입술이 내 입술에…… 어렵쇼. 웬 헛물을. 편의점 카운터 앞에 설 때도 한껏 멋을 부린 그녀가 행여나 나처럼 꾀죄죄한 고졸 공돌이에게 털끝만큼이라도 관심이 있을 리가. 아마도 여대생인 것 같던데. 분명 아침마다 익숙하게 보아왔을 터였다. 딱 보기만 해도 한눈에 땜장이 티가 나는, 쥐색 유니폼에 똑같은 공구 배낭을 멘 추레한 사내놈들이 한꺼번에 우르르 전철로 몰려 들어가는 광경을. 그러니 쓰잘데없는 망상일 뿐이다. 나중에 내가 공대 졸업하고 도킹용 로봇 팔을 만드는 우주 엔지니어라도 된다면 모를까.

엔지니어라는 말에 갑자기 미래가 확 밝아지는 느낌이다. 공대 실험실에서 씨름하고 있는 내 모습. 스크린도어만 해도 아직 연구할 거리가 많이 남아 있다. 겉으로 보기에는 그저 전동차 문과 연동되어 열리는 단순한 설비로 보인다. 하지만 자세히 보면 가동 장치에다 고정 모듈, 비상문, 제어장치와 같은 복잡한 기계들로 이루어져 있다. 나한테 맡긴다면 더 편리한 문으로 만들 거다. 수없이 여닫아도 고장이 없고, 쇼핑백이나 지팡이가 끼었어도 목숨 잃을 염려가 없는 진짜 안전문으로. 불가능한 일은 아닐 것이다. 닫히는 면에다 스프링을 넣고 마모가 잘 안 되는 신소재 고무 롤러를 박아 유연하게 만들면 되지 않을까. 손가락이나 얇은 쇼핑백, 스카프 같은 것들이 설사 문에 끼었더라도 살살 당기기만 해도 빠져나올 수 있게. 친구들은 나더러 엉뚱한 놈이라고 핀잔만 준다. 하지만 두더지의 땅굴에서 영감을 얻었다는 세계 최초의 지하철 발명자 피어슨도 처음엔 미치광이 취급을 받았다고 하지 않은가. 런던 시의원들은 끈질기게 제안서를 들이미는 그를 황당한 몽상가라며 한껏 조롱했다.

"죽으면 어련히 땅속으로 들어가지 않을까 봐. 살아서 제 발로 걸어 들어가라고?"

때론 엉뚱한 생각이 세상을 바꿀 수도 있다.

딩동댕. 안전한 스크린도어 생각을 하다 보니 돌연 또 다른 아이디어가 퍼뜩 떠오른다. 레이저 센서가 돈이 많이 든다면 당분간은 선로 쪽 문에다 적외선 열 감지기를 다는 것이다. 빛이 없는 캄캄한 밤에도 사람 몸에서 방출하는 적외선 대역의 복사에너지를 인식할 수 있는 센서. 그러면 정비공이 현재 스크린도어 수리 중이라는 정보가 조종석 상황판에 나타날 것이고 기관사는 그걸 보고 전동차를 멈출 수 있지 않을까. 벌써 몇 번이나 혼자서 수리 중이던 정비공이 열차와 스크린도어 사이에 끼어 숨진 사고가 일어났다. 그러고는 하루 이틀 시끌벅적 난리가 난 듯하더니 금세 잊히고 말았다. 회사에서도 2인 1조는 이루어지지 않았고, 다른 보완 조치도 없었다. 글쎄 또다시 희생자가 생긴다면 그땐 뭐가 좀 달라지려나.

이런 생각을 하면 일은 힘들어도 앞으로 내가 할 일이 있을 것 같아 기운이 솟는다. 하지만 어느 땐 괜히 이상하게 마음이 울적해질 때가 있다. 어제가 바로 그런 날이었다. 어쩌다 길에서 고딩 때 시스템자동화과 동기인 성철을 만난 것이다. 어디론가 정신없이 뛰어가는 모습이었다. 학교에서 근로장학생으로 일하면서 또 저녁에 다른 아르바이트를 뛰고 있다고 했다. 무리하게 빚을 내서 대학에 간 탓이다. 하지만 조금 지쳐 보이긴 했어도 나는 녀석이 휘적휘적 움직일 때마다 그 몸에서 획획 뿜어져 나오는 어떤 냄새가 맘에 들었다. 청바지와 흰색 티, 그 위에 단추를 풀고 걸친 체크무늬 남방셔츠에서 풀풀 일어나던 어떤 바람. 아마도 그가 묻혀온 캠퍼스 향기였으리라. 청년의 모든 희망과 꿈을 품고 있는 듯한 신선한 공기. 그것이 상쾌한 바람으로 느껴지면서도 싸하도록 내 가슴을 아프게 후벼 파는 건 왜일까. 그뿐이 아니었다. 한쪽 어깨에 아무렇게나 걸친 녀석의 국방색 배낭도, 늦었다고 하면서 한 손을 주머니에 넣고 겅중겅중 뛰는 걸음걸이도 마치 드라마의 주인공처럼 폼나 보였다. 그때 나도 몰래 돌아본 촌스런 내 몰골. 칙칙한 쥐색 유니폼과 꼬질꼬질 기름때 묻은 공구 가방에서 풍기던 퀴퀴한 냄새.

사실 내게는 그보다 더 무겁게 가슴을 짓누르는 걱정이 있다. 학비 번답시고 삼사 년 늦게 대학을 가게 되면 친구들보다 많이 뒤처지지 않을까 하는. 대학 진학 몇 년 빠르고 늦는 것쯤은 멀리 보면 별 차이 없다고들 하지만 나는 그 말이 믿어지지 않는다. 녀석을 만난 뒤로 그 염려는 현실이 된 것처럼 여겨져 통 일이 손에 잡히지 않았다. 애써 걱정을 떨쳐낼 게 뭐 없을까, 하고 머릿속을 뒤졌다. 고졸로 일가를 이룬 사람이 쓴 책을 읽은 기억이 났다. 『난 결코 대학에 가지 않았다』. 대학에 가는 것이 도리어 순수했던 시절의 꿈과 날개를 잃어버리는 것이라고 주장하던 책. 고등학교를 나와 사회 경험 없이 곧장 대학으로 직행하면 영감은 이미 사라지고, 스스로 개척하려는 의지나 능력이 그만큼 줄어든다고 했다. 글쎄, 천재과에 속하는 사람이라면 그럴 수도 있겠지. 하지만 나는 천재과도 아니고 진학을 포기할 생각은 없다. 더 깊게 공부하고 연구하고 싶은 게 많으니까.

부모님은 내가 통 말이 없는 게 대학을 못 가서일 거라고 짐작하는 듯하다. 솔직히 진학을 못하고 곧장 직장에 들어갔을 때 처음엔 좀 속이 상했었다. 하지만 이제는 누구도 원망하지 않는다. 잠시 '롤'에 빠졌던 것도 대학에 못 가서가 아니었다. 취직은 했어도 그냥 뭔가 허전했다. 대학 가겠다고 고3 시절을 워낙 빡세게 지냈기 때문인지도 모르겠다. 밤늦도록 자율학습을 하고 집에 돌아오는 길에도 머릿속에서 마구 돌아가고 있던 미적분 풀이. 짠, 하고 시원하게 풀어내기 위해 빨리 책상 앞에 앉고 싶어 저절로 빨라지던 발걸음. 그러다 집안 형편 때문에 진로를 취업으로 돌리면서 여유 시간이 생겨나자 나도 모르게 스르륵 빠져들었던 롤 게임. 신기하게도 롤에서 헤어 나오고 나자 다시 푹 빠져들게 된 곳이 있다. 일하는 도중 갑자기 폭발하듯 솟아나는 아이디어의 샘. 때로는 그것들이 한꺼번에 솟구쳐 올라 가슴이 터질 지경이 된다.

그런 마음으로 회사를 다니고 있었는데 어제 성철이를 만나고 나서는 마음이 싱숭생숭해져서 도저히 그냥 집에 돌아갈 기분이 아니었다. 야간작업이 끝날 무렵 L에게 문자를 보냈다. '10-1212@In4sundae.' 열시 인사동 순대집에서 홀짝홀짝(1212) 하자는 뜻이었다. 악기상가 옆 골목에 값 착하고 국물 진한 순대집이 있었다. 집에다가는 긴급 야간작업이 생겼다고 둘러댔다. 먼저 도착한 나는 안주도 없이 막걸리를 들이켜고 있었다. L이 왔는데도 말없이 술잔만 비우자 녀석이 뭔가 눈치를 챘나 보았다.

"왜, 혹시 오늘 반장한테 한 소리……"

"아냐, 그런 거."

나는 그의 잔에 술을 따르며 강하게 부인했다.

"그럼 뭐야?"

번지수가 틀리게 되자 L은 술을 따라주며 내 표정을 살폈다. 그러고는 혼자서 구시렁대다가 제 맘대로 넘겨짚었다.

"그게 아니면 뭐지? 혹시 너 바람 맞…… 면상을 보아하니 그건 아닌 것 같고."

"내가 지금 그런 일로 뿔났을 거 같아?"

내 말에 그는 내 앞으로 얼굴을 확 들이대고는 자신 있게 말했다.

"너, 대딩이랑 마주쳤지? 길에서."

"어떻게 알았어? 성철이."

그는 정말 족집게였다.

"나라고 왜 그런 일 없었겠냐, 짜샤. 너희 과에는 성철이 한 명뿐이지만 우리 자동차기계과에는 공대에 간 애들이 몇 이나 있어. 지금이 딱 그런 일로 마음고생 한창 할 때지 싶다. 바로 요 시기. 여름방학 시작되기 직전, 신입생 병아리들이 캠퍼스에서 막 날개가 돋기 시작할 무렵. 요 때가 풋풋해서 꽤 봐줄 만하거든. 그건 그렇고 뭐가 문제야. 이삼 년 뒤면 그 리로 갈 건데. 준비도 착착 잘돼가고. 근데 난……"

L은 말을 마저 끝내지도 않고 시무룩해져서는 다시 술잔을 들었다. 나도 말문이 막혀 멍하니 앉아 있었다. 그는 자작으 로 막걸리를 거푸 석 잔 마셔댔다. 걱정이 되어서 내가 주전 자를 빼앗자 그가 잔을 내밀며 말했다.

"빨리 따라, 인마. 그냥 그런 거야."

하는 수 없이 나는 술을 따랐다. 그러면서 기억이 났다. L의 아버지가 밭에서 일하다 뇌경색으로 쓰러져 입원 중이라는 사 실이. 한 잔을 한꺼번에 다 들이켠 그가 다시 입을 열었다.

"난 준비고 뭐고 없어. 꼬박꼬박 집에 송금해야 돼. 니가 대학 가려고 적금하는 액수만큼. 지금 내 꿈은 그저……"

그가 말하지 않아도 나는 그의 꿈을 알고 있었다. 오직 서 울메트로 협력업체의 정규직이 되는 것이다. L과 나를 포함해

신입 동료들은 휴일마다 번갈아가며 서울메트로 본사 앞에서 1인 시위를 했었다. 협력업체의 비정규직인 정비공들을 자회사 정규직으로 채용해달라고. 하지만 본사 측에서는 꿈쩍도 하지 않았다.

충청도 시골에서 서울에 있는 공고로 유학을 온 그였다. 갑자기 지금은 어떤 말을 해도 생뚱맞게 들릴 것 같았다. 말없이 몇 차례 서로의 잔만 채워주던 끝에 어쩌다 내 입에서 그만 튀어나온 말.

"빌어먹을, 이놈의 유니폼, 짠내 나는 공구 배낭 확 벗어 던지고 싶어."

뱉고 나서 아차, 하고 후회했다. 아무리 힘들어도 참아야 했었다. 적어도 가장 노릇을 하고 있는 친구 앞에서는. 그는 내 손에 있는 주전자를 빼앗아 자작으로 거푸 술잔을 비워댔다. 안주도 들지 않았다. 입술에 묻은 술을 소매로 쓱 훔친 그가 머쓱해 있는 나를 노려보며 입을 열었다.

"이 등신. 대딩 성철이가 그렇게 샘나던? 걔는 말야, 대학생 폼 잡고 다닐지 몰라도 좆도 몰라. 니가 매일 열차와 열차 사이에서 분초를 다투면서 일할 때 느끼는 그 긴박감, 공부하고 싶은 그 간절함, 이런 거 걘 진짜 1도 알지 못한다고. 고딩 졸업하고 곧바로 간 놈들이 뭘 알아! 대학도 한번 못 가, 봐야 한다니까."

'대학도 한번 못 가, 봐야 한다니까.' '봐'에 악센트를 두는 그 한마디는 모든 상황을 단숨에 정리해주었다. 그것은 마치 제때 대학에 가지 못하는 것이 얼마나 인생에 큰 경력이 되는지, 또 대학에 못 갔다는 사실이 사람에게 얼마나 깊은 영감을 선사해주는지 아느냐고 묻는 말로 들렸다. 순간 뭔가로 머리를 세게 쾅 두들겨 맞은 듯했다. 나는 왜 그런 생각을 한 번도 해보지 못한 것일까. 제법 많이 마셨는데도 술기운이 확 달아났다.

돌아오는 버스에서 흔들리면서 다시 생각해본 L이란 인간. 젠장, 녀석은 어떻게 늘 그런 기특한 생각만 하고 사는 걸까. 난 원래 그런 범생이는 딱 질색이었다. 그런 인간이 곁에 있다면 정말 짜증이 날 것 같았다. 아직 십대인 자신을 졸지에 소년 가장으로 만들어버린 현실에 어떻게 저항이나 분노하는 기색이 조금도 없는 건지, 정말 알 수가 없었다. 나라면 그런 집구석 일찌감치 박차고 나와 독립하겠다고 난리 쳤을 텐데. 애당초 녀석은 나보다 훨씬 성숙한 마음을 갖고 태어난 걸까. 우월한 DNA를 갖고서? 그래서 애늙은이가 된 걸까. 만약 그렇다면 너무 일찍 철이 들어 질풍노도의 십대 시절을 제대로 누려보지도 못했을 거 아냐. 그러자 불현듯 아려오던 내 가슴. 어린 나이에 그 모든 걸 끌어안고 삭혀내느라 얼마나 피나게 자기 자신과 싸움을 했을까. L에게 그 싸움이란 내가 롤 게임에서 무시무시한 괴물이나 유령들과 정글 전투를 치르는 것보다 훨씬 더 처절하고 외로운 싸움이었을 터였다.

그 뒤로 내게는 새로운 버릇이 생겼다. L의 앞날을 미리 그려보기. 자신의 자동차 정비소에서 기름때 묻은 작업복 차림으로 고객의 차를 만지고 있는 어엿한 전문 정비공의 모습. 그날이 되면 내 머릿속에서 초고속으로 돌아갈 어떤 영상이 있다. 교내 기능 대회에서 L의 팀이 사고로 폐차 직전에 이른 소나타를 몇 시간 만에 눈부시게 빛나는 새로운 차로 재탄생시키던 모습. 정확하고 바지런하게 돌아가던 손들과 초롱초롱 반짝이던 눈동자들. 그 손과 눈이 만들어낸 결과물. 그건 누가 뭐래도 비포 앤 애프터의 최고봉이라 할 만했다. 늠름하고 멋진 물건, 그제야 그 차는 소나타라는 이름에 정말 걸맞은 작품이 되었다. 그때 내가 팀 리더였던 L에게 붙여준 별명이 '베토벤'이었다. 아직은 때 이른 샴페인 터트리기 같지만 그날에는, 그날에는 꼭 보고 싶은 광경이 있다. 그가 다시 분별없는 십대로 돌아가 한번쯤 마음껏 치기를 부리는 모습이다.

9-4번 도어 앞.

먼저 승강장 쪽에서 열쇠로 스크린도어를 열고 양쪽 옆면에 달린 적외선 센서를 닦았다. 수건이 새카매졌다. 열차가 한 번 더 왔다가 떠났다. 2호선은 서울 시내 지하철 중에서도 배차 간격이 가장 짧다. 출퇴근 시간은 2분~2분 30초, 다른 시간대엔 4분~6분이다. 일에 몰두하다 보면 몇 분에 한 번씩 열차가 왔다 갔다 한다는 사실을 깜빡 잊을 때가 있다. 전동차가 가고 나서 다음 전동차가 오는 그사이 그 짧은 시간 안에 스크린도어 장애를 해결해야 한다.

L의 말대로 우리가 분초를 다투면서 일하고 있다는 생각을 하니까 광화문 흥국생명 앞에 서 있는 해머링 맨 생각이 난다. 괜히 친근하게 여겨져서 친구들과 그 그늘에 앉아 잠시 쉬었다 가기도 하는 노동자상. 어느 날 웬일인지 그 세계적인 유명인사 '망치 아저씨'의 포즈가 내 눈에 와서 꽂혔다. 망치를 든 오른손을 이마 가까이 들어 올렸다가 왼손이 잡고 있는 작업대를 내려칠 때까지의 시간이 한나절처럼 여겨졌다. 도무지 세상 근심이라고는 없는 어느 노동 귀족의 취미활동처럼 보이던 동작. 키가 22미터나 된다는 이 거인은 원래는 1분 17초당 한 번씩 망치질을 하는 것으로 제작되었는데 노동자의 움직임이 너무 굼떠 보인다는 평을 듣고 나서 1분에 한 번으로 바꿨다고 했다. 내 눈에는 1분도 속이 터질 만큼 느린 속도인데. 나는 의아했다. 안정되게 두 발로 땅을 굳게 딛고 서서 저토록 느려터진 속도로 망치질을 하는 모습을 노동자의 대표라고 할 수 있을까. 누군가는 발 디딜 곳도 없는 손바닥만 한 경사면에서 하루 종일 뺑이를 쳐야 하는데.

아무튼 오전 당번이 왔다 갔을 텐데 그 뒤로 이렇게 많은 먼지가 쌓일 수가. 욕심 같아서는 스크린도어 사십 개 센서를 다 한 번씩 닦고 갔으면 좋겠다. 그런데 전동차 10량의 스크린도어를 다 커버하려면 이동 거리가 이백 미터가 넘는다. 참자, 오늘은 내가 맡은 일만 할 수밖에. 이번에는 문 안으로 들어가 선로 쪽에서 센서를 닦을 차례. 난간이 없으니 한 손으로 문을 꽉 붙잡고 경사진 문턱에 까치발을 하고 선다. 문을 붙잡은 한쪽 손에다 몸무게를 싣고 매달린 상태에서 일을 한다. 팔을 뻗어 작업할 공간을 확보하려니 자연히 고개를 한껏 뒤로 젖혀 머리를 선로 쪽으로 삐죽이 내밀 수밖에 없다. 이 것은 노동의 자세가 아니다. 꼭 발레리나의 포즈 같다. 오른 발을 찍고 높이 뛰어오르기 직전의 모습. 오늘따라 어스름 노을빛이 스며드는 지상 구간의 전철 역사는 마치 환상 속의 공간처럼 보인다.

눈이 따끔따끔해 온다. 센서를 닦던 중에 먼지가 들어갔나보다. 내 짐작이 맞았다. 전동차가 들어오면서 일으키는 열차 풍에 온갖 먼지들이 들고 일어나 센서에 와서 덕지덕지 달라붙는 것 같다. 수건에 시커먼 이물질이 묻어난다. 아, 센서를 이물질이 들러붙지 않는 재질로 바꿀 수는 없을까. 와, 이거 특허감 아냐? 기계공학, 아니, 센서는 전자공학에 속하지. 거기다 재료공학이 들어가야 할 거야. 이 바쁘고 긴장된 순간에 아이디어가 터져 나오다니. 난 어딜 가든 뻥이 치면서 살아야 할 모양이다. 하기야 팽이는 역시 '돌아야' 팽이니까. 먼지가 다 닦여야 센서에 어떤 장애가 생겼는지 알 수 있을 텐데. 재킷 앞주머니에 꽂힌 플래시를 꺼내 비춰본다. 아직도 구석구석에 먼지가 촘촘하게 끼어 있다. 닦아도 닦아도 자꾸만 나온다. 열차도 곧 들어올 테고 빨리 을지로로……

갑자기 앞이 아득해오면서 나는 까무룩 정신을 잃는다. 뭔가가 와서 뒤통수를 강하게 쳤던가? 영혼이 몸을 떠나면서 방금 벗어 던진 자신의 허물을 본다는 게 정말일까. 로이터 통신 사진전에서 보았다. 전쟁터에서 방금 총에 맞아 죽어가는 병사의 몸에서 희미하게 피어오르던 연기. 나는 지금 보고 있다. 돌진해 오는 무자비한 어떤 힘에 의해 여지없이 꺾이고 으스러져 피투성이가 된 채 선로에 널브러진 내 몸뚱어리를. 무척이나 아쉽다. 나 같은 놈이 언젠가 신통한 아이디어로 지하철 승객들을 더욱 편안하게 해줄 수 있었을지도 모르는데. 그동안 정말 L이나 나나 자나 깨나 '고제총출'을 실천해왔는데. 이건 좀 심한 게 아닐까. 롤 게임에도 이렇게 허무한 장면은 없었다. 안전문을 움켜잡고도 내 몸은 안전하지 못했다. 스크린도어와 전동차 사이, 그 정확하고 인색한 공간은 내 몸을 품을 수 없었다. 제 몸을 팽이 돌리던 아이는 이렇게 멈춰섰다. 이건 내 뜻이 아니다. 119 구조대원들이 푹신한 모포 위에다 내 몸뚱어리를 수습하는 광경을 지켜보다가 나는 비명을 지른다. 안 돼! 내 목소리에 놀라 나는 화들짝 잠에서 깨어난다.

온몸에서 식은땀이 흥건히 솟아 잠옷을 축축하게 적셨다. 그건 꿈이었을까? 아니면 지금 내 방 내 따뜻한 침대에 누워 있는 이 순간이 꿈인 것일까. 제발 그것이 꿈이었기를. 나는 숨을 헐떡이며 눈을 비벼보았다. 아무리 보아도 내 방이 확실

했다. 며칠 전 밤새워 조립해 천장에 매달아놓은 프라모델 전투기. 책상과 책장, 그 옆에 서 있는 어쿠스틱 기타까지. 팔을 꼬집어보았다. 아팠다. 이불을 걷어차고 나가 방마다 문을 빼꼼히 열고 들여다보았다. 안방에서 곤히 잠들어 있는 부모님과 건넌방의 누나. 얼마 전 새로 마련한 여름용 침대에서 곯아떨어진 거실의 비숑. 어제 누나가 산책을 충분히 시켰나 보다. 째깍거리는 뻐꾸기시계는 새벽 세시 오분을 가리키고⋯⋯ 내 몸은, 우리 집은 털끝 하나 다치지 않았다. 나는 가슴을 쓸어내렸다. 꿈이었다.

침대에 걸터앉아 어제 일을 돌이켜보았다. 오후 수업이 끝나고 짝꿍 수연과 같이 터덕터덕 구의역으로 향하던 무거운 발걸음. 사고가 난 지 사흘째, 분홍과 노랑, 하양, 파랑, 빨강 등 색색의 포스트잇으로 뒤덮인 9-4번 스크린도어 앞에 섰다. 우리는 그 주위를 오랫동안 서성였다. 시든 채 무더기로 쌓여 있던 흰 국화 송이. 그 옆에 놓인 빵이며 음료수, 미역국이 오른 밥상과 초가 꽂힌 케이크. 그의 생일이 지나간 것을 알려주던. 그때 발걸음이 멈칫해지며 수연의 눈이 가서 꽂히던 육개장 컵라면. K의 배낭 속 소지품이 공개되던 날 그녀가 울컥해하며 내뱉던 말이 생각났다. "이제 컵라면은 못 먹겠어."

지상 구간인 덕에 전철 역사의 창문을 오래도록 기웃거리던 석양. 노을빛에 물들어 색다른 공간으로 바뀐 듯하던 승강장. 창 쪽 테이블 위에 비치된 포스트잇과 볼펜, 거기 엎드려서 뭔가를 꾹꾹 눌러 쓰고 있던 내 또래 젊은 친구들. 아무도 입을 열지 않았지만 우리는 같은 심정으로 힘겹게 견뎌내고 있었다. 지하철 역사의 천장이 내려앉을 것만 같은 무거운 분위기를. 울먹이는 수연 뒤에 서서 가슴만 먹먹해오던 나. 열차가 와서 스크린도어가 열릴 때마다 노을빛은 전철 통로 안쪽까지 들추며 짓궂게 비춰댔다. 경쟁에서 살아남기 위해 '고객 제일, 총알 출동'을 몸으로 실천했던, 나보다 세 살이나 어린 친구가 서 있던 그 좁디좁은 자리, 분주하게 손을 놀리며 뭔가를 골똘히 생각하느라 코앞에 들이닥친 힘센 기관차를 보지 못한 소년이 서 있던 그 비좁은 난간을. 그 뒤로도 전철은 이 분마다 규칙적으로 들어왔고 문이 열릴 때마다 어느새 눈에 어른거리던 황금빛 형상. '망치 아저씨'처럼 견고하진 않아도 발레리나만큼이나 날렵한 포즈로 서 있던 팽이 돌리는 소년. 머릿속에서 펼쳐지는 어떤 기꺼운 아이디어로 해서 입가에 빙그레 미소가 걸린. 그것은 언제까지나 그곳, 구의역 9-4번 문 안에 서서 스크린도어가 열릴 때마다 환한 미소로 우리를 맞아줄 것이었다. 곧 스러질 듯한 석양은 그 뒤로도 마지막 빛을 다 쏟아내 승강장 안을 감싸며 비춰댔다. 포스트잇에다 한마디씩 적어 스크린도어에 붙이고는 그것이 둘 다 'K가 나다'인 걸 확인하고는 서로 쳐다보며 계면쩍어하던 수연과 나를. 내 손을 잡고서 눈을 감은 채 가만히 서 있던 수연을. 그녀의 감은 눈 밑으로 조용히 흘러내리던 눈물을. 그 눈물방울은 석양빛에 반짝하고 빛났다. 그 순간의 감정에는 나도 그녀도 털끝만큼의 가식이라고는 없었다. 그때 일제히 황금빛 날갯짓을 하며 날아오르던 종잇조각들. 그와 동시에 역사 천장을 치고 우르르 쾅쾅 천둥으로 번져가던 합창. 'K가 나다. K가 나다. K가 나다⋯⋯'

하지만 이 새벽, 나는 똑똑히 목격하고 있었다. 완전히 돌변해버린 나 자신의 모습을. 하룻밤 사이에 K가 내가 아닌 것을, 내가 K가 아닌 것을 이토록 다행으로 여기며 안도하는 인간. 어제 자신이 포스트잇에 쓴 말은 말짱 거짓이었음을 알아차리고는 도저히 감당할 수 없는 참담한 지점에 놓이게 된 나였다. 얼음을 얹은 듯 써늘해오는 심장. 다만 확실하게 거기 새겨지고 있던 건 하나의 두려운 진실이었다. K는 결코 내가 될 수 없다는. K가 나다, 라는 말은 어쩌면 나의 이익을 꾀하고 싶을 때만 하는 말인지도 모를 일이었다. 나만은 당하지 않겠다며. 그러기에 그것은 함부로 내뱉어서는 안 되는 말이었다. 그 생각은 곧 얼마 전의 일을 기억에서 불러냈다. 오 년간의 연애 끝에 벼르고 별러 마침내 학교 앞 카페에서 2인용 룸을 빌려 치른 나의 프러포즈 장면이었다.

"수연아, 사랑해. 나 자신만큼. 이제 넌 나야."

무릎을 꿇고 장미 한 송이를 바치며 나는 수줍지만 자신 있는 어조로 말했다. '이제 넌 나야.' 한 점 의심 없이 그리도 쉽게 뱉었던 고백. 그리고 나를 만난 뒤 가장 행복해하던 그녀의 표정. 하지만 이젠 모든 게 달라져버렸다. 나도 수연도 분명 변한 게 없는 것 같은데, 모든 것이 무너진 듯 허망한 마음. 애당초 나는 감당할 수 없는 일을 저질러놓고 쩔쩔매는 철부지에 지나지 않는 인간일까. 그 생각을 하자 구의역의 석양이 빚어내던 황금빛 팽이 돌리는 소년이 나를 물끄러미 쳐다보고 있는 듯했다. 이제 더 늦기 전에 진정으로 고백해야 할 것 같다. "수연, 그건 거짓이었어. '이제 넌 나야'라고 했던 말. 그건 오로지 나 자신을 위한 거였어. 넌 결코 내가 될 수 없어." 나는 휴대폰을 집어 들었다.

아라크네의 후예들

오늘따라 손에 와 닿는 반죽의 감촉이 유난히 매끄럽다. 면판 위에서 길게 늘인 일자 반죽을 반으로 접자 두 가닥이 된다. 두 가닥의 양 끝을 잡고 들어 올려 앞으로 살살 돌리면서 늘인다. 면발이 죽죽 잘도 늘어난다. 늘인 면발을 판 위에 내리고 반으로 접어 겹치자 어느덧 네 가닥, 이렇게 한 번 더 늘이면 여덟 가닥, 그다음엔 열여섯 가닥이 된다. 다섯 단계 만이다. 너는 다시 면발을 양손으로 펼쳐 들고 앞으로 세 번 돌리면서 조금씩 늘여나간다. 두 손은 유연하게 원을 그리고 허리는 팔 동작에 맞춰 자연스럽게 반동을 탄다. 고개도 까딱까딱, 발가락도 까딱까딱, 온몸으로 면발에 리듬을 보태다 보면 금세 마스크 밑으로 땀이 줄줄 흘러내린다. 몸뿐 아니라 온 신경이 한데 모아져 면발과 보조를 맞춘다. "힘으로 하는 게 아녀. 몸이 율동을 타야 하는 겨. 면발을 애인으로 삼아 함께 춤추는 기분으로." 너는 선배의 말이 이제야 수긍이 간다. 통통한 면발 사이에 손을 넣어보자 반죽의 장력이 기분 좋게 느껴진다. 어제저녁 미리 반죽을 해서 하룻밤 숙성시킨 덕분이다. 열여섯 가닥의 면발을 반으로 접어 겹치자 서른두 가닥이 된다. 합친 왼쪽 끝은 꾹꾹 눌러 잘 뭉친다. 왼손은 뭉쳐진 쪽을 잡고, 오른손은 접은 면발 사이에 넣어 들어 올린 다음 앞으로 세 번 가볍게 돌리면서 늘인다. 이제 판 위에 면발을 내린 다음 고이 뒤집어본다. 끊어진 가닥이 하나도 없다. 밀가루를 치고 나서 반으로 접어 겹친다. 면발은 예순네 가닥. 이제 한 단계만 남았다. 너는 갑자기 움찔한다. 그 순간 무슨 생각이 머리를 스쳤을까. 이 그물 여신은 네 속을 다 알고 있다. 예순네 가닥의 면발을 보자 네 머릿속에서는 원룸 벽에 붙어 있던 형의 네트워크 도표가 떠오른 것이다. 그것은 칠 단계, 예순네 명에서 그쳐 있었다. 코로나 사태가 일어나기 전만 해도 너의 수타 면발처럼 기하급수적으로 불어나던 형의 네트워크였다. 그런데 기하급수보다 더 무서운 속도로 확산되는 것이 있었다. 그것이 바로 코로나19 바이러스. 한 명에서 수십, 수백 명으로 전파되었다. 그러자 형의 네트워크는 급격히 줄어들었다. 도표에 숱하게 쳐진 X표는 곧 끊어진 인간 그물코였다. 면발이 자주 끊어져 형의 네트워크처럼 수타 실력도 쪼그라드는 건 아닐까, 너는 걱정이 된다. 마지막 단계를 남겨놓고 머뭇거리고 있을 때 홀에서 외치는 소리.

"자장면 십 인분 추가요."

코로나19 사태로 자장면 배달 주문이 폭발적으로 늘어나고 있다. 주문이 많이 들어오는 건 좋은 일이지만 월급쟁이로서는 사실 괴로운 일이다. 일감도 적당해야지. 적어도 인간의 몸이 감당할 만큼. 그런데 화장실도 못 가고 옆도 못 돌아볼 지경이다.

면발이 기하급수적으로 늘어날 때마다 너는 형 생각에 울컥해진다. 마음을 가다듬고 마지막 단계를 위해 면발을 양손으로 들어 올린다. 예순네 가닥의 면발을 세 번 아이 어르듯 살살 돌리면서 늘인다. 면판에 내리고 반으로 접어 겹친다. 이제 면발은 백스물여덟 가닥. 살짝 뒤집어 살펴본다. 아뿔싸, 끊어진 두 가닥이 보인다. 팔 단계에 와서 그만 실수가 났다. 너는 끊어진 면발을 왼쪽 뭉치에다 갖다 붙인다. 오른쪽 팔뚝에 면발을 걸고 왼쪽 끝의 뭉치를 칼로 끊어낸다. 가늘기가 고른 면발이 팔뚝에 걸려 한들거린다. 지난 삼 년간 손목의 인대가 나가고 팔다리가 후들거리도록 매일 훈련을 했건만 아직도 실수가 나온다.

주방 창 너머에서 작은 박수 소리가 들려온다. 모두 마스크를 쓴 손님들, 오늘은 구경꾼이 그리 많지는 않다. 사회적 거리두기로 홀의 좌석은 앞뒤 좌우로 한 자리씩은 비워둬야 하기 때문이다. 구경꾼이 있었다는 것을 알고 나자 너는 머쓱해진다. 면발을 팔뚝에 가지런히 걸고 물이 설설 끓고 있는 솥 앞으로 가서 살며시 밀어 넣는다. 십 인분이면 앞으로 세 번은 더 뽑아야 한다. 꼭 주문을 받고서야 면을 뽑기 시작한다. 반죽도 하루가 지나면 쓰지 않는다. 정직한 수타면. 사오십 년 경력의 숙련된 장인들은 한 번에 십이 인분도 뽑아내지만 너는 삼사 인분이 고작이다. 면발 수도 백스물여덟 가닥에 머물러 있다. 고수들은 여기서 세 단계를 더 나가 천스물네 가닥을 뽑아낸다. 기스면용이다.

너는 다시 베 보자기에 덮인 반죽을 뜯어 면판 위로 가져온다. 덩어리 반죽을 밀어서 길게 늘인 다음 수도 없이 면판에 대고 세게 때려준다. 반죽의 모든 부분이 골고루 면판과 강하게 충돌해야만 글루텐이 활성화되기 때문이다. 글루텐이 생기고 나서부터는 면발의 수를 늘려도 반죽이 잘 끊어지지 않는다. 그러다 또다시 눈시울이 붉어진다. 너무 빨리 일하러 나온 것일까. 어제 형의 삼우제를 지내고 너는 고향 집에서 곧바로 올라왔다. 빨리 일을 하는 게 형을 잃은 슬픔을 잊는 방법이라고 생각했다.

그런데도 면발을 늘일 때면 언제나 원룸 벽에 붙어 있던 형의 네트워크 도표가 떠오르고 그 도표는 또 다른 장면을 불러온다. 시골집 마당의 살구나무에 악, 하고 탄성을 지를 만큼 정교하게 쳐져 있던 거미줄이다. 형은 그것을 보고 찬탄해 마지않았다.

"와, 저 거미줄에 맺힌 이슬방울 좀 봐라. 손가락으로 튕기면 도르르 맑은 구슬 소리를 낼 것 같지 않냐?"

네 형은 경외심을 갖고 거미줄을 바라보았다. 하지만 몇 시간 뒤 무엇인가가 그 그물에 걸려 버둥거리는 모습이 보였다. 가까이 다가가자 그것은 놀랍게도 몸통의 길이가 한 뼘이나 될 법한 장수잠자리였다. 검은색의 몸통 마디마다 노란 띠를 뿜내며 유유히 공중을 떠다니다 총알처럼 날아와 말벌의 각질에 날카로운 이빨을 내리꽂는다는 공중 폭격기. 거미줄에 걸린 그것은 '장수'라는 이름이 무색하게 몇 번 용을 쓰며 꿈틀대다 거미의 침을 맞고 나서는 마지막으로 한 번 파르르 떨고는 동작을 멈추었다. 그리하여 이른 아침 영롱한 예술 작품이었던 그 그물이 선뜩한 공포의 대상으로 바뀌는 데는 그리 오랜 시간이 걸리지 않았다. 너는 몸서리를 치며 뒤로 물러섰다. 하지만 네 형의 반응은 전혀 달랐다.

"왜? 니는 이게 무섭나? 내가 보기엔 장수잠자리 사냥까지도 거미의 예술 작품인 것 같은데. 정말 대단하지 않냐?"

그때 생각을 하면 너는 지금도 숨이 멎는 느낌이다. 장수잠자리가 거미줄에 걸려 장렬하게 죽는 모습까지를 거미의 작품이라 생각하다니. 너는 형의 말을 도무지 이해할 수가 없었다. 그 생각을 하면 더 이상 반죽을 늘일 기운도 없어 제자리에 털썩 주저앉을 것만 같다. 안 돼, 앞으로 십 인분을 더 뽑아내야만 돼. 너는 바지런히 다시 반죽을 늘인다. 일자로 늘인 반죽을 면판에 탕탕 내려치기를 되풀이한다. 탱글탱글하면서도 고른 면발을 뽑자면 반죽에 들어 있는 공기를 빼야 한다. 반죽을 치대고, 돌리고, 내려치고, 꼬는 작업이 되풀이된다. 이 집에서는 두꺼운 미송을 면판으로 쓴다. 미송이란 미국에서 수입된 더글러스 소나무를 말한다. 판의 길이도 사람 키를 훌쩍 넘을 정도로 길다. 반죽을 면판에 치는 사이에 소나무 향이 자연스레 면발에 스며든다. 어릴 때 네 어미가 국수를 밀며 하던 말은 틀린 말이었다.

"원래 국수도 잘 못 뽑는 놈이 피나무 안반만 나무란다."

수타면에 관한 한 그건 진실이 아니다. 정확히 말하면 '국수를 잘 뽑는 놈이라야 피나무 안반을 나무랄 줄 안다'이다. 서당 개 삼 년에 풍월을 읊는다고, 그동안 너를 따라다녔더니 이 그물신도 수타면에 대해 웬만큼은 알게 된 것 같다. 너를 왜 따라다녔냐고? 처음엔 네 형을 따라다녔지. 그러다 내 그물로 녀석을 잡는 실적을 올리고 나선 그 아우인 너에게 눈길이 갔지. 고분고분하지 않고 뻗대는 성격에 끌렸다고나 할까.

내가 누구냐. 월드와이드웹보다도 먼저 아득한 옛날에 태어나 이 세상 모든 그물 짜기를 주관하는 왕그물신, 그리스 신화에 나오는 아라크네의 후예다. 베 짜는 솜씨가 뛰어난 나머지 아테나의 저주를 받아 거미가 된 직녀 아라크네 말이다. 세상 거미들의 어미이자 모든 그물 짜는 네트워커들에게 선망의 대상인 그물계의 조상신이지. 아라크네가 신들의 패륜 행각을 낱낱이 꿰고 있었듯이 나는 네 머리 꼭대기에 앉아서 네 마음을 속속들이 꿰뚫고 있다. 언제쯤 덮쳐서 내 짝꿍으로 삼을 수 있을까, 하고. 너는 반죽을 늘이면서도 머릿속에는 형 생각뿐이다. 조금만 신경을 쓰고 주위를 돌아보면 이 미녀 그물신의 존재를 알 수 있을 텐데.

"일부를 절제하려고 열어보니 이미 간이 심하게 손상이 돼 서……"

손을 쓸 수 없을 정도였다는 의사의 목소리.

"원인이 무엇인지 파악하기가……"

폴대가 모자라도록 해독제와 영양제 등 온갖 수액 주머니 를 주렁주렁 매단 채 잠들어 있던 형의 모습. 그 얼굴에 대고 너는 울먹이면서 중얼거렸다.

"히, 히야, 내, 내가 주, 죽일 놈이데이. 히야가 하는 일, 목 숨 걸고 뜨, 뜯어말리지 몬해 미, 미안……"

너는 형이 권하는 바이오 어쩌고 하는 환약을 한 알도 먹지 않았다. 형이 발이 부르트도록 팔러 다니던 그 건강보조식품 을. 형이나 먹고 복근 많이 만들라며 핀잔만 주었지. 그놈의 네트워커인가 뭔가 당장 때려치우라는 말도 하려다가 입을 꾹 다물었다. 가슴 한구석에서 치밀어 오르는 너 자신의 목소 리를 들었다.

'어쭙잖은 짓 그만둬. 중국집 주방 보조 노릇하는 주제에.

대학물 먹은 형이 네 훈수를 듣기나 할 것 같아? 네트워크인가 뭔가 하는 게 새로 나온 사업이라잖아.'

　그러고는 이제 와서 너는 형의 죽음이 어린 시절에 보았던 살구나무의 거미줄 탓이라고 생각한다. 거미줄을 찬탄하던 형도 인간 그물망을 쳐놓고 그 위에서 먹이를 찾겠다고 꼼지락거리던 거미과의 네트워커였다고. 살구나무의 거미줄은 형의 운명을 예언한 것인지도 모른다고. 글쎄, 과연 그럴까. 그것이 꼭 운명이었을까. 내가 귀띔해주는데 이 세상에는 그물신에게 걸려들 것들이 널려 있어. 처음 보는 거미줄이 신기해 놀러 왔다가 걸려든 어린 나방처럼 네 형도 사기꾼들의 그럴싸한 그물망 선전에 넘어간 것이다. 원래 가장 취약한 상태에 있는 것들이 쉽게 걸려들거든. 사실상 제 발로 그물망에 걸어 들어온 것이지. 들어갈 테니 어서 날 덮쳐줍쇼, 한 셈이야. 게다가 시대를 잘못 만났어. 하필이면 대면 금지의 코로나 시대에 사람을 끌어모아야 되는 일을 택했으니 자승자박이라고나 할까.

　너는 다시 일자로 늘인 반죽을 들어 올렸다 면판 위에 수도 없이 내리친다. 하얀 주방장 모자에다 제복을 입고 허리에는 흰 앞치마를 두른 너의 모습은 어엿한 수타면 기술자다. 반죽을 주물러 면발을 뽑을 수 있는 최적의 상태로 만들기까지 지루할 만큼 오래 걸린다. 그때까지 반죽을 주무르고 돌리고 꼬고 내리치느라 온몸에 진땀이 나고 손목이 시큰거린다. 그물을 짜는 것은 아니지만 가느다란 면발을 기하급수로 늘리며 뽑아낸다는 점에서는 수타면장이도 아라크네의 후예인지 모른다. 네가 하는 일도 거미의 집짓기 작업만큼이나 과학적이고 치밀하니까. 세상 모든 거미들이 하는 일, 그 모든 것을 주관하는 이가 바로 이 왕그물 여신이다. 너도 고향 집에서 거미가 살구나무에 거미줄 치는 광경을 보았을 것이다.

낮에 처마 밑에 숨어 지내던 거미는 어스름 저녁 무렵 살구나무로 옮겨가 줄을 치기 시작한다. 자신의 배 밑에서 여러 겹의 실을 뽑아내 바람에 날린다. 마치 연을 날리는 것과 비슷하지. 그러면 실의 끝자락은 바람을 타고 건너편 가지에 가서 걸린다. 가지와 가지 사이에 브리지, 다리를 놓는 것이다. 이 위로 연날리기를 여러 번 해서 브리지를 아주 튼튼하게 만든다. 전체 거미집의 무게를 지탱하는 대들보니까. 그런 다음 브리지의 가운데 지점으로 가서 실을 뽑으면서 자기 몸을 밑으로 툭 떨어뜨려 중심을 잡는다. 그 지점의 나뭇가지에 실을 붙이고는 그 점을 브리지의 양 끝과 연결하지. 그러면 그 중심점을 꼭짓점으로 해서 역삼각형이 만들어지겠지.

이번에는 그 역삼각형의 꼭짓점에서부터 밑으로 적당한 거리에 닻을 내린다. 닻을 내리는 지점은 나뭇가지도 되고 땅도 될 수 있어. 닻줄도 여러 번 왕복을 해서 강하게 만들어야겠지. 이제 닻을 내린 지점과 브리지의 두 끝 지점을 각각 연결해. 그러면 먼저 만든 역삼각형 양쪽으로 각각 한 개씩의 삼각형이 더 생겨나게 되겠지. 이제 처음 역삼각형의 아래 꼭짓점에서부터 방사선 방향으로 기둥을 쳐 나간다. 사방팔방으로 세로줄을 치는 거야. 그 기둥의 끝을 삼각형의 바깥 틀이 될 만한 나뭇가지에다 붙이는 것이지. 이렇게 사방팔방으로 세로줄이 다 쳐지고 나면 이번에는 먹잇감을 낚을 가로줄을 칠 차례야. 가로줄은 세로줄과는 달리 점성을 띠고 있어. 이 끈끈한 줄로 시곗바늘과는 반대 방향으로 바깥쪽에서부터 원을 그리면서 안쪽으로 거미줄을 쳐 들어가는 거야.

그때 네 형은 거미의 그물 짜는 솜씨를 놀라워했지만 네 마음속에서는 심술궂은 생각이 스멀대고 있었어. '한번 보고 싶은걸. 저 번잡스럽게 많은 다리가 제 그물에 걸려 허둥대는 꼬락서니를.' 하지만 그 말을 내뱉지는 못하고 너는 에둘러 말했다.

"히야, 거미 입장에서 보면 좋은 일이지만, 걸리는 파리나 잠자리 쪽에서 보면 어떨 거 같노. 내사 잘 모르겠데이. 뭐가 뭔지."

형이 거미줄에 경탄을 보낼 때 너는 거기에 잡힌 잠자리 편에서 생각해보았다. 한술 더 떠서 제 그물에 걸린 거미를 보고 싶어 하다니. 참 발칙하기도 하지. 하지만 그런 기대는 접는 게 좋을 것이다. 거미는 점성이 없는 세로줄로만 건너다니면서 줄을 치기 때문에 끈끈한 가로줄에는 걸릴 일이 없어. 걸려들어도 다리에서 기름이 나와 쉽게 빠져나올 수 있거든.

그런데 네 형은 몸에 거미처럼 기름이 나오는 장치도 없으면서 그물을 짜려 했다. 그것도 인간 그물망을. 그물은 아무나 짜는 게 아니다. 아라크네의 아이는 아무나 되는 게 아니라고. 아라크네는 자신이 짠 태피스트리의 무늬에 제우스의 엽색 행각을 담아 그의 딸 아테나를 경악하게 만들었어. 황소로 변신한 제우스가 요정 에우로페를 유괴해 겁탈한 사건이었지. 뭔가를 짜려면 그 정도는 돼야지. 분노한 아테나는 아라크네를 거미로 만들어버렸다. 평생 베나 짜면서 살라고. 그 덕분에 나 같은 그물 여신도 태어났지만 말이야.

우리 그물신들도 사냥감을 선택하고 따라가 덮칠 때까지 거미 못지않게 계획적으로 움직인다. 먼저 상대의 성향을 빠삭하게 알아내서 어떻게 하면 걸려들게 할 수 있을까 연구를 하지. 맞춤한 상대를 찾고 나면 눈에 보이지 않는 그물을 짜서 마지막 순간에 덮친다.

아, 내가 어떻게 생겼는지 궁금한가. 눈에 보이지도 않고, 말소리도 들리지 않지만 나는 사람하고 똑같이 생겼다. 그물신계의 아프로디테라고들 하지. 미와 사랑의 여신답게 외모는 눈부시게 아름답고 사랑이 넘친다. 거기에다 시와 음악을 무척이나 즐기지. 요즘으로 치면 차도녀 싱어송라이터쯤 되려나. 이성적이고 차분하며 고급스런 도시 이미지를 가진 여신. 훗훗, 너무 심했나. 단지 아프로디테와 다른 점이라면 조상신 아라크네를 닮아서 머리에 그물 돌기가 있다는 점이야.

그 그물 돌기가 작동했다 하면 나한테 걸려들지 않을 녀석이 없다. 특히 너처럼 약간 삐딱하게 생각하는 헛똑똑이들이 내게는 딱 좋은 먹잇감이지.

내가 너를 눈여겨보게 되었던 건 거미줄을 보고 네 형과는 다른 반응을 보였기 때문이다. 네 형은 거미줄을 볼 때마다 찬사를 아끼지 않았지만 너는 왠지 그것을 으스스하게 여겼지. 장수잠자리가 거기에 걸려 숨이 끊어지는 것을 목격한 뒤로 말이야. 거미는 걸려든 곤충의 몸에 독한 소화 효소를 주입해 액체로 만든 다음 입을 빨대처럼 꽂아 쪽 빨아먹고는 하늘하늘한 껍질만 남겨놓거든.

그런 너를 보고 나는 무릎을 탁 쳤어. 어라? 어리석은 인간들 사이에 제법 머리가 있는 녀석이 있네. 내 짝꿍으로 삼아도 괜찮겠는데. 인간 세상에 내려와 처음으로 끌리는 사내놈을 하나 만난 거였어. 그것도 모르는 네 형은 서울에 올라온 뒤로도 툭하면 모든 것을 거미의 그물 치기에 비유하곤 했지. 그물만 잘 짜면 만사 오케이라는 식이었어.

"니는 수타면이나 잘 배워서 면짱 되거라. 허공에다 짠, 하고 그물 치는 거미처럼 달인이 되라고. 형이 네트워크 크게 짜면 니 대학 보내줄 테니까."

인터넷에서 구인 광고를 보고 형이 네트워크 마케팅에 발을 들여놓았을 때 너는 중국집 철가방을 하다가 수타면을 배우게 되었지. 그러다 이제 면발을 좀 뽑을 실력이 되었다 싶을 때 코로나19 사태가 터졌어. 중국집은 자장면 주문이 늘어나 행복한 비명을 지르게 되었지만 너는 손목이 시큰거리도록 일을 해야만 되었지. 그 시절 밤마다 구시렁대던 네 모습이 지금도 눈에 선하다.

"젠장, 나는 수타면 뽑느라 손목 인대가 나가게 생겼는데 형은 가만히 앉아 인간 그물망으로 돈을 버는구나. 역시 공부는 많이 하고 볼 일이야."

너는 원룸 벽에 붙어 있는 형의 인간 그물망을 선망과 시기의 눈으로 노려보았다. 사람 모습의 도형이 새끼를 치면서 숫자가 늘어가는 표였다. 형의 이름 밑에 홍기표, 장태수, 그 아래에 각각 이민하와 김종대, 허신영과 한대호. 두 명으로 시작한 네트워크가 한 단계씩 내려가면서 네 명에서, 여덟 명, 열여섯 명, 서른두 명으로 늘어나고 있었다. 너의 수타 면발이 늘어나는 것과 같은 비율이었다. 형이 어깨를 으쓱거리며 말했다.

"이게 말이다. 왕창 늘어나면 내 통장에 저절로 수당이 착착 들어오게 돼 있어. 우리 집 살구나무에 쳐져 있던 거미줄 같은 거야. 빈틈없이 빽빽하게 쳐놓으면 대박이 터진다고. 거미줄에 장수잠자리가 와서 턱 하고 걸리듯이."

그랬던 형의 네트워크는 코로나가 터지자 얼마 못 가 하나둘씩 무너지기 시작했지. 형은 그래도 큰소리쳤다.

"그까짓 코로나 별거 아냐. 지금은 사람들이 몸을 좀 사리지만 현대는 네트워크 시대니까. 조금만 있으면 내 도표가 다시 팔 단계 구 단계로 늘어날 거다."

"아유 바보." 너는 반죽을 치대면서 혼잣말로 중얼거린다. 아무리 생각해봐도 너는 형이 바보가 아니고서는 그렇게 살지는 않았을 것 같다. 너는 한 줄로 기다랗게 늘인 반죽에 고루 밀가루를 뿌린 다음 살살 앞뒤로 밀어준다. 어느 누구를 그토록 사랑스런 손길로 만질 수 있을까. 너는 반죽이 말캉말캉하면서도 쫀득쫀득해질 때까지 주무르고 면판에 내리치고 또 주무른다. 반죽은 이제 더할 나위 없이 나긋나긋해졌다. 너는 드디어 알아차린다. 반죽이 꽃을 피울 때가 왔음을. 이제 면발을 뽑을 차례인 것이다.

통통한 반죽을 일자로 늘여가면서 너는 곧게 쭉 뻗은 형의 다리를 생각한다. 보리밥에 시래기 된장국만 먹고도 도내 육상대회에서 우승했던 다리. 그토록 건강했던 형을 너는 서울에 와서 허무하게 잃었다. 너는 눈물이 그렁그렁한 눈을 소매로 훔치고 나서 기다란 반죽을 양손으로 들어 올린다. 면발을 뽑을 때는 시간을 마냥 끌 수가 없다. 삼 분이 경계다. 더 빨리 뽑으면 면이 딱딱해지고, 더 오래 끌면 면이 삭아버린다. 잠시 생각하는 사이 어느덧 면발은 백스물여덟 가닥. 뒤집어보았더니 아차, 이번에도 한 가닥 끊어진 것이 보인다. 끊어진 면발을 수습하고 왼쪽의 뭉쳐진 부분을 칼로 잘라낸다. 맨 팔뚝에다 면발을 가지런하게 걸고 물이 끓고 있는 솥으로 가져

간다.

　잠시나마 하얀 면발을 팔뚝에 걸쳐 들고 있는 너의 모습은 눈부셔 보였다. 그 짧은 몇 초의 시간을 누가 알아줄까. 아름다움은 남의 주목을 필요로 하지 않는다. 그 자체로 완벽할 뿐. 그래도 서운해할 건 없다. 이 그물 여신이 너의 멋진 모습을 봐주고 있으니까. 너는 아무런 포즈도 취하지 않고 담담한 표정으로 다시 반죽을 떼어내 면판 위에 치대면서 길게 늘이기 시작한다. 대개 수타를 몇 번 뽑고 나면 진이 빠져 손을 놓고 싶은데, 오늘은 신기가 오른 모양이다. 너의 작업은 잠시도 쉬지 않고 계속된다.

　한 줌의 재로 변한 형을 고향으로 데려갈 때도 너는 쉬지 않고 걸었다. 걸어가면서 가끔 콧노래도 흥얼거렸지. 콧소리 섞인 목소리로 '히야'를 불러대면서. 고향 마을길로 들어섰을 때 너는 뒤에 메고 있던 배낭을 돌아보며 물었다.

　"히야, 이래도 니 아직 그 노래 입가에서 맴도나? 어디 한 번 불러보래이. 나는야 꿈꾸는 네트워커/인간 그물 짜는 사나이/마음에서 마음으로/진한 인연 엮어가네/두 사람이 네 사람/네 사람이 여덟 사람/불어나는 네트워크/언제나 웃는 멋쟁이."

　형이 「피리 부는 사나이」라는 곡에 맞춰 부르던 네트워커 주제가였다. 하지만 여섯 살 아래인 너는 형과는 취향이 달랐다. 아마도 세대 차이겠지. 그래서 더 내 맘에 쏙 들었어. 수타면을 뽑으면서 네가 부르는 노래는 최근 유행하는 보이 그룹 멜로디를 타고 있더구나.「퍼미션 투 댄스」.

"거창한 거 말고, 그냥 살자, 오늘을/춤을 추며 신나게 면발을 뽑자/걱정일랑 꺼, Don't worry!/끊어지더라도 살짝 붙이면 돼/그저 한 가닥, 두 가닥, 손끝으로, 살살, 풀어가면 돼."

취직 시험에 번번이 낙방을 하고 풀이 죽어 지내던 형이 어느 날 눈빛을 반짝이며 말했다.

"합격이래. 구직 사이트 보고 지원했는데. 밑천 없이 돈 버는 직업, 네트워커."

그 소리에 왠지 불안해오던 네 마음. 숫기라고는 통 없는 형이 많은 사람을 사귀고 설득해야 하는 일을 해낼 수 있을까. 염려하는 네게 형이 안심하라면서 들려주던 이야기.

"아, 이건 물건 억지로 떠다 안기는 그런 거 아니다. 내가 써보고 정말 좋으면 다른 사람에게 알려줘서 같이 누리게 하자는 거지. 니도 왜 어디서 맛있는 떡볶이나 순대를 먹고 나면 형 데리고 와야겠다, 그런 생각 하잖아."

얼마 후 너는 형에게 채근을 당하게 된다.

"인마, 너, 내가 준 바이오 유산균 왜 안 먹냐? 자기가 먼저 먹어보고 몸이 좋아져야 남을 설득할 수가 있지. 내 얼굴 요즘 빛이 나는 것 같지 않냐? 여기 팔뚝에 알통 생긴 거 함 만져봐라."

형이 팔을 뻗었다 굽혔다 하면서 기를 쓰고 알통을 만들어내는 것을 보면서 아연해하던 너. 어느새 수다쟁이가 되어버린 형이 낯설게 느껴지던 날들. 하지만 코로나 사태가 터지고 나자 벽에 붙여둔 형의 네트워크 도표에 자꾸만 늘어만 가던 가위표. 부서져버린 그물망. 수타면 가닥이 끊어져버린 것처럼 아찔해오던 순간들. 빛이 나는 게 아니라 다크서클이 생기면서 나날이 초췌해져가던 형의 얼굴. 호감을 주기는커녕 처량남에 왕비호가 되어가던. '언제나 웃는 멋쟁이'는 이제 없었다.

홀에서 다시 외치는 소리가 들린다. "짬뽕 팔 인분이요." 화장실 갈 시간조차 없다. 코로나 특수를 맞아 전화 주문을 받는 주인은 입이 귀에 가서 걸렸다. 반죽을 떼어내 면판 위에 올리고 두들기고 늘이는 너 역시 어깨가 으쓱해진다. 암, 수타면 집 자장면, 짬뽕 맛의 비결은 뭐니 뭐니 해도 부드럽고 쫄깃한 면발에 있지. 이제야 사람들이 그 면발 맛을 알아주는 모양이군. 속으로 우쭐해하며 너는 반죽 덩어리를 양손으로 열심히 치댄 다음 일자로 길게 늘인다. 꽈배기 만들기를 수차례 한 다음 반죽을 들어 올렸다가 면판 위에 소리 나게 탕탕 치기를 되풀이한다. 밀가루와 물 사이에 머리카락만큼의 틈새도 그냥 두어서는 안 된다. 반죽을 맘대로 다루는 너의 솜씨는 얼마 전 고향 집에 내려가 형의 재를 밥에 붓고 손으로 비비던 네 모습을 연상시킨다.

따뜻한 김이 모락모락 나는 밥을 큰 양푼에 푼 뒤 너는 항아리 속에 든 형의 재를 쏟아붓고 비벼댔다. 농약 중독으로 일찍 세상을 뜬 아버지 어머니 장례도 너는 그렇게 해서 치렀다. 고개 너머 절에서 온 스님한테 배운 것이었다. 하지만 손으로 형의 몸을 만지기가 두려워 너는 처음에는 어설프게 주걱으로 뒤적거렸다. 밥알은 뭉쳐지기만 하고 재가 골고루 묻지 않았다. 그러자 너는 팔을 걷어붙인 다음 주걱을 내던지고 두 손으로 밥에다 재를 섞기 시작했다. 밥이 뜨거워 입으로 후후 불어가면서. 너의 입과 눈, 코와 폐 속에 재가 스며들었다. 재를 주무르다 보니 마치 형의 몸을 만지는 듯한 느낌이 들었다. 그 순간 재가 묻어 알알이 흩어진 뿌연 밥알 위로 물방울 한 개가 똑 떨어졌다. 잠시 후 또 한 방울. 잔뜩 일그러지던 네 얼굴.

재로 비빈 밥을 비닐 주머니에 담아 배낭에 지고 너는 집 뒤에 있는 동산으로 올라갔다. 등이 따스해왔다. 형이 마지막으로 네 등에 남기고 가는 체온이었다. 어릴 때 겨울이면 아무도 디디지 않은 하얀 눈길에 형과 함께 첫 발자국을 찍어나가던 산이었다. 봄이면 칡뿌리를 캐러, 가을이면 땔감을 모으러 둘이 함께 올라가던 길. 그날도 눈 쌓인 산길에는 찍힌 발자국 하나 보이지 않았다. 양지바른 곳에 이른 너는 재 묻은 밥알을 사방으로 뿌렸다. 속으로 텃새들에게 외쳤다. '박새, 직박구리, 휘파람새, 동박새, 굴뚝새야, 히야가 돌아왔데이.' 하얀 눈 위에 점점이 형의 몸이 흩뿌려졌다. 따뜻한 밥알이 닿자 눈밭에는 풍풍 구멍이 났다. 너의 형은 눈밭으로 금세 스며들었다.

너는 산을 내려오면서 지난 얼마간의 시간들을 돌이켜보았다. 그동안 형에게 무슨 일이 일어난 것일까. 형의 휴대폰에 불이 나게 띠릭띠릭 문자 오던 소리. 어쩌다 형이 두고 나간 그 요술 판때기에서 속삭이듯 들려오던 신비스런 목소리. "수줍은 네트워커, 당신에게 전한다. 네트워킹이야말로 민초들의 으뜸가는 자본주의다. 투자의 귀재 워런 버핏도 이 업계에 투자했다. 누구나 성공할 수 있다. 단, 하루에 세 번 자신에게 물어보라. 나는 모집 전문가인가, 설명 전문가인가, 동기부여 전문가인가. 이십만 명이라는 세계 최대의 네트워크를 키워낸 존 해밀턴도 오 년 동안은 쓰라린 실패를 맛보았다. 묵묵히 십 년은 투자하라. 뿌린 대로 거둔다. 진전이 없을 때는 세 가지, '외목상'을 재점검하라. 외모와 목소리와 상품의 질. 외모가 육십 퍼센트다. 인상, 헤어스타일, 옷차림을 다시 돌아보라. 그다음 삼십 퍼센트는 목소리. 발음, 어조, 속도다. 나머지 십 퍼센트가 상품의 질이다." 아침마다 거울에 자기 모습을 비춰보며 형이 하던 말.

"네트워커는 언제 어디서든 성공의 이미지를 팍팍 풍겨야 되는 법이다."

형이 밥은 안 먹어도 끼니때마다 거르지 않고 먹는다는 그 환약도 미스터리였다. '노인에겐 회춘을, 청년에게는 영원한 젊음을'이라는 표어가 새겨진 약병에 눈길이 간 것은 형이 심한 구토 증세로 입원을 하고 난 뒤였다.

'대두 분말, 복분자, 황기, 오미자, 가시오가피, 인삼, 사상자, 계피, 황백, 황금' 등 스무 가지가 넘는 한약재와 프로바이오틱스. 그런 성분들이 뭔지 너는 잘 모른다. 그래도 형이 온몸을 다해 호소를 하면 믿어야 하건만 너는 한 알도 먹지 않고 완강하게 버티었다. 그렇지만 형이 먹는 것까지는 말리지 않았다. 내 말이 좀 아프겠지만 너무 자책하진 마. 그런 게 인생의 묘미가 아닐까. 형제간의 우애는 어디까지인가 알려주는 척도도 되고. 아무튼 그만큼이라도 형을 생각하는 너에게 이 그물 여신은 완전 반해버렸지 뭐냐. 대학도 나오지 못했지만 너는 요즘 세상에 찾기 힘든 의리를 가진 놈이야. 이 그물 여신도 제발 인간 세상에서 맘에 드는 짝꿍을 만나 제대로 한번 사랑을 해보고 싶구나. 내가 얼마나 기다렸던 상대인지.

네가 출근한 뒤 원룸에 혼자 남은 형의 모습은 CCTV가 없어도 비디오였다. 코로나가 터지자 외상으로 물건을 가져갔던 사람들은 형과 연락을 끊어버렸다. 마이너스만 늘어가던 형의 통장. 은행과 지인들의 빚 독촉은 심해지고…… 마음이 다급해진 형은 환약을 한 움큼 입에 털어 넣고 물을 들이켰다. 평소에 먹던 양의 몇 배였다. 거울 앞으로 간 그는 웃통을 벗고 팔의 알통을 그러모았다. 복근이 생겼는지 보려고 배에 불끈 힘도 줘보았다. 힘이 들어간 얼굴은 울룩불룩 험상궂은

상이 되고 끼니를 걸러 푹 꺼진 배에서는 복근이라고는 생길 기미도 없이 꼬르륵 소리만 요란하게 들렸다.

자존심 때문인지 좀체 속내를 털어놓지 않던 형이 어느 날 저녁 어렵게 입을 뗐다.

"나는 아무래도 찍쇠도 닦쇠도 못 되는가 보다."

난생처음 들어보는 말에 너는 눈을 크게 뜨고 형을 쳐다보았다. 그러자 형이 말을 이었다.

"원래 구두닦이 용어인데 닦을 구두 모아 오는 사람을 찍쇠, 모아 온 것을 윤이 나게 닦는 사람을 닦쇠라고 하지. 이 업계로 말하자면 사람을 찍어 데려오는 이가 모집꾼이고 모인 사람들을 갈고 닦아 달인으로 광나게 해주는 이가 닦쇠인 기라. 회사에서 나보고 찍쇠 한 가지만이라도 잘해보라고 하는데……"

"그리해보믄 될 거 아이가."

"코로나 터지기 전만 해도 해볼 만했는데 이젠 쉽지가 않네. 카톡이나 트위터, 페이스북, 네이버 밴드에서 찾아봐도 꼭 나처럼 아무 대책 없는 숙맥들만 걸려들어. 자기 밑에 새끼 같은 거 칠 깜냥이 못 되는 녀석들. 니 친구들처럼 말이다. 물건만 널름 받아 가고는 코빼기도 안 보이고."

십 인분의 자장면과 팔 인분의 짬뽕에 필요한 면발을 감당하느라 너와 선배는 눈이 핑핑 돌아가도록 일을 해야만 한다. 주문이 폭주하는데도 주인은 수타면 기술자를 더 뽑으려고

하지 않는다. 어쨌든 둘이서 감당해내라는 식이다. 수타면장
이 둘 중에 하나가 쓰러져도 나 몰라라 할 양반. 그동안 꾹꾹
눌러왔던 뭔가가 기어코 네 속에서 폭발한다.

"히야, 때로는 자기가 하는 일에 대해 의문을 가져볼 줄도
알아야제. 그게 뭐 현대판 네트워크 사업이라꼬? 그건 그냥
개죽음인 기라, 개죽음."

'개죽음'이라는 말을 하고 나자 너는 가슴이 섬뜩해온다.
안에서 뭔가가 불끈 들고 일어난다. 생때같던 형이 스물아홉
해도 다 채우지 못하고 갑자기 목숨이 툭 꺼져버린 것을 도저
히 받아들일 수가 없다. 너는 입술을 일자로 꾹 다문다. 그 입
매에서 오기가 엿보인다.

형의 재를 산에 뿌리고 내려와서 마당에 서 있는 살구나무
를 봤을 때도 너는 비슷한 반응을 보였다. 겨울인데도 네 눈
에는 그 나무에 걸려 있는 거미줄의 윤곽이 아주 또렷했다.
너는 당장 헛간에서 도끼를 꺼내와 나무를 찍기 시작했다. 바
싹 마른 겨울나무는 도끼질 몇 번에 쉽게 넘어갔다. 도낏자루
를 놓고 일어서던 네가 흠칫했다. 살구나무가 사라지고 없는
데도 공중에 혼자 덩그러니 떠 있는 거미줄. 철사로 짠 듯 더
탱글탱글하고 강력해 보였다. 사람까지도 매달 만큼. 홀연 너
는 영등포 중국집에서 일할 때 본 환상을 기억해냈다. 네 손
으로 뽑은 수타면이 철제 그물이 되어 네 몸을 덮치던 장면.

그렇다. 수타면을 뽑고 있는 네 앞에도 지금 그 거미줄이

떠서 알짱거리고 있는 게 보일 것이다. 그게 누구 솜씨인지 알기나 할까. 네놈이 그 거미줄을 못 본 체 눈감고 지나간다면 나도 널 건드리지 않을 것이다. 도리어 널 끌어안고 오랫동안 품어왔던 나의 깊은 사랑을 고백할 수도 있다. 하지만 기어이 내게 맞짱 뜨겠다고 한다면 하는 수 없지. 그물 여신의 모토는 언제나 그렇듯 어느 한국 영화 제목과 같다. '인정사정 볼 것 없다.'

이런, 너는 손으로 반죽을 내려칠 듯하다가 멈칫한다. 팔다리를 와들와들 떨기 시작한다. 이 단계에서 더 이상 무결점 면발을 뽑으려다가는 제명에 못 죽을 거라는 걸 알게 된 건가? 드디어 이 그물 여신의 존재를 눈치챈 것일까. 너는 다시 면판 앞으로 가서 일자 반죽을 길게 늘이기 시작한다. 아무튼 작전을 바꾼 듯하다. 여태 꾹 다물었던 입술이 조금 벌어지고 반죽을 노려보던 매서운 눈빛이 그윽해졌다. 어쩐지 수상하다. 무결점 수타면 뽑기가 아니면 뭐지?

너는 그것을 다시 반으로 접은 다음 두 손으로 들고 세 번 앞으로 돌리면서 늘여나간다. 넘치지도 모자라지도 않은 알맞은 세기로. 팔과 허리가 앞뒤로 율동을 할 때마다 면발은 파도처럼 출렁이며 우아한 곡선을 그려낸다. 흰색의 모자와 제복을 배경으로 일렁이는 새하얀 면발. 손가락에 끼운 면발이 하도 야들야들해 손이 면발을 애무하는지 면발이 손을 애무하는지 헷갈린다. 마침내 손가락 끝에서 온몸으로 전해오는 짜릿한 오르가슴. 면발과 하나 된 몸뚱어리는 조금도 긴장한 기색 없이 흥겹게 돌아간다. 기어코 너는 면발을 애인 삼고 춤을 추는 수타면의 고수가 되었다. 이제 한두 가닥 끊어지고 말고는 신경조차 쓰지 않는다. 가히 아라크네의 후예라고 해도 손색이 없겠는데 그래. 다시 너의 노래가 들린다. *걱정일랑 꺼, Don't worry!/끊어지더라도 살짝 붙이면 돼/그저 한 가닥, 두 가닥, 손끝으로, 살살, 풀어가면 돼.* 아니, 너 지금 이 그물 여신을 수타 춤에 초대하는 것이냐. 바뀐 작전이 바로 이런 것이었나. 나를 황홀경에 빠지게 해 네 수타면 그물로 덮치겠다? 그것만은 용납할 수 없지. 어디 한번 붙어보자. 오랜만에 살맛이 나는구나. 목숨 걸고 저항하는 놈을 만나야만 대어를 낚는 느낌이 들거든. 너는 내 그물에 초대받은 또 한 마리의 장수잠자리다. 조금 짠하기는 하지만 퍼덕거리는 싱싱한 놈을 덮칠 때의 짜릿함이란. 내 머릿속 그물 돌기가 근질근질해오기 시작한다. 게 섰거라. 그물 여신이 간다.

죽은 자의 향기

그를 품에 안고서 마지막 가는 길을 배웅하게 될 줄을 J는 상상도 못했다. 며칠 전까지만 해도 한껏 흘긴 눈으로 바라보던 사람이었다. 가장으로서의 짐을 더 이상 짊어질 수 없다며 오래전 자유를 찾아 집을 떠났던 사람. 돌아온 지 이태가 지났지만 떨어져 살았던 그 시간의 간극은 쉬 메워지지 않았다. 행여 어디가 아플까, 입맛이라도 떨어질까 애지중지하던 시절은 아득한 옛일이 되어 있었다. 그런 이에게 그래도 빈소를 차려주겠다며 어렵사리 찾아낸 일산의 코로나 지정 장례식장으로 가는 길. 하필이면 아이들은 둘 다 해외에 체류 중이었다. 하는 수 없이 혼자서라도 할 도리는 하자, 고 마음먹었다. 지하철역을 나와 십여 분을 걸어 병원 입구로 들어서는데 유곤함이 갑자기 무겁게 느껴졌다. 웬일인지 몸이 노곤해오면서 속까지 울렁거렸다. 아침에 접종을 하긴 했지만 백신 부작용은 아닌 듯했다. 마음이 급해 아침을 좀 급하게 먹은데다 버스를 너무 오래 기다린 탓인지 실은 백신을 맞기 전부터 이미 멀미가 났었다. 다행히 백신을 맞고 나서는 기분이 예상보다 그리 나쁘지 않았다. 정류장에서 만난 별난 잉꼬부부로 해서 잠시 불편했던 마음도 이제 많이 가신 듯했다.

차가운 꽃샘바람을 맞으며 식장 진입로 양쪽에 늘어선 나무 사이를 지날 때였다. 문득 코끝을 스치는 은은한 향기, 돌아보니 매화였다. 이른 봄, 차가운 대기 속에 피어나 사람의 뼛속까지 싱그럽게 해준다는 꽃. 그 순간 J는 꽃이 반갑다기보다 도리어 섬뜩하다는 느낌이 들었다. 이건 너무 잔인한 거 아닌가. 꽃이 자기를 향해 어떻게 이토록 환하게 웃음을 지을 수 있단 말인가. 아무리 감정이 없는 꽃이라 해도 조금은 헤아려주길 바랐다. 뜬구름 같은 남자와 평생을 씨름하느라 지칠 대로 지치고 피폐해진 자신의 심사를. 그런 마음을 알아주기는커녕 가지마다 하르르 피어난 꽃송이들은 얄밉게도 하얀 이를 드러내고는 그 보란 듯 자신을 비웃고 있는 것처럼 보였다. '어차피 그리될 것을 뭘 그렇게 피하려 몸부림쳤느냐'고. 그녀는 잠시 매화나무 밑 벤치에 가서 앉았다. 빈소 예약 시간은 오후 세시. 아직은 시간이 좀 남아 있었다. 지난 며칠 사이 숨 가쁘게 일어났던 일들이 머릿속을 스쳐 지나갔다.

열흘 전 한밤중에 고열로 응급실에 실려 간 남편은 입원 여드레 만에 눈을 감았다. 사망 원인은 코로나19로 인한 폐 기능 상실과 2차 감염이라고 했다. 모두들 대면접촉을 삼가고 있는 이 시국에 친구들과 호기롭게 일주일간 부산 해운대를 다녀온 직후였다. 평소 고혈압이나 당뇨 같은 기저질환도 없던 사람이었다. 다만 일 년이 넘는 오랜 마스크 쓰기와 거리두기를 그는 유난히도 못 견뎌 했다. 집에서도 입만 열면 불평이었다.

"우리나라 국민들 너무 순종적이야. 자유가 뭔지 몰라."

그럴 때마다 J는 핀잔을 주곤 했다.

"혼자만 당하는 일이에요? 그 말 같지 않은 소리 좀 작작 해요."

그러면 그는 전화로 친구를 불러내 큰 소리로 떠들어댔다.

"어이, 뉴스에서 파리 시민들 봤지. 이 팬데믹 시국에도 광장에 모여 술 파티 벌이는 모습. 마스크 쓰라는 정부 방침에 콧방귀 뀌면서 말이야. 코로나 사태에 어느 나라에선 휴지를 제일 많이 사재기한다지만 프랑스 사람들은 와인부터 챙긴다 잖아. 인생을 제대로 살 줄 아는 거지."

그러더니 기어코 친구들과 부산행을 하고야 말았다. J는 그런 남편이 도무지 이해가 되지 않았다. 십대 철부지도 아니고, 아무리 자갈치시장 꼼장어가 당기기로서니 지금 상황에 그걸 먹으러 꼭 부산까지 가야 했는지. 꼼장어로 배를 채운 뒤에는 아마도 해운대에 있는 사우나에 들른 모양이었다. 사우나인지 자갈치시장인지, 아니면 어디 다른 곳인지는 모르지만 아무튼 여행길에서 바이러스를 묻혀 온 것만은 틀림없는 사실이었다. 확진 판정을 받고 음압병실 여유분이 있는 파주 거점병원으로 이송되었을 때였다. 밤중에 병원에서 전화가 걸려왔다. 환자가 가족과 통화를 원한다는 거였다. 전화통 속에서 울린 남편의 흥분된 부르짖음이 J의 고막을 때렸다.

"사람 살려! 여보, 나 납치됐어. 빨리 친구들한테 전화해. 승진이, 철호, 정수한테. 나 구하러 오라고. 여기가 어디라고 했소? 파주라고 했나? 진짜야, 이건 분명히 나, 납치라구. 실제 상황이야."

옆에 있던 남자 간호사가 황당했던지 전화 가까이 다가와 큰 소리로 말했다.

"보호자세요? 낙상하실까 봐 잠시 두 손을 침대에 묶어놓았어요. 워낙 발버둥이 심하셔서요. 그랬더니 납치래요."

환자와 밀접 접촉자인 J는 이 주일간 격리를 해야 돼서 병원에 가볼 수도 없었다. 얼마 후 간호사가 다시 전화를 해왔다. 폐 손상이 심해 에크모 치료에 들어간다고. 인공심폐기라고 했지만 J는 무슨 소리인지 알 수 없었다.

에크모인지 에스키모인지 하는 첨단 장비까지 동원되었지만 그는 결국 회복하지 못하고 눈을 감고 말았다. 이제는 영원히 번호로 불리게 될 코로나19 확진자. 혼자서 떠돌이 생활을 하다가 집으로 돌아온 지는 이 년 남짓, 일흔 중반의 나이였다.

그 경황없는 중에도 역학조사관은 J에게 진단검사를 받으라고 독촉했다. J는 정중하게 거절했지만 그는 단호하게 말했다. "결과가 음성이 안 나오면 내일 빈소도 못 차립니다."

이십 센티미터나 되는 면봉이 콧구멍 깊숙이 들어와 긁어대자 여린 속살을 콕 찌르는 듯해서 눈물이 찔끔 났다. 또 다른 면봉으로 목 뒤쪽 깊은 곳의 점막을 훑을 때는 기침과 구역질도 났다. 검사를 받고 나오기 무섭게 역학조사관은 고인의 이동 노선을 집요하게 캐물었다.

"많은 사람들의 생명이 걸린 문제예요. 정직하게 답하셔야 합니다."

"여행을 같이 가지도 않았는데 어떻게 동선을 알겠어요?"

"친구들한테 얘기 들으셨을 거 아녜요?"

"아무 얘기도 못 들었어요. 전화번호도 몰라요."

그러자 이번에는 남편의 신용카드와 전화번호를 알려달라고 했다.

애당초 다시 받아들이질 말았어야 했다. 이 년 전 어느 가을날, 아들은 외식을 하자면서 양평에 있는 이탈리안 레스토랑으로 J를 데려갔다. 강이 내려다보이는 창가 자리가 예약되어 있었다. 지중해식 런치라는데 야채도 생선도 모두 신선하고 풍미가 있었다. 딸 생각에 음식이 더 맛깔나게 여겨졌다.

가족에 대한 책임을 다하기는커녕 한량으로만 살아가는 아버지를 늘 못마땅하게 여기던 딸은 어학연수 중에 만난 이탈리아 남자와 결혼해 밀라노에서 살고 있었다. 음식을 먹으며 J는 아들과 함께 딸 얘기도 나누었다. "경아네 집에도 가서 이태리 음식 한번 얻어먹고 싶은데." "지난번 출장 때 가봤더니 걔 솜씨가 제법이에요. 이태리 사람 다 됐던데요." 식사가 끝나고 커피를 마시면서 모처럼 입이 호사를 했노라는 얘기를 막 하려던 참에 아들이 먼저 얘기를 꺼냈다.

"엄마, 저어, 드릴 말씀이 있는데……"

자라면서 한 번도 어미 속을 썩인 적이 없는 녀석이었다. 자기 일은 항상 스스로 알아서 잘해왔기에 걱정할 일이라곤 없었다. 아비 없이도 구김살 없이 반듯하게 자라준 것이 대견해 J는 아들의 말이라면 언제든 들어줄 준비가 되어 있었다.

"무슨 얘긴데 뜸 들이지 말고 어서 해봐."

"저어 엄마, 이런 말 드리기 죄송한데요. 아버지가, 마지막엔 꼭 엄마 곁에서……"

그 순간 J는 커피 잔을 툭, 소리 나게 내려놓았다. 가슴이 철렁 내려앉았다. 자기 몰래 부자가 내통하고 있었다는 얘기였다. 발이 부르트도록 동네를 돌면서 야쿠르트 배달로 아이들을 다 키워놓았더니 돌아온 대가가 이것이란 말인가. 누가 뭐래도 그는 가장으로서의 책임을 회피하고 집을 나간 사람이었다.

"제가 대신 사죄드릴게요, 엄마. 앞으로 다른 일로 엄마 뜻을 거역하는 일은 없을 거예요."

며칠 뒤 북경으로 출장을 간 아들은 문자를 보내왔다.

'엄마, 외람되게 이런 말씀 드리는 걸 용서해주세요. 이제까지 저의 모든 고민은 엄마와 머리를 맞대면서 해결되었어요. 아버지에 대한 고민 역시 마찬가지여서 결국은 엄마의 너그러움과 지혜에 기대할 수밖에 없어요. 한때 집을 나가 밖으로 돌긴 했지만 아버지도 우리 집에서 함께 살던 식구였어요. 엄마에게 한 처사를 생각하면 도저히 용서할 수 없지만 아버지도 어찌할 수 없는 뭔가 절박한 사정이 있었나 봐요. 나무 한 그루, 풀 한 포기, 한 마리 짐승, 그 모든 생명을 다 거두는 것이 숲이고 자연이잖아요. 세상엔 좀체 길들여지지 않는 사람도 있는 것 같아요. 왕징 홀리데이인 호텔에서 불효자 정호 드림.'

J는 심한 배신감을 느꼈다. 그렇게 믿었던 녀석이 속으로 엉뚱한 생각을 하고 있었다니. 당장이라도 전화를 해서 따지고 싶었다. '네 녀석이 어떻게 자랐고, 누구 덕에 공부했는데. 어미는 여자도 인간도 아닌 줄 아느냐'라고.

그런데 출장에서 돌아온 뒤에도 J는 아들의 기분을 살피느라 차일피일하다가 그만 때를 놓치고 말았다. 아들은 J의 침묵을 묵인으로 알았나 보았다. 얼마 후 은근슬쩍 아비를 집으로 데려왔다. 모든 것은 자신이 감당하겠노라고 장담하면서.

그러더니 얼마 안 되어 회사에서 주재원 발령이 나서 제 식구를 데리고 북경으로 떠나버렸다.

J는 무너지는 가슴을 안고 선별진료소로 갔다. 거기서 만난 역학조사관은 J에게 관인이 찍힌 봉투를 건네주었다. 보건복지부 장관 명의로 된 통지서였다. '코로나19 사망자는 선 화장, 후 장례를 원칙으로 하며 장사 권한은 유족이 아닌 보건복지부 장관에게 있음. 시신은 사망 즉시 방수용 백에 봉인되어 24시간 내에 화장을 마쳐야 됨. 빈소는 꼭 필요한 경우, 화장 후 국가재난대비 지정 장례식장에 설치 가능.'

J는 어쩔 도리가 없었다. 그 모든 것이 감염병예방법에 따른 조치라는데야. 임종을 하지 못한 것은 물론이고 병원에 있는 동안 면회도 한 번 하지 못했다. 시신 접견도 겨우 몇 초 동안에 불과했고, 그것도 병실 창문을 통해서였다. 그토록 품격을 따지던 사람이 환의 차림으로 이중으로 소독, 살균된 뒤 서둘러 비닐 백에 봉인되었다.

고인의 시신을 확인하고 돌아서 나오는데 한 중년 여자가 숨을 헐떡이며 간호사 스테이션으로 달려왔다. 여자는 카운터 위에 뭔가를 올려놓으면서 애원하듯 말했다.

"제발 부탁이에요, 간호사님. 아침에 세상 뜬 남상구 씨 가족인데요. 화장터로 보내기 전에 이걸로 갈아입혀주세요. 할 사람 없으면 제가 할게요."

간호사는 매우 차분한 목소리로 여자를 달랬다.

"시신에는 유족도 손을 댈 수가 없게 되어 있어요. 감염병 예방법 통지서 받으셨죠? 이미 비닐로 두 번 싸고 백에 들어간 상태라 수의로 갈아입힐 수도 없고요."

그러자 여자는 반말 투로 거세게 항의했다.

"그런 법이 어디 있어? 내 남편 장례를 왜 당신들 맘대로 밀어붙여? 염도 못한다, 빈소도 못 차린다, 세상에 이런 법이 어디 있냐구?"

악에 받친 여자의 목소리는 복도에 쩌렁쩌렁 울려 퍼졌다. 지나가던 사람들이 실랑이 광경을 힐끗거리며 쳐다보았다. 그때 가까운 병실의 문이 열리더니 흰 가운을 입은 중년 남자가 밖으로 나왔다. 장례지도사인 듯한 그가 간호사를 향해 말했다.

"저렇게 애원하시는데 수의를 백 속에 그냥 넣어드리면 어떨까요, 간호사님. 비닐로는 이미 두 번 쌌고, 이제 막 백에 넣고 밀봉하기 직전인데……"

간호사는 말없이 쌩, 하고 돌아섰다. 여자가 그에게 수의를 건네면서 울음 섞인 목소리로 말했다.

"그렇게 해주시면 한이라도 남지 않을 거예요. 아까 시신 접견하고 나서 바로 광장시장으로 달려가서 사 왔어요. 택시 대절해서요."

여자의 말을 듣고 있자니 J는 둔기로 얻어맞은 것처럼 머리가 띵해왔다. 그런 가운데서도 한 가지만은 또렷하게 그녀의 머리에 와서 꽂혔다. 파주에서 동대문 광장시장까지 택시로 달려가 남편의 수의를 사 온 아내가 있었다는 사실이었다.

병원 건물 밖에 설치된 선별진료소에서 검사를 받고 난 J는 부랴부랴 택시를 잡아타고 벽제화장장으로 갔다. 예부터 서울의 대표적인 화장터로 유명했던 곳이 이제는 이름이 서울시립승화원으로 바뀌어 있었다. 남편의 시신을 태운 장의 차량은 흰 국화로 단장된 기다란 리무진이 아니었다. 호들갑스럽게 비상경보를 울려대며 들어온 구급차였다. 구급차 뒷문이 열리자 달려온 직원들에 의해 서둘러 땅바닥으로 부려지던 관들. 그것은 장례 의식이라기보다는 속도감 있는 화물 운송이었다. 그 화물 중에는 수의도 얻어 입지 못하고 염습도 하지 못한 J 남편의 관도 끼어 있었다.

흰 방호복을 입은 직원들이 관을 옮기자 보건소 방역 요원 두 명이 그 동선을 졸졸 따라다니며 소독약을 뿌려댔다. 그 광경은 구제역이나 조류독감으로 폐사된 돼지나 닭의 처리 장면을 연상시켰다.

J는 화장 장면을 참관하길 원하는 다른 유족들과 함께 흰 방호복을 옷 위에 걸쳤다. 머리에 모자도 쓰고 보안경도 썼다. 관이 화로로 들어가는 것을 확인한 다음에는 임시로 마련된 컨테이너 박스로 향했다. 유족 대기실이었다. 안에는 화장 현장을 지켜볼 수 있도록 아홉 개 화면으로 분할된 대형 CCTV 모니터가 설치되어 있었다. 이 년 전, 친정아버지 장

례 때는 관이 화로에 들어가는 것을 보고 나서 화장장 이층에 마련되어 있는 깔끔하고 분위기 있는 개별 대기실에서 가족끼리 고즈넉하게 추모의 시간을 가질 수 있었다.

한 시간 반이 지나고 나서 J는 대기실 밖으로 나가 나무 상자에 든 유골함을 받아 들었다. 흰 보자기에 싼 것을 가슴에 품자 따스한 온기가 느껴졌다. J는 그것을 받아 들고 덤덤한 마음으로 집에 돌아왔다. 예약된 국가재난대비 지정 장례식장은 이튿날 오후에야 자리가 난다고 했다. 유골함을 하룻밤 거실에 묵힐 수밖에 없었다. 빈소를 차린다는 얘기는 아무에게도 하지 않았다. 이 상황에 문상 올 사람도 없었다.

빈소를 차리기로 한 날은 공교롭게도 백신을 맞기로 예정된 날이었다. 이미 일주일 전에 정해진 것이어서 미룰 수도 없었다. 접종 시간은 오전 열시, 장소는 남양주 체육문화센터. 검색을 해보았더니 도심역에서 167번 버스로 삼십 분 거리라고 나와 있었다. 아침 일찍 백신을 맞은 뒤 집으로 돌아와 유골함을 갖고 일산에 있는 지정 장례식장으로 가야만 되었다. 덕소에서 일산까지, 거의 끝에서 끝이었다.

정류장에는 몇몇 젊은이들과 노부부 두 커플이 서서 버스를 기다리고 있었다. 전광판에는 167번이 이십팔 분 뒤에 도착한다고 나왔다. 한 시간에 두 번밖에 다니지 않는 버스였다. 저절로 한숨이 푹 나왔다. 한 커플은 누군가에게 전화를 했다. 아마도 가족에게 차를 갖고 나오라는 얘기인 듯했다.

그렇게 해서 얼마 후 한 커플은 자가용으로 떠나고 이제 정류장엔 J와 부부 한 팀만이 남아 있었다. 부부는 세련된 느낌은 들진 않았지만 자기들 딴에는 가장 멋진 외출복을 입고 나온 것 같았다. 여자는 보라색 바탕에 페이즐리 무늬가 있는 반코트를, 남자는 겨자색 재킷을 입고 있었다. 거기에 둘 다 검정색 패션 마스크를 하고 있어 차림새가 제법 정돈된 느낌을 주었다.

검정색 마스크 여자가 마음이 급했던지 콜택시 회사에 전화를 했다. 하지만 아무도 전화를 받지 않는다며 투덜댔다. 양평 쪽으로 가는 도로는 주차장이나 다름없었다. 차들이 줄을 서서 꼼짝도 하지 못했다. 그제야 오늘이 토요일이라는 사실을 알게 되었다. 모처럼 미세먼지 없이 하늘이 맑은 휴일, 택시도 나들이객을 태우고 죄다 교외로 나간 게 틀림없었다. 다들 이제 거리두기 방역수칙에 지친 것이 완연해 보였다.

목을 빼고 기다려도 좀체 오지 않는 버스 때문인지 J는 백신을 맞기도 전에 지레 멀미가 났다. 옆에는 검정색 마스크 부부가 서로 마주 보고 앉아 있었다. 아내는 남편의 옷에 뭐가 묻었는지 계속 여기저기를 털어주고 쓰다듬었다. 남자의 그윽한 눈길은 아내의 손길이 닿는 곳으로 계속 따라다녔다. J는 직감적으로 느꼈다. '부부란 늙으면 서로의 시선과 손길을 먹고 사는구나.' 어쩌다 남자의 시선이 J와 마주쳤다. 갑자기 벤치에서 일어선 그는 조금 멀찌감치 걸어 나가서 버스가 오는지를 목을 빼고 바라보았다. 그러고는 뭐라고 구시렁 댔지만 잘 들리지 않았다. 여자가 눈살을 있는 대로 찌푸리며 말했다.

"아유, 승질두. 그새 못 참고 일어나 핏대 올리는 것 좀 봐유. 저기 보니께 이십육 분 있으면 온다는디. 저런다고 뭐 빨리 오간디? 저 버스 원래 온 동네방네 다 둘러서 오는 건디."

J는 여자가 자신에게 일부러 남편 흉을 보는 척하고 있다는 것을 대뜸 느낄 수 있었다. 남편 역시 아내의 손길을 달갑게 받아들이고 있다가 J와 눈이 마주치자 머쓱해서 일어섰다는 것도. J는 도무지 알 수가 없었다. 어쩌다 낯선 부부와 팀으로 엮이어 백신을 맞으러 가게 되었는지. 이것도 인연이라면 인연일까, 하는 생각이 들었다. 남녘 통도사에는 홍매가 피고 섬진강 마을엔 산수유 꽃이 피었다는 화신이 올라오곤 있었지만 아직은 냉랭한 날씨였다. 그런데도 J는 속에서 불이 나는지 진땀이 바짝 나고 속이 울렁거리기 시작했다. 핸드백에서 손수건을 꺼내 땀을 닦았다. 메스꺼움이 점점 더 심해졌다.

목이 빠지도록 기다린 끝에 도착한 버스는 몇 개의 동네를 돌고 돌아 거의 사십 분이 지나서야 세 사람을 남양주 체육문화센터 앞에 내려주었다. 천정이 높은 실내 체육관에 마련된 접종센터에는 대기자가 십여 명밖에 없어 한산한 분위기였다. 주민들이 백신 접종에 협조해주지 않는다고 통장이 역정을 낼 만도 했다. 입구에서 체온을 재고 손 소독을 하고 들어가자 맞은편에 다섯 개의 예진실이 보였다. 예진실로 들어가 의사와 상담을 하고 나서 왼쪽으로 돌면 여덟 개의 접종실이 나왔다. 대기자들은 각 방 앞에 놓인 의자에 한 명씩 앉아 있다가 주사를 맞으러 들어갔다. 검정색 마스크 부부는 의사와 상담을 오래 했는지 한참 뒤에야 예진실에서 나왔다. 여자는 남편의 재킷을 들고 졸졸 뒤를 따라다녔는데 왠지 안절부절못하는 표정이었다. 백신 접종에 잔뜩 겁을 집어먹고 있는게 분명했다. 기왕에 맞으러 온 이상 저렇게 불안하고 초조한 마음을 겉으로 드러낼 것까지 있으랴, 싶었다. J 역시 마음속에서는 어떤 치명적인 부작용이 혹시 자신에게 닥치지는 않을까 하는 두려움이 있었다. 하지만 산전수전 다 겪은 몸이어서 백신도 자기 몸에 들어와서는 큰 반란을 일으키지 못할 것이라는 황당한 자신감이 있었다. 게다가 이제 살 만큼 살았다는 생각에 아무렴 어떠랴 하는 자포자기적인 생각이 없는 것도 아니었다.

3번 접종실. J는 왼쪽 어깨를 드러내고 간호사 앞에 앉았다. 간호사가 주사기로 약을 뽑아내는 동안 생각해보았다. 얼마나 바쁘게 살았는지 평생 독감 예방주사 한 번 맞은 기억이 없었다. 바늘이 처음 들어오는 순간 조금 따끔했을 뿐 전혀 아프지 않았다. 왼팔에 살짝 무게가 실렸다는 느낌이 들 정도. J는 접종 내역과 2차 접종일이 적힌 확인서를 받아서 나왔다. 검정색 마스크 여자가 5번 접종실 밖에서 서성대고 있었다. 이제는 초조하고 불안한 기색이 극에 달해 보였다. J가 물었다.

"아저씨 들어가셨어요?"

"네에, 근데 괜찮을랑가 몰러. 하도 걱정이 돼서 견딜 수가⋯⋯"

"저도 맞고 나온걸요."

"그래요? 근디 저이는 혈압이 좀 높아서유."

"저도 그래요. 당뇨에 고지혈증까지 있는걸요."

여자의 남편이 접종실에서 오른손으로 왼팔을 누르면서 나왔다. 조금 찡그린 표정이었다. 아내가 다가가 물었다.

"많이 아파유? 워디 워디?"

남편은 앞으로 성큼성큼 걸어 나가며 말했다.

"어서 저리로 가자구. 관찰실에서 십오 분 기다렸다 가랴."

J는 궁금했다. 검정색 마스크 여자는 왜 접종을 하지 않는지.

"사모님은 안 맞으세요?"

야쿠르트 배달을 하면서 J는 나이에 상관없이 여자들에게는 그렇게 부르는 것이 습관이 되어 있었다. 그저 상대에 대한 예의라고 여길 뿐 딱히 상술이라는 생각은 없었다.

"아, 난 한 살이 모자라서 안 된디야. 다음에 연락 오면 맞으래유."

"그럼 보호자로 따라오신 거예요?"

"그러유. 혼자 가겠다고 우기는디 통 마음이 놓여야 말이

쥬. 어찌나 맘 좋였는지 몰러유. 주사 맞구서 걸어 나오는데 을마나 반갑던지. '아, 살아 있구나' 싶더라니께유. 실은 오늘 아침까지두 이걸 맞혀야 하나 말아야 하나 수십 번은 망설였 시유."

J의 눈에는 그 말을 하는 검정색 마스크 여자가 마치 갓난 아기에게 생애 처음 예방접종을 맞히려고 병원에 온 젊은 엄 마처럼 보였다.

로비 한쪽에 마련된 관찰실에는 예닐곱 명이 앉아 시계를 보고 있었다. 대부분 자식들과 함께였다. 검정색 마스크 여자 는 옆에 앉아 남편의 주사 맞은 부위를 자기 손으로 꾹 누르 고 있었고, 남자는 지그시 눈을 감고 있었다. 보호자가 없는 J는 자신의 오른손으로 왼팔의 주사 맞은 자리를 꾹 눌렀다. 십오 분이 족히 지났는데도 부부는 일어날 생각을 하지 않았 다. J도 보조를 맞추느라 그대로 앉아 있었다. 부부는 삼십 분 이 지나서야 일어섰고 J도 그들을 따라 일어섰다. 건물 밖으 로 나오자 검정색 마스크 여자가 남편에게 말했다.

"훈이 에미가 아부지 모시러 온대유. 점심 같이 먹자구유. 조금 아까 전화 왔시우."

그 말을 들은 J는 혼자 집으로 가야겠다고 생각했다. 그때 주차장에서 젊은 남녀가 달려왔다. 딸 부부인 모양이었다. 둘 다 노부부와 같은 브랜드의 검정색 마스크를 쓰고 있었다. 딸 이 뛰어오며 말했다.

"벌써 맞으셨어요, 아버지? 일찍 끝났네요. 거기 서세요. 기념사진 한 장 찍어야죠."

J는 얼떨결에 그들 가족과 함께 포즈를 취했다. 사진은 정장 차림의 멀끔한 사위가 찍었다. 근무 중에 웬일이냐는 장인의 물음에 사위는 오후에 반차를 냈다고 했다. 마스크를 하고 있어 표정이 잘 드러나진 않겠지만 J는 자신의 이마나 눈빛이 행여 속마음처럼 심술궂게 나올까 염려되었다. 머리카락 몇 올이라도 사납게 들고 일어나 사진을 망칠세라 손으로 머리를 매만지고 눈웃음이 보이도록 애써 억지 미소도 지었다. 이런 상황에 어느 누가 평정심을 지닐 수 있을까. 사진을 다 찍은 뒤 사위가 주머니에서 약봉지를 꺼내 장인에게 주며 말했다.

"이따가 혹시 열나면 드세요. 오늘 점심은 장어 먹으러 가요. 백신 맞고 나서는 몸보신해야 된다니까요. 양평 민물장어 집에 예약해뒀어요. 아주머니도 같이 가시죠."

"아, 아닙니다. 전 그냥 버스 타고 갈게요. 좀 걷는 게 좋겠어요. 아침부터 속이 좋질 않아서."

버스 정류장까지라도 태워주겠다는 그의 청을 마다하고 J는 정원 사이에 난 길을 따라 걸어갔다. 아직 멀미기가 다 가시지 않은 탓도 있었지만 더 이상 그 검정색 마스크 부부와 함께하고 싶지 않았다. 언젠가 티브이 다큐멘터리에 나온 어느 산골 노부부의 사랑 이야기를 보고 J는 분명 연출이 들어간 것이라고 시큰둥하게 여겼었다. 현실에선 찾을 수 없는 커플이라고. 그런데 오늘 실제로 그런 부부를 목격한 거였다. 만약 운이 좋았다면 J 역시 생에서 누릴 수 있었던 너무나도 귀한 모습이었다. 그것이 정말 보기 좋다고 생각하면서도 괜히 토라지는 마음은 어찌할 수가 없었다.

그때 카트를 끌고 가는 정원사가 보였다. 바퀴가 네 개 달린 베이지색 정원 카트에는 페튜니아며 팬지, 칼랑코에 같은 봄꽃 모종들이 가득 담겨 있었다. 베이지색 정원 카트를 보자 J는 자신이 끌고 다니던 야쿠르트 카트가 생각났다. 아이보리 색깔의 아담한 전동카트 '코코'. 그것은 우유와 야쿠르트는 물론이고 주문받은 반찬들과 신선식품이 가득 담겨 있는 살뜰한 '엄마 찬장'이었다. J가 그만두기 얼마 전부터는 이름도 야쿠르트 아줌마에서 '프레시매니저'로 바뀌었고 카트는 '달리는 냉장고'로 불렸다. 그 안에는 미리 앱으로 주문받은 돼지고기 김치찌개, 육개장, 설렁탕, 새우 로제파스타, 우삼겹 순두부찌개 같은 완제품이나 다 다듬어놓아 끓이기만 하면 되는 식재료도 들어 있었다. 주머니에 늘 넣고 다니던 프레시매니저 수첩에는 고객들의 명단이 빼곡히 적혀 있었다. 마포 푸르지오 아파트 3동 401호 태훈이네, 만리동 래미안 아파트 10동 803호 복동희 할머니네 등등. 집집마다 각기 다른 식성까지 표시되어 있었다. 어느 집은 궁중 떡볶이, 또 다른 집은 고추장 떡볶이, 또는 기름 떡볶이 등으로.

마포 파크힐 아파트 7동 905호에는 초인종을 누르면 문이 열리면서 '와, 코코 이모다' 하고 뛰어나오는 기준이 남매가 있었다. 전동카트 코코를 타고 다니는 J를 그들은 그렇게 불렀다. 남매는 얼마 전 포클레인 기사였던 아빠를 공사 현장에서 사고로 잃었다. 아이들은 엄마가 직장에서 퇴근하기 전에 밥을 해놓고는 '코코 이모'가 오기를 기다렸다. 그들이 좋아하는 반찬은 닭다리조림과 냉채, 족발. J에게는 그들이 곧 식구들이었다. 식성을 안다는 것은 식구나 다름없이 가까운 사이임을 말해주는 것이므로.

장례식장 앞 벤치에 앉은 J는 바람에 한들거리는 매화 꽃잎을 바라보며 지난 열흘간의 일들을 돌이켜보았다. 남편의 코로나 확진과 입원, 그리고 죽음과 장례까지, 그동안 정말이지 많은 일들이 있었다. 그 우여곡절 끝에 오늘은 몹시도 두려웠던 백신 접종까지 무사히 끝내고 남편의 빈소를 차릴 장례식장을 찾아왔다. 자신은 이제 세상에 태어나 해야 할 일을 거의 다 마친 듯했다. 오늘부터 사흘간 빈소를 지킨 다음 유골을 고향 선산에 가져가 뿌리고 나면 정말로 할 일은 끝이었다. 글쎄, 죽기 전에 비행기 타고 딸이 살고 있는 밀라노 구경이나 해봤으면 좋겠지만 뭐 그렇게 되지 않아도 상관없었다. 그런데 어쩌다 장례식장 진입로에서 활짝 웃고 있는 매화를 보고는 자기도 모르게 울컥해서 마음이 노여워졌는지 정말 알 수 없었다.

그 순간엔 매화가 자기에게 너무 매정하게 군다는 생각이 들었다. 하지만 다시 생각해보니 그저 계절 따라 피어나는 꽃이 자신에게 무슨 감정이 있으랴 싶었다. 단지 자기 서러움에 마음이 앵돌아진 것일 뿐이었다. 이제야 뭔가 알 듯했다. 때로는 화사한 꽃이 인간의 심사를 뒤틀리게 할 수도 있다는 것을. 세상의 모든 아름다운 것들이 자기 마음속에 자리 잡은 황폐함과 대비되어 그것을 있는 그대로 받아들이기 힘들었던 거였다. 자기 속은 오직 어떻게든 살아야겠다는 악다구니만으로 가득 차 있었던 것 같았다. 그리하여 평생 고생을 혼자 도맡아 했기에 모든 정당성이 자기 쪽에 있는 것으로 여겼다. 하지만 그 정당성은 마음속에 아름다운 것을 알아볼 수 있는 작은 텃밭도 마련해주지 못한 듯했다. 그러니까 점점 더 확실해져갔다. 자신은 다른 부부의 금슬 좋은 모습에 토라질 만큼 배배 꼬인 심성을 지닌 인간에 지나지 않는다는 사실이. 그녀는 벤치에서 일어나 매화나무 사이로 난 길을 다시 걷기 시작했다.

매화길 중간쯤에 이르렀을 때였다. J는 돌연 흰 보자기에 싼 것을 두 손으로 받쳐서는 머리 위로 들어 올렸다. 그러고는 꽃가지 사이에서 그것을 고이고이 좌우로 흔들었다. 마치 아기의 요람을 밀 듯 가만가만 조심스럽게. 그러다 흠칫하며 가지 위로 올렸던 손을 밑으로 내렸다. 밖으로 뻗었던 달팽이의 촉수가 집 속으로 쏙, 다시 움츠러들 듯이. 일이 어떻게 된 것인지 도무지 알 수 없었다. 평생 자신을 고생만 시키고 떠난 사람에게 뭐가 곱다고 매화 향을 묻혀주겠는가. 무엇 때문에? 혹시 장례조차 제대로 치르지 못하게 하는 철통같이 완강한 어떤 벽 앞에서 마음이 어떻게 된 것일까. J는 의아했다. 아니면 이제 그 두 가지 사안을 자신이 분별하게 된 것일까. 고인에 대한 미움과는 별개로 어떤 죽음이든 존중받아야 마땅하다고. 결국 죽은 자의 향기는 산 자의 몫이라고. 이집트 왕가의 계곡에서 사후 삼천육백여 년 만에 발견된 소년 왕 투탕카멘의 무덤에는 관 속에 작은 꽃다발이 놓여 있었다고 했다. 어린 왕비가 왕의 머리맡에 놓아준 것이라고. 세상에 부러울 것 없는 파라오에게도 사후에 가장 필수적이었던 것은 주검을 감싸 안는 꽃향기였나 보았다.

그런 생각을 하고 있는 사이 눈앞에 두 가지 영상이 연달아 펼쳐졌다. 입히지 못할 줄 알면서도 남편의 수의를 사러 파주에서 동대문 광장시장까지 달려갔던 그 중년 여인의 헐떡거림, 그리고 백신 접종 현장에서 주고받던 어느 노부부의 지순한 눈길. 하지만 진실이 무엇인지는 J도 알 수 없었다.

그때 해사하고 여린 꽃잎 위로 어떤 영상이 번갈아가며 어른거렸다. 첫 데이트를 청하던 무렵에 자신이 보았던 수줍고 풋풋하던 그의 얼굴. 이어서 어머니의 눈에 한없이 사랑스러운 아들이었을 그의 유년 시절 모습도. 하지만 그녀는 고개를 저었다. 아니야, 단지 자식들에게 보낼 빈소 사진을 찍으러 온 것뿐이야. 그리고 어쩌다 우연히, 정말 뜻하지 않게, 줄지어 늘어선 매화를 만났을 뿐이라고.

J는 흰 보자기에 싼 것을 다시 두 손으로 받쳐 들고는 꽃가
지 사이로 계속 살몃살몃 흔들고 있었다.

하수오

처음 그 이름을 들었을 때 나는 도무지 감이 오지 않았다.

"하수오? 무슨 이름이 그렇죠?"

나의 시큰둥한 질문에 L은 아리송한 대답으로 내 호기심을 바짝 끌어당겼다.

"'어찌, 머리, 까마귀'라고나 할까요. 저도 몰랐는데 사전 찾아보고 알았어요."

"그게 뭔데요?"

"먹으면 '어찌 머리가 까마귀처럼 까매지지 않겠는가', 그런 뜻을 지닌 약초예요."

까마귀라는 말에 내 입에서는 절로 이런 반응이 나왔다.

"까마귀? 난 싫은데."

"다른 나라에선 길조예요. 옛날에 하씨 성을 가진 사람이 이 약초를 먹고 머리가 까마귀처럼 새카맣게 변했다고 해서 붙여진 이름이래요. 그러니까 이 섬의 특산물 판매 사이트라면 하수오를 빼면 안 돼요. 특히 적하수오."

"적하수오요? 그럼 다른 하수오도 있나요?"

"그럼요, 백수오가 있죠. 왜, 몇 년 전에 가짜 백수오를 진짜라고 속여 팔아 떠들썩했던 적이 있었잖아요. 적하수오는 그 효능이 백수오의 몇 배나 된대요."

연화리 두무진 포구에서 유람선을 내리자마자 기다리고 있던 L이 내 소매를 잡아끌었다. 그러더니 대뜸 하수오 얘기를 꺼냈다. 엊그제까지 내가 묵었던 민박집 청년이었다. 마스크를 썼어도 그 특이한 피부색은 몰라볼 수가 없었다. 사실 나는 그가 선착장에 나와 있으리라고는 전혀 생각지 못했다. 민박집을 어제 연화리로 옮겼기 때문이었다. 나는 뜨악한 표정으로 물었다.

"아니, 내가 여기 있을 줄을 어떻게⋯⋯"

그는 당연하다는 듯이 대답했다.

"어제 우리 집을 나와 연화리행 버스에 올라타시는 걸 봤어요. 그다음은 쉽게 예측할 수 있었죠. 오늘도 배가 뜨지 않았으니 두무진행 유람선을 탔을 거라고요."

그렇지만 이제 와서 새로운 특산물 얘기를 꺼내는 것이 좀 이상했다. 처음 섬에 들어와 해산물 판매 사이트 얘기를 꺼냈을 때 보인 반응과는 전혀 달랐다. 그때는 까나리액젓이나 말린 놀래미, 밴댕이 얘기만 하기에 내가 자꾸만 캐물었다. 그런 것 말고 사람들 관심을 확 잡아끌 특산품은 없겠느냐고. 그러자 그는 고개만 갸우뚱거렸을 뿐이었다.

어느새 나는 민박집 청년 L을 따라 비탈진 연화리 뒷산을 오르고 있었다. 그것도 바윗덩이가 점점이 박혀 있는 조금은 험한 산이었다. 나는 되도록 멀찍이 떨어져서 그의 뒤를 따라갔다. 어제 일로 왠지 그를 마주하기가 거북했다. 그러면서도 인천행 배가 뜨지 못한 것은 어쩌면 그를 한 번 더 만나게 해 주려는 바다 안개의 배려가 아닐까 하는 생각도 들었다. 어제 일만 생각하면 얼굴이 화끈거리고 가슴이 콩닥거렸다. 실은 어제 그 민박집을 떠나온 뒤로도 내 마음은 두 갈래로 나뉘어 서로 싸우고 있었다. 그를 멀리해야 한다는 쪽과 다시 만나라는 쪽으로.

나는 마른 이파리만 몇 개 달린 나뭇가지들을 붙잡아가며 한 발 한 발 힘겹게 발걸음을 옮겼다. 웬일인지 잎이 무성할 때보다는 가지만 남은 앙상한 나무를 바라볼 때 내 마음은 더 고즈넉해지곤 했다. 산 중턱에 오를 때까지 우리는 둘 다 말이 없었다. 말이 더 이상 필요 없는 사이가 된 것일까. 알 수 없는 일이었다. 섬에서 일주일을 지내고 난 뒤 뭍으로 돌아가기로 한 날로부터 벌써 닷새째 배는 뜨지 못했다. 첫날과 이튿날은 높은 파도로, 그제부터 오늘까지 내리 사흘 동안은 자욱한 해무로. 또 하루를 섬에서 묵을 바에는 절경이라는 두무진이나 보자 싶어 다녀오던 길이었다. 다행히 연화리 두무진 포구에서 출발하는 통통배는 운행되고 있었다.

지금도 이해할 수 없는 그 일은 인천행 배가 나흘째 뜨지 못했던 어제 낮에 일어났다. 사흘째까지는 바다 사정이니 그럴 수도 있겠다 싶었지만 나흘째 되는 날부터는 속에서 부아가 치밀어 올랐다. 마스크를 쓰고 매표소 앞에 줄을 섰던 수십 명의 승객들은 저마다 찌푸린 눈으로 돌아섰다. 승객들 중에는 휴가를 떠나려던 십여 명의 '빨간 명찰에 팔각모' 해병들도 끼어 있었다. 정원이 오백사십 명이나 된다는 초쾌속 카페리 하모니플라워호는 포구에 그림처럼 떠 있었다. 섬에 들어왔다가 육지로 돌아가는 관광객이나 낚시꾼들의 숫자는 손에 꼽을 정도였다. 코로나19로 해서 선착장은 한산하기만 했다. 뱃전에 나란히 앉아 있는 갈매기들이 그나마 썰렁함을 어느 정도 메워주고 있었다.

나는 돌멩이 모자를 쓰고 열병식을 하듯 줄지어 서 있는 진한 갈색의 대형 까나리액젓 통들과, 해풍에 퇴색된 지붕들이며 바람에 너풀거리는 천막들을 지나 L의 민박집으로 다시 돌아왔다. 맥없이 대문을 들어섰을 때 발이 쳐진 마루에서는 기타 소리와 함께 노래가 흘러나왔다. 기성 가수 같은 세련됨은 없어도 풋풋한 아마추어 노래가 제법 신선하게 들렸다. 처음 듣는 발라드풍의 노래였는데 중간중간 가사가 들리지 않아도 애절함이 느껴졌다.

그 자리에 그 시간에
꼭 ○○처럼 우리는 놓여 있었던 거죠
○○ 지나갔다면 다른 곳을 봤다면
만일 누군가 만났더라면
우린 ○○하지 않았을까요

클라이맥스에서는 원가수 못지않은 가창력을 보였다. 특히 '그 자리에 그 시간에', 와 '꼭 ○○처럼 우리는 놓여 있었던 거죠' 하는 부분에서는 목젖의 떨림까지 고스란히 느껴질 정도였다. 그날따라 일하는 아주머니도 외출 중이었고, 다른 손님도 없었다. 배가 며칠이나 들어오지 못했으니 손님이 있을 리 없었다. 나는 처마 끝에 드리워진 발의 한 귀퉁이를 살짝 들치고 안을 엿보았다. 소파에 앉아 기타 치며 노래에 몰두해 있던 L은 내가 돌아온 것을 보지 못한 모양이었다. 그때 언뜻 바라본 그의 피부색은 노란색도 갈색도 붉은색도 아닌, 여러 가지 색이 뒤섞여 무어라 형용하기 어려운 복합적인 색깔이었다. 여태껏 마스크로 가려져 있었던 얼굴을 이제야 제대로 보게 된 거였다. 그제 저녁을 같이 먹을 때 불빛 아래서 봤을 때와는 전혀 다른 색깔이었다. 그 오묘한 피부색은 곧 내 머릿속에서 상상의 나래를 펴게 만들었다. 그의 살갗에 수없이 와닿았을 섬의 어떤 눈부신 것들을.

밀려오는 파도가 갯바위를 치면서 일으키는 하얀 물보라, 그 물보라 위에 떠 있었을 영롱한 무지개, 짭짜름하게 소금기를 머금은 해풍, 몇 날 며칠 동안이나 숨 막히게 섬을 둘러싸고 있었을 자욱한 해무, 섬을 태워버릴 듯 무섭게 내리쬐었을 따가운 태양, 그가 어릴 때부터 들어가 뒹굴었을 사곶의 부드러운 비단 모래 해변, 햇볕에 달궈진 돌들이 뜨거워 두 발이 겅중겅중 건너뛰었을 콩돌 해변, 팬티 바람으로 풍덩 뛰어들었을 짙푸른 바닷물. 또한 몸속에 들어가 그의 뼈와 살이 되었을 청정한 물속의 미역, 다시마, 놀래미, 밴댕이, 그리고 까나리액젓으로 슴슴하게 간을 맞춘 메밀냉면도 있을 터였다. 그의 독특한 피부색을 만든 것에는.

나는 발을 살며시 내리고 다시 마당으로 내려왔다. 나도 모처럼 마스크를 벗었다. 그리고 화단 한쪽에 놓인 돌절구에 배낭을 걸쳐놓고 깔고 앉아서 눈을 감고 그의 노래를 들었다. 때가 여름이었다면 담장 밑의 선홍색 해당화나 마당 한구석을 환하게 밝혀주었을 별 모양의 노란 땅채송화도 그의 노래에 취했을지도 모른다. 하지만 관객이라고는 까치밥인 감나무의 홍시 두 개와 슬래브 옥상에 덩그러니 올라앉은 물탱크, 그리고 장독대의 항아리들뿐이었다.

열흘 전 이 섬으로 오는 여객선에 오르기 위해 인천 연안부두에 왔을 때 나는 몹시 지친 상태였다. 방송국 구성작가 생활 십여 년 만에 몸은 알갱이를 다 털어낸 콩깍지처럼 바싹 메말라 있었다. 그래도 배를 타고 섬으로 간다는 생각에 조금은 가슴이 부풀기도 했다. 하지만 연안부두 터미널은 서울과 다름없는 팽팽한 긴장감이 감돌고 있었다. 코로나 방역 때문이었다. 터미널 직원들은 승선 전 QR코드 찍기와 체온 검사, 손소독 그리고 마스크 착용을 철저하게 단속했다.

"마스크가 최고의 백신입니다. 최근에는 변형 오미크론 바이러스가 확산 중입니다. 마스크를 똑바로 써주십시오."

승객들은 대부분 육지로 나왔다가 돌아가는 섬 주민들이었다. 관광객이 대폭 줄어든 것이 완연해 보였다. 섬으로 가면 마스크를 벗어 던지고 모처럼 편히 숨 쉴 수 있을 거라는 기대는 처음부터 깨져버렸다. 청정구역일 것만 같았던 섬에도 확진자가 발생했다는 뉴스가 대기실 안의 티브이에서 계속 나오고 있었다. 서해의 먼 섬까지도 이제는 코로나로부터 결코 자유롭지 않았다.

"코로나인지 뭔지 참, 우리 같은 하루살이들은 어찌 살라고."

갑판 위에는 마스크를 쓴 승객들이 모여 수심에 찬 얼굴로 얘기를 나누고 있었다. 관광객을 상대로 식당이나 민박을 하는 자영업자들인 듯했다. 필요한 식재료를 뭍에서 구입해 돌아가는지 다들 상자 두어 개씩을 들고 있었다. 그런 음울한 분위기 탓이라고는 할 수 없었지만 나는 평소에 하지 않던 멀미를 심하게 했다. 찬바람을 쐬면 속이 좀 가라앉을 것 같아 갑판으로 올라갔다. 하지만 늦가을의 바닷바람은 세차고 매서웠다. 찬바람을 피해 다시 선실로 내려오면 금세 다시 속이 메슥거렸다. 그렇게 몇 번이나 갑판을 오르내리면서 네 시간을 겨우 견뎌냈다. 그러다 이윽고 섬에 닿았을 무렵에는 몸을 가누지 못할 정도로 휘청거렸다.

전에는 하지 않던 멀미를 그렇게 심하게 한 것은 아마도 실직하고 나서 먹고사는 문제로 고민을 하느라 심신이 허약해진 탓인 듯했다. 방송 일을 하고 있을 때는 감기나 몸살 한 번 앓은 적이 없는 몸이었다. 실은 너무 바빠 아플 시간조차 없었다. 남편이 병으로 세상을 떠나고 난 뒤에는 더욱더 일에 매달렸다. 그때만 해도 열심히 아이디어를 내고 피디가 찍어 온 영상에 걸맞게 구성을 하고 글을 잘 써내면 두 아이를 소박하게는 먹이고 가르칠 수 있다는 믿음이 있었다. 그런데 코로나 사태가 터지자 사정은 돌변했다. 매일같이 확진자가 늘어나던 어느 날 담당 피디는 방송국 지하 커피숍으로 나를 불러냈다. 그러고는 그 엄청난 말을 아주 태연하게 뱉어냈다.

"저어 말씀드리기 송구합니다만 오늘 편성 회의에서 결정이 났다고 합니다. 저희 프로그램을 다음 주부터 폐지하기로요. 코로나 사태로 더 이상 외부 촬영을 나갈 수가 없게 되었거든요. 영상을 찍어 와야 작가가 할 일이 있는 건데…… 어쩔 수 없으니 잘 양해해주세요. 그럼."

프로그램을 맡은 지 얼마 되지 않은 젊은 피디는 애써 예의를 갖춰 말했지만 그것은 엄연한 해고 통보였다.

'나 아직 마흔도 되지 않았어. 십오 년 동안 내 몸 돌보지 않고 밤새워 열심히 했다고.'

목까지 올라오는 그 말을 나는 꿀꺽 삼켰다. 내가 아이디어를 내서 기획한데다 삼사 년간이나 별 탈 없이 구성을 맡아오던 프로그램이었다. 물론 나뿐이 아니었다. 동료 작가들 상당수가 이런 통고를 받은 상태였다. 그동안 편집실에서 피디가 찍어온 화면을 보면서 밤새 콘티를 짜고 원고를 쓰던 날들이 하룻밤 꿈처럼 머리를 스쳐 갔다. 그래, 뭘 더 바라지? 내가 착각하고 있었는지도 몰라. 방송국이 내 철밥통이나 되는 줄로. 피디의 말 한마디면 하루아침에 재깍 목이 달아나는 것이 모든 프리랜서들의 운명인 것을. '강제 해고'라고 목소리를 높일 수 있는 경우는 'PD수첩'처럼 어쩌다 온 국민의 관심을 받게 된 프로그램에서나 가능한 일이었다.

그러고 나서 한참 동안 먹고 살 길을 찾아 헤매다가 결국 해산물 판매 사이트를 열기로 하고 이 섬에 들어온 거였다. 물론 지인의 조언도 있었다. 얼마 전 불안정한 방송 일을 접고 '제주바다이야기'라는 인터넷 판매 사이트를 열어 짭짤한 재미를 보고 있는 선배였다.

그의 조언이 아니더라도 나는 프로그램 기획을 위해 자주 들어와보았던 이 섬에 진작부터 끌리고 있었다. 아무런 연고가 없는데도 막연하게 이곳에 들어오면 뭔가 살길이 트일 것만 같은 예감이 들었다. 나도 모르게 저절로 발길이 이쪽을 향하게 되는 것이 운명이라면 운명일 수 있었다. 따오기가 흰 날개를 펴고 공중을 나는 모습처럼 생겼다고 해서 하얀 깃털(白翎)이라 불리는 섬. 인천 연안부두에서 초쾌속선으로 네 시간 거리, 위쪽으로 십오 분이면 북한의 장산곶에 닿을 수 있는 서해 최북단의 섬에 나는 벌써 닷새째 속절없이 묶여 있었다. 어느 날은 풍랑에 또 다른 날은 해무에.

사흘 전에는 배가 뜨지 않아 다시 민박집으로 돌아오는 길에 바닷가를 지나게 되었다. 문득 해무란 것이 무엇인지 한번 똑바로 꿰뚫어보고 싶어서였다. 나는 해변 가까이에 서서 눈을 한껏 벼려서는 바다 쪽을 쏘아보았다. 해무는 느물거리며 다가와 내 코를 꿰고서 온몸을 뒤흔들 태세였다. 앞으로 얼마나 더 나를 이 섬에 묶어둘 것인지 좀체 가늠이 되지 않았다. 혹시 하늘과 바다의 신이 격렬하게 몸을 섞으면서 농염한 장면을 숨기려고 해무를 풀어놓은 것은 아닐까 싶기도 했다. 시계는 십 미터도 되지 않았다. 안개 속으로 무작정 나아갔다가 기습적으로 들이치는 파도에 바지를 적시기도 했다. 해무에 두 손을 들고 돌아서려는 찰나, 해안에 희미하게 뭔가가 보였다. 여기저기 띄엄띄엄 서 있는 기다란 쇠막대. 그제야 생각났다. 적의 배가 쉽게 접안하지 못하도록 콘크리트 받침대에 박아둔 쇠말뚝, 용치였다. 용의 이빨처럼 예리하고 비죽비죽하게 생겼다고 해서 붙여진 이름이었다. 그 비좁은 쇠말뚝의 꼭대기에 갈매기가 한 마리씩 해무 속에 오도카니 앉아 있는 모습이 보일락 말락 했다. 그 앙증맞고도 아슬아슬한 모습은 마치 접근 금지를 알리는 위협적인 설치물이 역으로 생명의 쉼터가 되었음을 말해주고 있었다. 그러자 내 머릿속에서는 저절로 물속에 있는 용치의 받침대 모습이 상상되었다. 용치를 지탱하고 있는 사각의 콘크리트 받침대 밑에 다닥다닥 붙어 있을 조개며 따개비, 굴 딱지들. 개펄에 물이 빠진 다음 돌덩이를 뒤집었을 때 익히 보았던 장면이었다. 그것은 어떻게든 이 섬에 빌붙어 살아보려고 발버둥 치는 또 다른 생명들의 필사적인 모습을 떠올리게 했다. 언제 포탄이 날아올지 모르는 땅에 바짝 엎드린 섬사람들과 하루아침에 일자리를 잃고 이곳까지 와서 생업 거리를 찾아 헤매고 있는 어느 프리랜서까지. 임시로 설치된 쇠말뚝 받침대에 발목을 걸치고서 물결에 쓸려가지 않으려고 버둥대는 다리, 다리들.

늦가을의 섬이 내게 보여준 것은 하얀 깃털이라는 그 이름과는 달리 온통 괴기스러운 풍경들뿐이었다. 전에 이 섬을 찾았던 이들은 거의가 쌈빡한 청량감을 맛보거나 뭍에서 입은 상처가 아물어서 돌아갔다고들 했다. 차르르 차르르 콩돌 해변에 스며드는 파도 소리에, 코로나도 대포 소리도 모르는 채 그저 좋아라 첨벙대는 물범의 천진한 미소에. 하지만 내게 그런 행운은 오지 않았다. 어쩌면 그저 돈벌이가 될 게 없을까 하는 이악스러운 생각에만 몰두한 탓에 다른 것은 아예 눈에 들어오지 않았는지도 모른다.

잠시 지난 일들을 돌아보는 사이에 L과 나는 가랑잎 바스락거리는 산길을 따라 제법 깊은 숲속으로 들어가고 있었다. 늦가을 오후의 햇살에 숲은 따스했고 겨드랑이에 촉촉이 땀이 나는 것이 느껴졌다. 한참을 앞서가던 L이 발길을 멈추고 돌아보았다. 그는 내 더딘 발걸음을 답답하게 바라보았다. 숨을 헐떡이며 먼저 입을 연 것은 내 쪽이었다.

"어떻게 생긴 건데 아직도 찾지를 못하죠? 그만 내려가지 그래요?"

"하수오 찾기가 그렇게 쉬운 일이 아녜요. 좀 더 찾아봐야죠."

그 말을 듣자 내가 잘못 따라왔구나, 하는 생각이 들었다. 먹고살 궁리를 한답시고 무작정 여기저기 헤매고 다니는 나 자신이 한심하게 여겨졌다. 그런 느낌은 며칠 전 친구를 만나러 신촌에 갈 때도 마찬가지였다. 이대 앞에서 청바지 가게를 하는 친구에게 옷 장사는 어떤가 알아보려고 가던 중이었다. 을지로3가에서 벽에 그려진 녹색 띠를 따라 환승 통로를 걷고 있을 때였다. 마스크를 쓰고 분주하게 걷는 사람들과 보조를 맞춰 나도 부지런히 발걸음을 옮겼다. 그 순간 홀연 어떤 생각이 머리를 스쳤다. 모두들 어딘가에 복무하기 위해 끌려가고 있는 것은 아닐까, 하는. 그때 환승 통로를 짓누르던 무거운 공기를 아직도 잊을 수가 없었다. 마스크 속에서 뿜어져 나오던 사람들의 힘겨운 숨소리. 그 숨소리와 함께 환승 통로를 울리던 무겁고 지친 발소리. 잠시 의아한 생각이 들었다. 우리 모두는 어떤 정체를 알 수 없는 북소리에 홀려 무작정 앞으로 나아가고 있는 것은 아닐까, 라는.

서울에서도 그렇게 활기 없는 하루하루를 보내던 나였다. 방송국 구성작가 자리를 잃고 나서부터 웃음을 잃은 지 오래였다. 다만 마스크가 얼굴을 가리고 있어 그나마 어느 정도 표정 관리가 되고 있는 셈이었다. 그런 상태에서 나는 이 섬에 들어오게 되었고 민박집 청년 L을 만났다. 그리고 배가 뜨지 않아 네번째 다시 그 민박집으로 돌아간 거였다. 그리고 마루에서 마스크를 벗고 기타 치고 노래하는 L의 모습을 보게 되었다. 그다음 순간 무슨 일이 일어났는지는 도무지 알 수가 없었다. 내가 어쩌다 마루 위로 올라갔고 그의 침실까지 들어가게 되었는지.

꿈이었는지 생시였는지도 알 수 없었다. 내가 말할 수 있는 거라고는 오직 이것뿐이었다. 그날 나는 난생처음 보는 묘한 피부색에 잠시 정신을 잃었노라고. 알 수 없는 향기와 색채로 머리가 어지러웠다. 누군가와 몸이 얽힌 채 뜨거운 열기 속에 있었다. 그것은 무어라고 꼬집어 말할 수는 없지만 여태껏 한번도 느껴보지 못한 달콤함과 향기로움이 뒤엉킨 어떤 것이었다. 나는 온몸이 땀에 푹 젖도록 그 열락에 풍덩 빠져 있었다. 그러나 그 즐거움은 그리 오래 지속되지 못했다. 어느 순간 입술과 살갗에 와닿는 어떤 서늘하고 축축한 느낌으로 해서 나는 눈을 떴다. 창밖으로 보이는 수평선은 이제 막 붉은 해를 꼴깍 집어삼키려 하고 있었다. 그 풍경과 함께 창문으로 불어오는 차가운 바닷바람에 나는 화들짝 놀라 상체를 일으켰다. 그도 나만큼이나 당황했던지 머쓱한 표정으로 일어나 마루로 나갔다.

조금 전만 해도 아마추어 같은 L의 노래를 듣고 있었던 것 같은데 어찌 된 건지 모를 일이었다. 온몸에 진땀이 나 있었고 흥분은 좀체 가시지 않았다. 몸에서는 열이 나고 심장은 빠르게 뜀박질 쳤다. 마당의 돌절구에 앉아 있다가 어떻게 그의 침실로 오게 되었을까. 해무에 점령당한 섬에서 내가 어찌 된 것일까. 얼굴이 마스크로 가려진 탓에 그동안 그에 대해 터무니없는 환상을 키워온 것일까. 애꿎은 코로나 탓을 할 수도 없었다. 어쩌면 내 안에서 스멀대던 어떤 알 수 없는 덩어리 때문이었는지도 몰랐다. 그것을 무엇이라고 하든 도저히 외면할 수 없는 것 한 가지는 분명히 있었다. 내 몸의 미세한 세포들이 오래도록 뭔가를 갈구해왔을지도 모른다는 사실이었다. 아무 생각 없이도 몸이 저절로 어떤 것에 반응한다는 것. 그것 말고는 모든 것이 해무로 뒤덮인 바닷길만큼이나 몽롱해 무어라 설명할 길이 없었다. 매표소에서 돌아온 뒤로 시간을 거슬러 올라가보았다. 둘이서 어떤 대화를 나누었던가.

마당에서 노래를 듣다가 마루에 드리워진 발을 들쳤을 때 그도 처음에는 내가 온 줄을 몰랐었다. 그래서 다시 마당으로 돌아간 나는 돌절구에 앉아 계속 그의 노래를 들었다. 노래가 끝나갈 무렵, 다시 올라가 발을 들쳤을 때 인기척을 느낀 그가 기타를 멈추고 나를 돌아보았다. 그리고 몇 마디 주고받은 기억이 났다.

"아니, 오늘도 또 배가……"

나는 고개를 끄덕이며 대답했다.

"네, 시계가 십 미터도 되지 않았어요. 내일은 제발 해무가 걷혀야 할 텐데……"

그 말을 한 뒤로는 깜깜이었다. 그다음은 전혀 기억이 나지 않았다.

침대에서 일어나 마루로 나갔다. 그는 소파에 앉아 기타를 조율하고 있었다. 나는 리모컨을 찾아 티브이를 켰다. 다시 그의 노래를 듣고 싶지 않았다. 조금은 어설픈 그의 노래가 촉발했을지도 모르는 내 안의 알 수 없는 무엇인가가 다시 고개를 들까 두려웠다. 그가 기타를 내려놓고 나를 바라보았다. 나는 어색함을 감추려고 티브이 볼륨을 더 키웠다.

안개가 자욱한 모래밭에서 열 명의 선수들이 양쪽으로 다섯 명씩 나뉘어 서서 게임을 하고 있었다. 안개 속에서 반대쪽에 있는 자기 짝을 찾아내는 게임이었고 양측의 거리는 칠팔 미터쯤 되었다. 아마도 코로나 사태가 터지기 직전 이 섬이 온통 해무로 뒤덮인 날 촬영된 프로그램인 듯했다. 출연자들은 먼저 서로의 이름을 불러 목소리로 짝이 서 있는 자리를 알아내야만 되었다. 그런 다음 마주 보고 서서 안개 사이로 선이 달린 원통을 굴려 보내 통화에 먼저 성공하는 팀이 우승자가 되는 게임이었다.

사실 처음으로 방송에서 이 지역을 서해의 나폴리로 만들자는 제안을 한 사람은 나였다. 리얼리티 쇼나 섬 체험 프로그램도 찍고 음악회도 열면서 섬에 다른 색채를 입혀야만 전쟁 이미지가 씻겨 나갈 것이라고. 그랬던 원조 아이디어맨은 지금 일자리를 잃고 엉뚱한 곳에서 살길을 찾느라 헤매고 있었다.

"그래, 남의 아이디어 베껴서 대박 터트려라."

나는 덕담인지 악담인지 모를 말을 중얼거리며 티브이를 꺼버렸다. 무슨 소린지 영문을 알 수 없다는 듯 L이 눈을 크게 뜨면서 물었다.

"네? 뭐라고 하셨죠? 아이디어를 베껴요?"

자세한 얘기를 하게 되면 나 자신이 더 구차해질 뿐이었다.

"아녜요. 그냥 해본 소리예요."

L은 내 눈치를 살피다가 다시 티브이를 켜고는 안개 속에서 선수들이 갈팡질팡하는 모습을 유심히 지켜보았다. 앞이 보이지 않는 짙은 안개 속에서 헤매고 있는 것은 나 역시 마찬가지였다. 어쩌면 그도 내 상태를 알아버렸는지도 알 수 없었다. 그저께 같이 저녁 먹는 자리에서 맥주를 한잔하다가 그

만 신세타령을 하고 말았다. 남편은 병으로 먼저 떠나보냈고, 아이들 둘을 키워야 하는데 실업자가 되어버렸다고. 그래서 먹고살 길을 찾아 이 섬에 들어왔노라고. 비겁하기 짝이 없는 넋두리였다. 숲속의 어미 새도 수컷이 없어지면 혼자 새끼를 거두지 않는가.

그길로 나는 그의 민박을 나와 버스 정류장으로 갔다. 다른 집으로 옮길 작정이었다. 작은 섬에도 몇 개의 노선버스가 운행되고 있었다. 한참을 기다려서 올라탄 버스는 마침 연화리 행이었다. 동네 앞바다에 오랜 세월 비바람과 파도에 깎인 기암괴석이 병풍처럼 펼쳐져 있다는 두무진(頭武鎭)이 있는 동네였다. 암벽의 생김새가 투구 쓴 장수들이 머리를 맞대고 있는 모양이라고 해서 붙여진 이름이었다. 이곳에 유배 왔던 조선 시대 어느 선비가 '늙은 신의 마지막 작품'이라고 일컫는 바람에 서해의 해금강으로 알려진 곳이었다. 유람선에 같이 탄 어떤 여자 승객은 기암괴석이 장수들의 두상을 닮아 무협지의 사내가 생각난다고 말했다. 하지만 나는 무협지의 사내 같은 건 믿지 않았다. 도리어 나 자신이 파란을 일으키는 협객이 되기를 원했다.

산 중턱까지 올라간 그는 어떤 소나무 앞에 멈춰 섰다. 칡넝쿨 비슷한 잡다한 덩굴에 휘감긴 소나무였다. 여러 겹의 마른 덩굴들을 한참 걷어내더니 그는 내 쪽으로 돌아섰다. 입가에는 알 수 없는 미소가 걸려 있었다. 덤불을 걷어내고 자세히 보았더니 맨 안쪽에서 소나무를 휘감고 있는 덩굴이 마치 시뻘겋게 녹슨 굵은 철삿줄처럼 보였다.

"이렇게 나뭇가지처럼 딱딱해진 덩굴이라야 잘 영근 뿌리를 달고 있어요. 이것이 바로 적하수오죠."

나는 마음이 조급해졌다.

"뜸만 들이지 말고 얼른 좀 캐봐요. 빨리 보고 싶어요."

그는 뒷주머니에 꽂아 왔던 작은 분삽을 꺼내더니 덩굴이 나 있는 데서 한참 밑으로 내려가면서 말했다.

"잔뿌리까지 온전하게 캐내려면 이 아래에서부터 파 올라가야 돼요. 그래야만 술을 담갔을 때도 볼품이 있거든요."

잠시 후 삽질 소리가 그치더니 침묵이 흘렀다. 무슨 일인가 하고 아래로 내려가보았다. L이 땀을 뻘뻘 흘리면서 삽을 든 채 서 있었다. 상당히 깊은 구덩이 속에서 덩어리의 일부가 살짝 모습을 드러내고 있었다. 그가 손으로 그것을 가리키며 눈짓을 했다. 나더러 한번 만져보라는 신호였다. 손을 대자 보드라운 흙 속에서 드러난 덩이뿌리의 촉감은 온통 우툴두툴했다. 어제 꿈속인지 생시인지 모르지만 그의 몸을 더듬었을 때처럼 짜릿함이 손끝에 전해왔다. 뭔가의 실체에 다가선 듯한 설렘이 일었다. 그는 뿌리에 상처가 날세라 짤따란 나뭇가지로 뿌리 주변의 흙을 살살 파냈다. 드디어 한 덩어리가 통째로 모습을 드러냈다. 그가 흙 속에 손을 넣어 조심조심 그것을 빼냈다. 가느다란 실뿌리가 주르르 딸려 나왔다.

그는 구덩이 안쪽을 계속 파 들어갔다. 잠시 후, 또 하나의 덩어리가 흙 속에서 모습을 드러냈다. 그는 양손에 덩이뿌리 하나씩을 움켜쥐고 일어섰다. 가운데 실뿌리는 얼마나 긴지 밑으로 치렁치렁 늘어졌다. 더욱 놀라운 것은 온통 울퉁불퉁한 덩이뿌리의 생김새였다.

"자, 어때요? 저 많이 닮았죠?"

"누가 그런 소릴. 이렇게 못생기고 싶어요? 척 보니 완전 못생긴 고구만데요."

나는 그가 왜 그런 식으로 자신을 비하하는지 의아했다.

"뭔가 이상하다는 듯 자꾸만 제 얼굴을 훔쳐보셨잖아요. 그래서 제 외모에 무슨 문제가 있나 싶었죠."

속내를 들킨 나는 아차, 했다. 내가 자신의 피부색을 자주 훔쳐보는 것을 눈치채고 있었나 보았다. 그는 하수오에 대한 설명을 이어나갔다.

"모양이 좀 험상궂죠? 생김새가 인삼 비슷한 백수오하고는 달라요. 적하수오는 이렇게 붉은색을 띠면서 사나운 짐승이나 험한 산악 같은 모양이라야 약효가 좋대요."

'사나운 짐승이나 험한 산악 같은 모양?' 나는 속으로 그 말을 되풀이하면서 그가 건네주는 것을 받아들었다. 묵직한 중량감이 느껴졌다. 나는 양손에 쥔 덩이뿌리와 그의 얼굴을 번갈아 쳐다보았다. 어디를 보아도 이목구비가 또렷한 그의 외모와는 닮은 구석이라고는 없었다. 색깔은 고구마와는 조금 다른 적갈색이었고 모양은 온통 뒤틀려 있었다. 어찌 보면 쇠가마우지가 둥지를 틀고 있던 두무진의 삐뚤빼뚤한 동굴을 닮은 것 같기도 했다. 그 뿌리 안에 이리저리 꼬부라지고 휘어진 섬의 길이 그대로 깃들여 있는 듯했다. 해안의 용치도 하수오도 섬에서 내게 깊은 인상을 준 것들은 모조리 이토록 괴상망측하게 생긴 것들뿐이었다.

L이 주머니칼을 꺼내 한 개를 잘라보려고 애를 썼다. 칼이 잘 들어가지 않는지 끙끙대다가 겨우 한 귀퉁이를 잘라냈다. 자른 단면에는 대리석의 마블링 같은 갈색 무늬가 나 있었다.

"이렇게 겹겹이 나이테가 많이 나 있어야 오래된 것이죠. 어머니는 몇 년 전 이런 걸 캐러 다니다 지뢰에 그만……"

그 소리를 듣는 순간 내 눈에는 자른 단면의 무늬가 마치 뭉크의 「절규」를 닮은 것처럼 보였다. 그의 어머니의 비명소리가 어느 언덕에서 들리는 것만 같았다. 홀연 그 비명소리도 L의 피부색에 일조를 했을지도 모른다는 생각이 들었다. 맛을 보라며 그가 건네는 하수오 조각은 씁쓸하면서도 떫었다. 밤 맛, 고구마 맛, 칡 맛에다 배추 뿌리 맛도 났다. 그의 피부색이 그렇듯 하수오 역시 무슨 맛이라고 꼬집어 말할 수 없었다.

예부터 이걸 먹고서 신선이 되어 하늘로 올라갔다거나 수백 년을 건강하게 산 사람이 있었다고 했다. 정력과 회춘, 두 군데 특히 좋다고 하는데 나와는 상관없는 일이었다. 나는 다시는 젊음으로 돌아가고 싶지 않았다. 사는 데 서툴렀기 때문일까. 젊은 날을 돌아보면 남편이나 나나 길을 잃고 둘이서 합동으로 헤맸다는 생각뿐이었다. 둘이 엉겨 붙었다 떨어졌다 하면서. 그것을 되풀이한다는 것은 내게는 고문이나 다름없었다.

마음속으로 이렇게 캐기 힘든 하수오를 어떻게 계속 조달한단 말인가, 하는 생각을 하고 있을 때 L은 전설 같은 이야기를 들려주었다.

"신기한 게 이 음전해 보이는 덩굴이 밤이 되면 백팔십도 달라져요. 암수가 따로 나 있는 두 덩굴이 서로 끈끈하게 엉겨 붙는다고 해요. 그래야만 음기가 생겨서 약효가 좋대요. 이런 거 한 달에 몇 개만 캐서 팔면 수입이 짭짤할걸요. 워낙 귀하니까요."

암수 덩굴 얘기를 하면서 그는 두 팔을 몇 번이나 꼬아보려고 기를 썼다. 그 말을 듣는 순간 어제 내가 그와 함께했던 어떤 장면이 머리에 떠올랐다. 애써 그 그림을 지우고는 애꿎은 하수오만 노려보고 있는데 L이 느닷없이 목소리를 높였다.

"그날 막막함을 견디다 못해 노래를 불렀어. 몇 날 며칠 손님은 오지 않고 그렇게라도 하지 않으면⋯⋯"

그의 입에서 갑작스레 튀어나온 반말 투에 놀라서 나는 어쩔 줄을 몰라 하며 허둥댔다. 어깨를 들먹이느라 미처 말을 다 끝내지 못한 그가 별안간 내게 손가락질을 하면서 자기 말대로 '험한 산악 같은' 얼굴이 되어 소리쳤다.

"우리 같은 하루살이에게 제일 무서운 게 뭔지 알아? 어느 날 새벽 별안간 들려오는 적의 포성보다 더 무서운 것 말야. 코로나 바이러스? 그건 아무것도 아냐. 그건, 그건, 온종일 기다려도 손님 그림자 하나 구경할 수 없다는 사실이야. 고귀하신 육지 손님. 그런데 당신은 뭍에 턱하니 자리 잡고 앉아, 밥 벌어먹기 힘들다고 징징거려?"

그가 단지 내 앞에서 손을 휘저었을 뿐인데 나는 쩌렁쩌렁한 목소리에 눌려 마치 그에게 멱살을 잡힌 것 같았다. 그는 내게 말하고 있었다. 육지에서, 그것도 도시에 살면서 엄살 부리지 말라고. 순간 오싹하고 팔에 좁쌀이 돋으면서 저릿한 전율이 느껴졌다. 그 말은 나의 정수리에 와서 꽂혔다. 그제 야 알 것 같았다. 섬에서의 삶 역시 대도시와 깊이 연결되어 있다는 것을. 그 말에 나는 한동안 빠져 있었던 그의 피부색에 대한 미망에서 서서히 깨어나고 있었다.

그의 목소리는 오래 묵어 시뻘게진 하수오의 덩굴처럼 질기고 우악스러운 손아귀가 되어 내 멱살을 쥐고 흔들어댔다. 나는 나의 멱살을 쥐었다고 생각되는 그의 손을 뿌리치려고 하지 않았다. 온순하게 그의 처분을 받아들이고 있었다. 기꺼이 멱살을 잡히려고 섬에 들어온 것처럼. 갑자기 멀리서 대포 소리가 들리는 듯했다. 홀연 어떤 생각이 머리를 스쳤다. 그 피부색을 만든 것에는 어머니의 비명소리와 대포 소리 외에도 육지 손님을 기다리다 속이 까맣게 타들어갔을 그 막막

한 기다림의 시간도 한몫했을 거라는. 그동안 내가 생각했던 것들—따끈따끈한 콩돌 해변과 비단 모래 백사장, 무지개를 실은 새하얀 파도의 포말, 목을 휘감던 맑고 푸른 바닷물—과 같은 싱그럽고 감미로운 것들만이 아니었다. 그의 피부색을 빚어낸 것은. 거기에는 말 못할 고통과 쓰라림이 함께 곁들여 있었다. 다시 그의 손을 내려다보았다. 정말 특이한 색이었다. 보라색이나 갈색이라고도, 검은색이나 붉은색이라고도 할 수 없는, 온갖 색깔이 뒤섞인 짙은 검보라색이었다. 그것은 맨 처음 내가 기대했던 어떤 낭만적인 기미와는 전혀 상관이 없었다. 우리는 며칠 동안 마주 보면서도 서로 다른 생각을 품고 있었던 거였다. 그 괴리감에 나는 부끄러움을 느꼈다.

그 민망함에서 벗어나려고 나는 얼른 다른 기억을 불러냈다. 오늘 아침에 탔던 두무진행 유람선의 선장이 한 말이었다.

"저기 용틀임바위 보이죠? 바위틈에 삐죽빼죽한 것이 바로 쇠가마우지가 지어놓은 둥지예요. 그 옆에 잘 보면 노랑부리백로며 검은머리물떼새, 그리고 천연기념물인 점박이물범도 살고 있어요. 모두가 이 섬의 자랑스런 특산물들이죠."

선장은 이야기하고 있었다. 설사 그의 피부색에서 어떤 낭만의 분위기를 찾을 수 없다 해도 그는 이 섬에서 하나뿐인 특산물임을. 물범이나 하수오처럼 나름의 독특한 색깔과 모양을 지닌.

그리하여 나는 머리가 까매지기를 조금도 바라지 않으면서도 하수오 덩굴 옆에 서 있었다. 아무리 생각해봐도 알 수가 없었다. 오늘 내가 L을 따라 산속으로 들어온 이유를. 단지 특산물 사이트에 올릴 물건을 얻기 위해서였던가. 나는 또다시 '어찌'라는 말에 사로잡혔다. '어찌' 된 영문인지 알 수 없었다. 그리하여 '어찌, 머리, 까마귀'라는 말은 다시 내게 되돌아왔다. 나는 양손에 하수오를 들고 서 있었고 내 앞에는 하수오를 내 손에 쥐여준 청년이 서 있었다. 나는 의심했다. 이렇게 하수오를 들고 서 있음은 혹시 언제까지고 검은 머리이기를 바라는 나의 욕심은 아닐까, 하고. 그랬다. 내가 회춘을 싫어한다는 말은 거짓이었다. 젊음을 되돌릴 수 있다면 나역시 가짜 백수오에라도 득달같이 달려들 그런 위인이었다. 그런데 내 입에서는 정반대의 말이 튀어나왔다.

"이제 그만 돌아가요."

하산을 재촉하는 내 말에 아쉬운 듯 그가 대답했다.

"몇 뿌리 더 캐주고 싶은데."

이래저래 나는 나 자신이 영 마뜩지 않았다. 아무래도 빨리 내려가야겠다고 마음먹었다. 앞장서서 성큼성큼 산길을 내려가기 시작했다. 도무지 알 수 없는 착잡한 마음이라면 발걸음이나 서둘러야 했다. 내리막길로 접어드는 언덕바지에서 나도 모르게 멈춰 섰다. 그러고는 하늘과 바다가 좀체 구분이되지 않는 아득한 회색빛 공간을 끝 간 데까지 바라보았다. 양손에 괴상하게 생긴 하수오를 든 채로. 마침내 그것은 내

손에 쥐어졌다. 참담해해야 할지 기뻐해야 할지 알 수 없었
다. 섬을 에워싸고 있는 하늘과 바다의 신은 아직도 밤의 하
수오 덩굴처럼 얽혀 있는지 해무를 거둘 기미가 좀체 없어 보
였다. 끈질긴 놈의 해무라니, 나는 속으로 중얼거렸다. 그런
데 이번에는 내 귀에 해무란 말이 마치 '허무'처럼 들려왔다.
도무지 분간을 할 수 없었다. 내 앞을 가로막고 있는 이 희뿌
연 것의 정체가 해무인지 허무인지. 나는 손에 괴이하게 생긴
덩이뿌리를 들고 서 있었고 여기까지 오는 데 거의 사십 년이
걸렸다. 벌써 언제부터 나는 이곳을 향해 오고 있었는지 모른
다. 저녁 하늘에 하수오처럼 울퉁불퉁한 구름이 몰려오고 있
었다. 하수오처럼 울퉁불퉁한 구름? 나는 속으로 되뇌어보았
다. 그런 것은 이제 없었다. 다만 울퉁불퉁한 나 자신이 있을
뿐이었다.

바람의 노래

조카의 전화에 나는 맥이 풀려 그 자리에 털썩 주저앉을 뻔했다. 내가 이런 소리를 들으려고 여태 언니를 돌봐왔던가, 하는 회의감이 밀려왔다.

"엄마를 끝까지 집에서 모시겠다는 이모 마음, 이해는 해요. 하지만 엄마를 위하는 방법은 한 가지만은 아닐 거예요. 아무튼 아파트는 처분하기로 아빠랑 결정했으니 근저당권 말소나 좀 빨리 처리해주세요. 지금까지 수고하신 부분은 충분히 인정해드릴 테니까요."

나는 억장이 무너져 내리는 것을 억지로 참고 언니네 아파트로 발걸음을 옮겼다. 아현역에 도착해 1번 출구를 막 빠져나올 무렵 걸려온 전화였다. 언니와 노래 교실을 여는 날이어서 회사 일을 서둘러 끝내고 일찍 퇴근을 한 거였다. 아파트 앞 근린공원에 이르렀을 때까지도 가슴이 떨리고 다리가 후들거리는 증상은 계속되었다. 숨을 좀 고르고 나서 올라가야 할 것 같았다. 꼬마들이 공놀이를 하고 있는 잔디밭 옆 벤치에 가서 앉았다. 바쁜 제 엄마 대신 내 손을 잡고 유치원을 다니고, 놀이터에 나와 놀던 조카가 거기 보이는 듯했다. 흐린 가을 하늘 아래 메마른 나뭇잎이 바람에 흩날리고 있었다. 조카와 함께 보낸 삼십 년 세월이 마치 한나절이었던 것처럼 여겨졌다. 벤치에 기대 눈을 감았다. 마음 한구석에서는 나 자신을 위로하는 듯, 다 잊어버리라고 말하고 있었다. 그런데도 조카의 목소리는 여전히 귓가에 쟁쟁했다. '수고한 부분은 충분히 인정해주겠다.' 그 말이, 중요한 결정에 나와 아무런 상의가 없었던 것보다 더 괘씸했다. 그래도 마음을 가라앉히려고 큰 숨을 내쉬었다. 무슨 일이 있어도 언니에게 책 읽어주기와 함께 노래 부르기는 빠트릴 수 없는 오늘의 일과였다. 한참 동안 마음을 추스른 나는 벤치에서 일어났다.

거실에 들어서자 언니가 소파에서 일어나 "할머니"라고 부르며 나를 끌어안았다. 늦었다고 원망하듯 "왜 이제……"라는 말도 덧붙였다. 나는 언니를 포옹한 채 그저 가만히 등을 두드려주었다. 잘못 알고 있는 것을 바로잡아주지 않았다. 할머니는 벌써 오래전에 돌아가셨다는 것도, 내가 어제도 왔었다는 사실도. 어제는 작업치료의 하나로 빵 반죽을 같이했는데 나를 '조카'라고 부르며 밀가루를 홀린다고 꾸짖기도 했다. 나는 언니를 소파에 앉히면서 말했다.

"보고 싶었어?"

언니가 만면에 웃음을 띠며 대답했다.

"응. 근데 누구더라? 우리, 아는 사이 같은데, 누구지? 이름 모르겠어. 어쩌다 나, 당신 이름 잊어버렸지?"

그때 간병인이 주방에서 나오며 인사를 건넸다.

"오셨어요? 오늘은 좀 쉬시지."

그러고는 언니를 나무라듯 말했다.

"여사님, 제가 몇 번이나 말씀드렸잖아요. 할머니 아니에요. 애들 이모예요, 이모. 자 따라 해보세요. 이이모. 이이모."

언니는 간병인이 시키는 대로 "이이모, 이이모"라고 길게 빼며 말했다. 그러더니 간병인을 손가락으로 가리키며 "이이모, 이이모"라고 불렀다. 간병인은 나를 보며 한숨을 푹 내쉬었다. 그 순간 파리에서 열린 한불 정상회담에서 통역을 하던 언니의 젊은 시절 활약상이 기억났다. 저 어눌하고 바보처럼 보이는 사람이 젊은 시절의 그 명민하던 국제회의 동시통역사가 맞나, 의아했다. 나는 간병인의 손을 잡고 다독거리듯 말했다.

"속상해하지 말아요. 아줌마, 그냥 두세요."

그러고는 다시 언니를 돌아보며 말했다.

"아유, 우리 언니 오늘 말쑥하니 참 예쁘네요. 방금 목욕했나 봐요. 정말 애 많이 쓰셨어요, 아줌마."

　간병인에게 칭찬은 했지만 아직도 환자를 가르치려 드는 것이 마음에 조금 걸렸다. 처음엔 유치원 교사 출신이라서 그런가 했는데 몇 번을 말해도 고쳐지지 않았다. 그뿐이 아니었다. 조금 전 언니를 소파에 앉히면서 보았더니 낮인데도 또 기저귀를 채워놓았다. 벌써 몇 달 전부터 내가 신신당부했었다. 제발 밤에 잠잘 때 말고는 채우지 말라고. 그래야만 화장실 가는 습관이 유지될 수 있다고. 서너 시간이 지나도 화장실에 가겠다는 말을 하지 않으면 수돗물을 틀어 물소리를 들려주라는 의사의 말도 전해주었다.

　"의사 말이 환자에게 마지막까지 남는 감정이 수치심이래요. 기저귀를 채우게 되면 자존감에 큰 상처를 입는다고 해요. 그래서 살아갈 희망을 잃게 된다구요."

　그 말을 하고 나서 얼마 되지 않아 또다시 기저귀를 채워놓은 것을 보고 내가 좀 언짢아한 적도 있었다. 그때 간병인은 몹시 신경질적인 반응을 했다.

　"본인이 소변 마려운 걸 느끼지 못하잖아요. 그런데 그걸 제가 어떻게 알아내죠? 수분 섭취량을 재서 소변량을 계산해 내란 말인가요?"

　그러고는 쌩하니 주방으로 들어가버렸다. 이어서 구시렁대는 소리가 들려왔다.

　"그래도 아들은 융통성이 있더구먼. 기저귀 같은 건 재량껏

하라고 하고."

　너무 노골적인 반발이라는 생각이 들었지만 한편으로는 이해가 되었다. 혼자 24시간 환자를 돌보다 보면 짜증이 날 법도 했다. 그래서 도우미를 한 사람 더 쓰기로 했다. 청소와 식사 준비를 해줄 사람이었다. 그렇게 되면 간병인은 빨래와 환자 돌보는 일만 맡으면 되었다. 하지만 조카는 반대했다. 차라리 지금 있는 간병인의 보수를 조금 더 올려주자고 했다. 그럼 인건비가 덜 나갈 거라는 계산에서였다. 반면에 간병인은 흔쾌히 동의했다.

　"네, 좋아요. 그럼 저야 좋죠, 뭐."

　그런데 도우미가 오고 난 뒤에도 간병인의 태도는 별로 달라지지 않았다. 며칠 전에는 조카의 말을 빌려 내 말에 반박을 했다. 내가 닥터 민에게 들었던 말을 전해주었을 때였다.

　"틀렸어도 바로잡아주려고 하지 말래요. 뇌세포가 손상돼서 논리가 안 통하니까요. 기억을 많이 잃어버렸고 더 이상 저장도 안 된대요. 그저 세 살 아기 대하듯 웃어주고 칭찬만 하래요."

　하지만 간병인의 귀에는 그 말이 전혀 들어가지 않은 듯했다.

　"아드님 말씀은 다르던데요. 환자라도 틀린 건 바로잡아주라고 했어요. 그래야 병이 낫는다고요. 오늘도 목욕시킬 때 얼마나 힘들었는지 아세요? 속옷 좀 벗자고 했더니 나를 막 때리고 밀치는 바람에 넘어져서 다칠 뻔했어요. 그래서 어쩔 수 없었어요. 가위를 쓸 수밖에."

'가위'를 썼다는 말에 나는 깜짝 놀라 다소 격하게 반응했다.

"네? 뭐라고요? 억지로는 벗기지 말라고 했잖아요. 세상에."

그러자 간병인은 더욱 기세등등해졌다. 언니가 마침 낮잠을 자는 중이어서 천만다행이었다.

"아드님은 속옷 얘기 듣고도 '괜찮다, 이해한다' 하시던데. 대체 어느 장단에 춤을 춰야 되죠?"

그날도 나는 더 이상 대꾸를 하지 못하고 집으로 돌아왔다. 당장 그만둔다고 하면 그 책임을 내가 온통 뒤집어쓸 판이었다.

나는 탁자 위에 놓인 동화책을 가져다 무릎 위에 올려놓고 언니에게 물어보았다.

"언니, 오늘은 무슨 책 읽을까. 어디 보자."

나는 책을 뒤적이다 어릴 때부터 외울 만큼 자주 읽었던 동화를 찾았다. 현대적으로 조금 각색한 이야기였다.

"자, 그럼 보면서 같이 읽어요. 어느 별에 사는 미루랑 찌루가 엄마를 찾아 나섰어요. 엄마는 돈을 벌려고 이웃 별나라에 갔답니다. 고개를 넘자 호랑이가 나타났어요. 자, 다음 문장은 언니가 읽어봐요. 뭐라고 쓰여 있지?"

"어흥!"

언니는 책은 보지도 않고 그 한마디만 했다. 몇 달 전만 해도 한 줄씩 번갈아 읽었는데 이제는 글자를 통 읽으려고 하지 않았다.

"맞았어, 언니. '어흥! 떡 하나 주면 안 잡아먹지!' 아이들은 초록색 떡을 한 개 주었어요. 그랬더니 호랑이 몸이 축구공만 하게 작아졌어요. 호랑이는 아이들에게 애원했어요. '얘들아, 잘못했어. 용서해줘.' 이번에는 자주색 떡을 던져주었어요. 그러자 몸집이 다시 커진 호랑이가 또 아이들을 잡아먹으려고 했어요. 그러면서 호랑이가 뭐라고 했게, 언니?"

"어흥!"

"네 맞아요. 어흥! 떡 하나 주면 안 잡아먹지! 그런데 이상하게도 호랑이의 몸이 풍선처럼 부풀어 올랐어요. 그러더니 배 속에서 세상에, 엄마 목소리가 들렸어요. 엄마 목소리. 자, 호랑이 배 속에서 누구 목소리가 들렸다고, 언니?"

"어흥!" 언니의 대답.

아무리 손짓 발짓 다 해가며 읽어주어도 결국 머리엔 '어흥'이라는 의성어 한마디밖에는 남지 않은 거였다. 그림 동화나 음악을 이용하면 뇌 깊이 저장된 장기 기억을 끌어낼 수 있다고 하던데, 허탈하기만 했다.

언니가 처음 진단을 받은 것은 칠 년 전이었다. 형부는 그로부터 삼 년을 견디지 못하고 집을 나가 따로 살기 시작했다. 기계류 수입 오퍼상을 하는 형부는 분위기를 바꾸어 사업에 매진하기 위해서라고 했다. '그래야만 간병비라도 보탤 수 있지 않겠느냐'고 그럴싸한 변명을 대기도 했다. 그런데 혼자된 옛 여친과 동거 중인 것이 밝혀진 뒤로는 아예 환자를 보러 오지도 않았다. 신촌에 있는 오피스텔에서 혼자 살고 있는 조카 역시 한 달에 한 번 코빼기를 보기 힘들었다. 아무리 코로나 시대라 해도 두 사람 모두 환자에게 너무 무관심했다.

그랬던 조카가 오늘 전화를 한 걸 보면 어머니의 재산에 대해서만은 관심이 많아 보였다. 조카가 말한 아파트 근저당권은 내가 다니는 보험회사에서 대출을 받을 때 설정된 것이었다. 대출은 형부의 제안으로 이루어졌지만 임직원 우대 금리를 적용받기 위해 내 이름으로 받았다. 그렇게 받은 대출금은 언니의 예금과 합해서 여태껏 내가 관리해왔다. 파리에 유학 중인 작은 조카의 학비도 거기서 송금되었고 일부는 주식이나 펀드에 투자해왔다. 물론 형부의 동의를 받아서였다.

그때만 해도 형부나 조카 모두 언니의 병구완에 한마음이었다. 언니의 상태에 목이 메어 눈물을 쏟은 적도 여러 번이었다. 나는 그들의 눈물에 조금이라도 가식이 있었다고는 생각지 않았다. 그런데 간병비를 더 열심히 벌기 위해 집을 나갔다는 형부에게서는 사 년이 지나도록 아무런 소식이 없었다. 그런 상황에서 오늘 느닷없이 조카가 전화를 걸어온 거였다. 통장을 정리해 근저당권을 말소해달라고. 불경기에 근저당권이 들어 있는 집은 아무래도 매입을 꺼리는데다 제값을 받기 힘들기 때문이었다.

형부가 집을 나가 다른 여자와 동거에 들어갔다는 얘기를 처음 들었을 때 나는 세상이 무너지는 듯한 충격을 받았다. 저 남자가 내가 한때 흠모했던 사람이 맞나 싶었다. 그 사건은 이십여 년 전의 일을 기억에서 불러냈다. 언니가 원전 기자재 도입 협상단과 함께 파리에 출장을 갔을 때였다. 회사에서 막 퇴근 준비를 하고 있는데 전화가 걸려왔다. 형부 목소리였다.

"처제, 오늘 음악회 갈 수 있어요? 미샤 마이스키 첼로 연주회. 언니랑 같이 가기로 했었는데 귀국이 이틀 늦어진다네."

나는 설레는 마음으로 쫄래쫄래 세종문화회관 앞으로 나갔다. 시간이 급해 샌드위치로 간단하게 요기를 해도 형부와 함께여서 마냥 즐겁기만 했다. 음악회에서는 쇼스타코비치의 「첼로 소나타」와 부르흐의 「콜 니드라이」, 피아졸라의 「라 그랑 탱고」를 들었다. 정말이지 첼로가 그렇게도 유려한 소리를 낼 수 있다는 게 놀라웠다. 언니가 왜 그다지도 그 악기에 빠져들었는지 알 것 같았다. 음악회가 끝나고 형부 차를 타고 우리 집에 거의 도착했을 무렵이었다. 별안간 들려온, 내 귀를 의심케 하던 말.

"처제랑 있으면 왜 이렇게 마음이 편안한지…… 언니랑 있을 땐 내가 자꾸 쪼그라드는 느낌인데."

듣기가 좀 민망해 나는 차창 밖으로 고개를 돌리며 말했다.

"아유, 형부, 농담도 참. 근데, 오늘 연주, 언니가 들었으면 엄청 좋아했을 거예요. 언니, 미샤 팬이잖아요."

이윽고 차가 집 앞에 멈추고 조수석 문을 막 열려고 하는 찰나, 내 어깨에 느껴지던 억센 팔의 힘. 놀라서 돌아보는 내게 보내오던 야릇한 눈빛. 황급히 차 문을 열고 내렸지만 그날 밤 나는 잠을 이루지 못하고 밤새 몸을 뒤척였다. 그 말이 과연 진심일까 의심하면서도. 그 불면의 밤에 나는 나 자신에게 묻고 있었다. 혹시 내 몸은 그때 이미 달아올라 차 안에서 조금 더 시간을 끌면서 이마 키스라도 받기를 간절히 바란 것은 아니었을까. 형부 역시 잘난 사람을 곁에 둔 탓에 열등감으로 고통당하고 있었다면 나와 동지는 아닐까.

그 뒤로도 언니의 해외 출장을 틈탄 형부의 접근 시도는 끈질기게 계속되었다. 그럴 때마다 나는 어정쩡한 태도를 보이며 사실상 마지못해 끌려다니곤 했다. 내 안에서는 계속 두 가지 감정이 팽팽하게 밀당을 하고 있었다. 그를 만나고 싶다, 안 된다, 라고 하는. 그러다 합리적인 핑계 하나가 한쪽에 무게를 더했다. 나를 진정으로 사랑하고 있는지 최소한 그의 진심만은 확인하고 싶다는. 그런 구실로 나는 형부와의 밀회를 즐겼다. 어쩌면 마음속 깊은 곳에서는 어두운 욕망의 그림자가 어른거리고 있었는지도 모른다. 바쁜 언니 대신 형부가 나를 택할 수도 있다는. 그렇게만 된다면 언니에 대한 나의 뿌리 깊은 열등의식을 한꺼번에 떨쳐낼 수도 있으리라 믿었다.

출장에서 돌아온 언니는 몹시 미안해하는 표정으로 파리에서 사 온 화장품을 내게 건넸다. 그동안 어린 조카들을 잘 보살펴줘서 고맙다는 마음의 표시였다. 그 순간 나는 뭔가 예리한 것이 심장을 찌르는 듯한 통증을 느꼈다. 숨을 쉴 수가 없었다. 아무것도 모르는 언니의 순수한 표정이 내 목을 죄어왔다. 누군가의 순수함으로 해서 목이 졸리는 환상은 밤마다 나를 고문했다. 잠자다 숨이 막혀 식은땀을 흘리며 깨어나기도 했다. 몇 달째 악몽에 시달리던 나는 마침내 결심을 했다. 평소 내게 호의를 보내오던 회사 동료와 결혼을 하기로. 하지만 마음에도 없는 사람과의 성급한 결혼은 결코 오래갈 수가 없었다. 아이는 생기지 않았고 결혼은 삼 년 만에 끝이 났다.

형부의 가출로 해서 이제 내 곁에는 과거의 화려한 이력이 무색하게 인지증 장애 진단을 받은 무력한 여인만 남아 있었다. 그녀를 시샘할 이유가 사라진 거였다. 그러자 나는 언니를 맨 처음 시샘하게 된 시발점으로 거슬러 올라가 나 자신을 똑바로 바라볼 수 있었다. 어릴 때부터 공부도 잘하는데다 키도 크고 얼굴도 예쁜 언니와 그 곁에 서면 항상 좀 모자라 보이던 아이. 언제나 엄마가 사 온 새 옷을 독차지하던 맏이와, 자라는 내내 헌 옷만 물려받았던 동생. 자매를 바라보는 집안 어른들의 완연하게 다른 눈빛. 통역대학원을 나와 파리 유학을 다녀온 뒤 국제회의 동시통역사로 이름을 떨치게 된 아현동 돼지슈퍼집 맏딸. 그것으로도 모자라 많은 여자들이 이상형이라 여길 만한, 지적이면서도 준수한 외모의 배우자까지. 그 모든 것을 다 갖춘 언니를 미워하지 않을 수 없었던 동생.

형부 생각에 빠져 있던 나는 다시 조카의 전화로 돌아왔다.

처음 대출을 받았을 때 나는 형부와 조카에게 미리 일러주었었다. 언니가 저축해둔 돈과 대출금을 합해 잘만 운용하면 간병비는 충분히 감당할 수 있으니 집에서 계속 돌보자고. 다행히 주식과 펀드에서 얻은 수익으로 대출금을 갚을 만큼의 현금은 유지되고 있었다. 밤잠을 설쳐가며 고심해서 투자 포트폴리오를 짠 덕분이었다. 때로는 원금을 까먹기도 해서 얼마나 마음을 졸였는지 모른다. 그럴 땐 베트남 펀드가 효자가 되어 손실을 메워주었다. 혹시라도 무슨 오해가 있을까 싶어 해마다 연말에는 조카에게 투자 명세서도 보내주었다.

대출받는 데 담보로 사용된 삼십 평짜리 아파트는 언니가 평생을 통역사로 일해 마련한 것이었고 명의도 언니 이름으로 되어 있었다. 형부는 사업을 한다지만 집 장만에는 한 푼도 보탠 것이 없었다. 그런데도 조카가 그런 전화를 걸어오자 언뜻 짚이는 것이 있었다. 몇 달 전 대출금의 절반을 사업자금으로 떼어달라는 형부의 제안을 내가 거부한 것이었다. 언니가 계속 자기 집에서 지낼 수 있으려면 대출을 갚지 못해 아파트가 넘어가는 일만은 없어야만 되었다. 그래서 형부의 제안을 거부했었다.

이제 언니가 요양원으로 가는 것은 시간문제였다. 그렇게 된다면 증세가 급격하게 악화될 것은 불 보듯 뻔했다. 시설에서는 안정제를 투여해 환자를 하루 십여 시간씩 잠을 재운다는 얘기도 있었다. 그런 사실을 여러 번 얘기해주었는데 형부도, 조카도 내 말을 귀담아듣지 않았다. 속이 부글부글 끓어올랐다. 마음속 한구석에서는 다른 소리도 들려왔다. '가족의 결정이라는데 그냥 존중해줘.' 그 말에 또 다른 내가 반박을 했다. '아니야. 언니가 대단한 인물이어서가 아니라, 세상에 태어난 인간이라면 누구든 그런 대우를 받을 권리가 있어.'

초기엔 나도 구청에서 하는 치매안심센터에 몇 시간만이라도 언니를 보낼 생각을 했었다. 거기 민 박사가 중요하게 여기는 음악 치료반이 있어서였다. 사실은 아직도 '치매'라는 이름을 달고 보호시설을 운영하고 있다는 것은 국가적인 수치였다. 서양에서는 질병을 최초로 발견한 독일인 학자의 이름을 따서 '알츠하이머'로 쓰고 있었다. 일본은 오래전부터 '인지증(認知症)'으로 바꾸었다. '어리석고 미련하다'라는 뜻의 그 단어가 환자의 인격을 모독한다고 보았기 때문이다. 홍콩과 중국은 지혜를 잃어버렸다는 뜻의 실지증(失知症), 대만은 뇌퇴화증으로 고쳐 부르고 있었다.

그렇게 언니를 센터에 보낼 생각을 하던 중에 문득 발병 초기 언니와 했던 약속이 기억났다.

"너, 내 말 잘 들어둬. 내가 많이 아프더라도 절대로 시설 같은 데 보내지 마. 죽을 때까지 난 집에서 있다가 갈 거니까. 잠자다가 조용히."

언니가 곧 요양원으로 갈 것이란 생각을 하자 나는 더욱 자책감이 느껴졌다. 병을 좀 더 일찍 알아낼 수 있었으면 어땠을까, 하고. 한두 가지 증세가 나타난 때가 갓 예순이 넘었을 때여서 그저 가벼운 건망증으로만 여겼다. 의사들이 말하는 육십오 세 이전의 증상인, 초로기에 있었던 일들이 아직도 내 기억에 선명하게 남아 있었다.

언니는 식탁 위에 놓인 홍시를 손으로 찔러보며 물었다.

"애, 이건 뭐니?"

"홍시잖아, 언니. 감홍시."

나는 그걸 농담으로 들었다. 그다음 일은 추석을 맞아 오랜만에 친척들이 집에 왔을 때 일어났다. 언니는 소파를 둘러보며 말했다.

"그런데 이 사람들 누구야? 뭐 하는 사람들이더라? 하나도 기억이 안 나."

그 말에 신문기자인 오촌 조카가 엉뚱한 해석을 달았다.

"아유 다들 새겨들으세요, 네? 그동안 얼마나 자주 안 모였으면 숙모가 이런 말씀을 하시겠어요? 역시 숙모 유머 감각은 알아줘야 해요."

다들 조카 말에 웃음을 터트리면서 언니의 말은 묻혀버렸다.

그로부터 칠 년이 지나는 사이, 언니는 점점 더 기억이 흐려져갔고 자기 생각을 말로 잘 표현하지 못하게 되었다. 휴대폰, 티브이, 화장실 같은 생활 속 단어들을 잊어갔다. 문밖을 나갔다가 길을 잃어 경찰의 신세를 지는 일도 종종 일어났다. 의사는 머릿속에 공간에 대한 지도가 그려지지 않아서라고 했다.

몸도 마음도 그야말로 어둠 속의 배회였다.

일상에서도 믿어지지 않는 작은 사고들이 잇달았다. 양치를 시키다 물을 뱉으라고 컵을 갖다 대면 치약 섞인 물을 꿀꺽 삼켜버렸다. 병원 주사실에서는 간호사를 밀치고 복도로 도망쳤다. 그럴 땐 몸에서 괴력이 솟는 모양이었다. 때로는 자다가 벌떡 일어나 누가 쫓아온다고 소리치며 몸을 떨었다. 주치의는 '섬망'이라는 일시적인 환각 현상이니 크게 걱정할 일은 아니라고 했다.

그런데 한 가지 놀라운 일이 생겼다. 조카나 내가 언니를 상대로 체스를 두면 번번이 언니가 이기는 거였다. 결코 우리가 봐줘서가 아니었다. 언니는 킹, 퀸, 룩, 비숍, 나이트, 폰과 같은 말의 이름을 정확히 기억했다. 더 나아가 킹을 피하기, 공격 가로막기 등, 상대의 수를 읽고 자기의 수를 짜내는 전략을 잊지 않고 있었다. 어릴 때부터 아버지에게 배운 체스가 완전히 자기 것으로 체화된 듯했다. 의사의 말로는 체스가 장기 기억의 영역에 저장되어 있기 때문이라고 했다. 또 한 가지 신기한 점은 나와 대화는 이어갈 수는 없어도 내 표정과 몸짓만 보아도 내 마음을 대뜸 알아차리는 거였다. 뭘 찾느라 내가 고개를 기웃거리면 '이거?' '저거?' 하고 가리키며 명민하게 반응했다. 참으로 오묘한 뇌의 작용이었다. 어쩌면 전두엽 안에서 일어나는 오묘함과 부실함의 싸움인지도 모른다. 일생 동안 닦아온 지력과 감수성 대 닥쳐오는 생물학적 쇠락의 대결.

나는 노래 부르기에서도 그런 미스터리가 일어나기를 기대했다. 이제 동화책을 접고 피아노 의자에서 노래책과 탬버린 두 개를 꺼내왔다. 언니는 간병인과 함께 탬버린을 들고 내 맞은편에 앉았다.

"자, 오늘은 어떤 노래 부를까? 어디 보자."

나는 『대중가요 100곡 선집』을 뒤적거렸다. 클래식을 좋아하던 언니는 노래 솜씨도 꽤나 좋았다. 아버지 칠순 때는 조용필의 「바람의 노래」로 손님들을 거의 홀려놓았었다. 특히 두번째 소절, '세월 가면 그때는 알게 될까, 꽃이 지는 이유를'이라는 가사 중에 '이유르으으으을' 하는 대목에서 다들 탄성을 질러댔다. 매력적인 허스키에다 독특한 감성으로 노래를 소화해 색다른 호소력을 보여주었다. 그런데 이제는 그 노래를 들려주어도 언제 들었느냐, 는 듯 전혀 반응이 없었다.

언니가 그 노래를 좋아하게 된 것은 어떤 영화를 보고 나서였다. 이란 감독 키아로스타미의 「바람이 우리를 데려다주리라」라는 영화였다. 거의 이십 년 전의 일이었다. 광화문 씨네큐브에서 영화를 보고 나오는데 언니가 자꾸만 고개를 갸우뚱거렸다. 궁금해서 내가 물었다.

"언니, 왜 그래? 영화가 마음에 안 들어?"

"아니. 영화야 너무 좋지. 근데 제목 번역이 좀……"

"아유, 그놈의 직업 근성. 왜, 뭐가 문젠데."

"이 영화, 베니스 영화제에서 상 받던 해에 나도 거기 갔었잖아. 어느 방송사 취재팀 통역으로. 그런데……"

"그런데, 뭐?"

"끝말이 '데려다주리라'인데, 어디로 데려다준다는 얘기 같니?"

"글쎄, 시골 마을 장례식 찍으러 간 거니까 음, 죽으면 좋은 곳으로 데려다준다, 그건가?"

"그렇게 이해하기 쉽지. 그런데 영화를 자세히 보면 바람이 나무에서 잎을 떨구어 날려 보내듯, 인간도 생명이 지면 바람에 날려 간다는 뜻인 것 같아. 그러니까 제목은 '우리는 바람에 날려 가리라' 아니면 '바람이 우리를 실어 가리라'가 되어야지. 어디로 데려간다는 게 아냐."

"와, 그럼 정말 뜻이 달라지네."

"재가 돼서 바람에 날려 가기 전에 사랑도 하고, 하고 싶은 일을 맘껏 다 하라는 얘기야. '카르페 디엠.' 영화 마지막에 주인공이 기다란 사람 뼈다귀 한 개를 강물에 힘껏 던지는 장면이 나오잖아. 그리고 뼈는 물결 따라 마냥 떠내려가지."

언니의 얘기를 듣고 나서 나는 그 노래와 영화를 한 쌍으로 기억하게 되었다. 노래가 '세월 가면 알게 될까, 언젠가는, 꽃이 지는 이유를'이라고 은근하게 물음을 던졌다면 영화는 '우리는 곧 바람에 실려 가리라'라고 답을 한 것이라고. 언젠가는 그 영화를 생각하며 언니와 그 노래를 함께 부를 수 있기를 나는 소망했다. 하지만 아무리 좋은 노래라 해도 환자가 쉽게 따라 할 수 없다면 효과가 없다고 했다. 되도록 멜로디와 리듬이 단순한 노래를 골라야만 되었다. 나는 노래 책을 펴서 보여주며 말했다. 한쪽엔 남진의 얼굴이 대문짝만 하게 실려 있었다.

"이 노래 알지, 언니. 「님과 함께」, 남진. 내가 먼저 불러 볼게."

나는 가사의 첫머리마다 탬버린을 두드리며 노래를 불렀다. 언니는 고개만 까딱거릴 뿐 노래는 따라 부르지 않았다. 아차 싶어 A4 용지에 매직펜으로 가사를 큼직한 글자로 써서 언니 무릎 위에 올려놓았다.

"여기 첫 글자마다 동그라미 쳐놓은 거 보이지? 거기서 탬버린을 치면 돼. 그러니까, '저 푸른, 할 때 저, 초원 위에 할 때, 초, 이렇게. 알겠지, 언니?"

언니는 배시시 웃으며 고개를 끄덕였다. 하지만 가사를 들여다보던 언니는 금세 싫증이 났는지 종이를 내려놓으면서 말했다.

"몰라. 몰라. 치워. 이딴 거."

모든 것이 시들해진 듯한 언니의 모습 위로 한창 왕성하게 활동하던 시절의 모습이 겹쳐졌다. 언니는 출장에서 돌아오면 언제나 내게 현장에서 있었던 일들을 자세히 들려주었다. 그러면 아이들을 돌보느라 쌓였던 고단함이 씻은 듯이 사라지곤 했다. 마치 보너스를 받는 느낌이었다. 프랑스 측에서, 타결된 협상안에 통역사도 패키지로 끼워달라고 했다는 얘기를 들었을 때는 정말 어깨가 으쓱해졌었다.

내가 아는 언니는 타고난 언어 감각을 지녔다기보다는 노력의 천재였다. 회의 날짜가 정해지면 언니는 거의 한 달이 넘도록 머리를 싸매고 해당 분야 공부에 들어갔다. 뿐만 아니라 전체적인 맥락을 파악하고 방향을 잡기 위해 지역학과 인문학적인 공부도 게을리하지 않았다. 그런 노력들이 합해져서 비단실을 뽑아내는 일이 통역인가 보았다. 그 대표적인 사례가 케냐 자원협상 때 있었고 그것은 업계의 전설이 되었다.

케냐 대표의 제안. '희토류 광산을 직접 시찰한 뒤, 협상을 마무리하자.' 우리 대표의 답변. '헬기라도 내어준다면 모를까, 그러지 않으면 현장 답사는 어렵다.' 그 순간 감지되던 위기. 곧이곧대로 통역했다가는 영세한 케냐 광업회사 측이 헬리콥터 애기에 부담을 느낄 것이라는 예감. 금세 분위기를 파악하고 완곡어법으로 나온 통역. '광산이 오지에 있는 것으로 안다. 당연히 답사를 해야겠지만 현장에 어떻게 접근해야 할지 고민이다.' 그러자 나온 케냐 대표의 답변. '헬리콥터를 요구하시면 곤란하지만 현장 답사에 적극적으로 나오신다면 가능한 교통수단을 마련해드리겠다.'

그랬던 언니의 뇌에 지금은 대체 누가 들어가 장난을 치고 있는 것인지 기가 막힐 지경이었다. 나는 다시 언니의 손에

A4 용지를 쥐여주고 나서 노래를 부르기 시작했다.

"저 푸른 초원 위에."

"저 푸른 초원 위에." 언니가 따라 불렀다.

그런데 노래에 고저장단이 없었다. 밋밋하게 책 읽듯이 불렀다. 그래도 고쳐주지 않고 진도를 나갔다.

"그림 같은 집을 짓고" 내가 부르고,

"그림 같은 집을 짓고" 언니가 불렀다.

그다음 소절에서는 탬버린을 치느라 노래를 아예 부르지도 못했다.

이런 식으로 자꾸만 중간에 끊기는 바람에 노래 한 곡을 끝내는 데 꽤나 긴 시간이 걸렸다. 이제 노래는 그만하고 산책을 나가기로 했다. 배낭에 물병과 수건을 챙긴 다음 언니와 함께 집을 나섰다.

아파트를 나와 고갯길을 향해 걸었다. 고개 너머에서 선선한 가을바람이 불어오고 있었다. 좀 더 올라가자 산동네의 모습이 훤히 드러났다. 꾀죄죄하고 초라하던 옛 동네가 한쪽에서는 멀쑥하고 희멀건 아파트 단지로 변해가고 있었다. 그 광경을 보자 나는 아쉬움인지 서러움인지 모를 야릇한 감정에 휩싸였다. 남아 있는 옛 동네의 모습 속에 어쩌면 열등의식에 찌들어 살았던 내 졸렬한 삶이 꼭꼭 박혀 있는 것 같아서였다. 우중충한 벽돌집들과 곧 쓰러질 듯한 옛날 기와집들, 그리고 납작한 슬래브 지붕들 사이에 지금은 사라졌지만 우리 집에서 하던 슈퍼가 있었다. 잡화와 채소, 과일을 위주로 파는 작은 구멍가게였다. 우체국 공무원이었던 아버지의 봉급만으로는 아이들 가르치기 힘들다며 어머니가 시작한 가게였다. 어머니 생각을 떠올리자 일찍 세상을 떠난 것이 어쩌면 다행인지도 모른다는 생각이 들었다. 온 동네에 딸 자랑을 하던 어머니가 지금의 언니 모습을 본다면 마음이 어떨지, 상상조차 할 수 없었다.

조금 더 올라가자 언니가 신접살림을 차렸던 다세대주택 단지가 보였다. 바쁜 언니를 대신해 조카들을 돌보려고 퇴근하기 무섭게 종종걸음으로 달려가던 내 모습도 거기 어른거리고 있었다. 그중 한 채를 가리키며 언니에게 물었다.

"저 집 기억나, 언니? 저기 붉은 벽돌집. 창틀에 하얀 빨래 널린 집. 언니 신혼 때 첫 보금자리잖아."

언니는 내가 가리키는 곳을 바라보긴 했지만 별 감흥이 없어 보였다. 단지 "저 집, 음 음"이라고 더듬거릴 뿐이었다. 속에서는 뭐라고 대꾸하고 싶지만 말이 나오지 않나 보았다. 하고 싶은 말을 제대로 표현하지 못하는 그 답답함 역시 어둠 속의 배회일 것이었다.

내가 지금 살고 있는 환일길 벽화마을 쪽으로 들어섰다. 누추한 집들이지만 담장에는 아기자기하게 꽃잎과 새, 나무 등이 그려져 있었다. 전에는 고개를 들면 뒤엉킨 전선이 거미줄처럼 시커멓게 하늘을 뒤덮고 있던 달동네였다. 신촌으로 연결되는 큰길가에 우아한 웨딩드레스 가게들이 즐비하던 아현동에 그런 달동네가 숨어 있었다는 것은 정말 아이러니가 아닐 수 없었다. 지금은 어린 왕자와 별들이 그려진 한쪽 계단 위에 갈색 길고양이 한 마리가 오도카니 앉아 있었다.

계단을 넘고 나무 데크 길을 지나 어느덧 만리배수지 공원 전망대에 올랐다. 나는 언니와 함께 벤치로 가서 앉았다. 가쁜 숨을 고르고 물을 한 컵씩 들이켰다. 잡목들 사이에서 새뜻하게 물든 나무들을 지나 눈을 들면 멀리 서대문 안산이며 종로 인왕산까지 훤히 바라다보였다. 서늘한 바람에 마른 잎 하나가 날아와 언니의 정수리에 잠시 앉았다가 미끄러져 내렸다.

"언니, 여기 올라오니까 좋지? 바람도 시원하고. 여기가 만리배수지 공원이야. 저기 왼쪽에 보이는 게 안산이고, 오른쪽에 보이는 게 인왕산."

언니는 말없이 내가 가리키는 곳을 망연히 바라보았다. 곁에 있으면서도 말이 통하지 않는 상대를 참아낸다는 것이 얼마나 고역인지 새삼 실감이 갔다. 그런 점에서 조카나 형부가 요즘 집에 자주 들르지 않는 것을 이해 못할 바도 아니었다. 두 사람 모두 같은 의문을 품었을 것이 분명했다. 아무리 가족이지만 자기가 아들인지 남편인지도 기억 못하는 사람과 만나 시간을 보내는 것이 과연 서로에게 어떤 의미가 있는 것일까, 하는.

그러다 고개를 빼서 다시 안산 쪽을 바라보는데 문득 뭔가가 머리를 스쳤다. 어린 아기가 방바닥을 기다가 일어서고 걸음마를 하는 과정을 우리가 경이롭게 바라본다면 그 반대의 경우도 같은 시선으로 바라볼 수는 없을까. 아기의 성장이 희망이 있는 생명의 싸움이라면 어둠 속의 배회는 희망 없음에 맞서서 벌이는 또 다른 생명의 싸움은 아닐까, 라는.

내가 잠시 생각에 잠겨 있는 사이, 언니는 벤치에서 일어나 공원을 돌아다녔다. 그러다 바람이 불어오는 인왕산 쪽을 향해 한참 서 있었다. 나는 언니가 풍경을 실컷 만끽할 수 있게 혼자 놔두기로 했다. 사실 평생을 오롯이 일에만 몰두했던 언니는 나 같은 사람들보다 몇 배나 더 빡센 삶을 살아온 것이 분명했다. 그러기에 나처럼 누군가를 시샘하거나 미워할 시간조차 없었다. 그런 의미에서 언니의 뇌는 아직도 충분한 휴식이 필요했다.

언니가 공원을 돌아다니는 동안 나는 주머니에서 이어폰을 꺼내 휴대폰에 꽂았다. 마음이 헛헛해 노래나 몇 곡 듣고 내려갈 요량이었다. 첫번째로 저장된 곡은 꼭 언니와 같이 부르고 싶은 곡, 「바람의 노래」 첼로 버전이었다. 그윽한 첼로 선율을 따라 내 머릿속에서는 가사가 흐르고 있었다. '살면서 듣게 될까, 언젠가는 바람의 노래를.' 매혹적인 가왕의 음성이 선율에 겹쳐 들려왔다. 클래식을 좋아하던 언니가 가장 좋아하던 악기가 첼로였다. 중학교 때 꼭 배우고 싶다고 어머니에게 떼를 썼던 악기였다. 음악 하는 친구와 첼로 연주회에 다녀온 뒤로 그 소리에 빠져든 모양이었다.

바뀐 첼로 선율에 또 다른 가사가 겹쳐 흘렀다. '보다 많은 실패와 고뇌의 시간이/비켜 갈 수 없다는 걸 우린 깨달았네.' 그 대목은 어쩌면 누구보다도 나 자신의 얘기였다. 나는 대중가요의 선율에 기대어 나의 부끄러움을 언니에게 고백하고 있었다. 그때 갑자기 오른쪽 귀가 허전해진 느낌이 왔다. 나는 손을 귀에 가져가보았다. 이어폰이 빠져나가고 없었다. 이상한 느낌이 들어 고개를 옆으로 돌려보았다. 내 귀에 있었던 이어폰이 옆에 앉은 언니의 왼쪽 귀에 가 있었다. 우리는 같은 노래를 첼로 연주로 듣고 있었다. 언니의 표정이 조금 달라진 듯한 느낌이 들었다. 입가에 보일 듯 말 듯한 미소가 살포시 걸린 것 같기도 했다. 아니, 어쩌면 나의 착각이었는지도 모른다. 하지만 언니가 직접 자기 손으로 이어폰을 가져다 귀에 꽂은 것만은 분명한 사실이었다. 그것이 내게는 큰 변화로 여겨졌다. 뭘까 하는 호기심과 알고 싶다는 의욕. 제발 그것만으로 끝나지 않기를 나는 간절히 바랐다. 선율이 좀 더 깊게 언니의 오래된 기억회로를 노크해주기를. 드물기는 해도 자주 듣던 선율에 자극받아 기억이 되살아난 경우가 종종 있다고 민 박사는 알려주었다. 그런 사례를 담은 동영상도 보여주었다. 차이코프스키의 발레 모음곡 「백조의 호수」가 흘러나오자 그동안 음악에 반응이 없던 인지증 환자가 그 선율에 맞춰 팔을 올려 춤추는 동작을 하는 장면이었다. 정말 기적 같은 일이라고 했다.

언니도 만약 「바람의 노래」에 감정을 듬뿍 실어 부를 수 있게 된다면…… 나는 언니에게서 눈을 떼고 오로지 첼로 소리에만 집중했다. 더 이상 초조함이나 과한 기대감 같은 것을 갖지 않을 작정이었다. 다만 언니의 뇌 깊숙이 남아 있는 감수성을 믿었다. 바람이 불어와 계속 언니와 나의 뺨을 스쳐가고 있었고 선율은 계속되었다. 반복 설정된 연주는 다시 시작되어 두번째 소절로 접어들었다. '세월 가면 그때는 알게 될까, 꽃이 지는 이유르ㅇㅇㅇ을.'

탈출

왠지 선뜩한 기운에 잠이 깼다. 어둠 속에서도 유리창으로 푸르스름한 빛이 스며들고 있었다. 새벽빛이 스키장 슬로프에 쌓인 눈에 반사되어 창에 비친 듯했다. 눈의 나라에 왔다는 것이 다시금 실감이 났다. 쌓인 눈에서 오는 한기에 잠을 깬 느낌이 싫지 않았다. 롯폰기힐스 전망대에서 내려다본 그 복잡한 도심과, 손가락 한 개도 더 이상 들어갈 틈이 없어 보이던 사방의 빽빽한 스카이라인에서 마침내 벗어난 거였다. 상체를 살짝 들어 주위를 둘러보았다. 어젯밤엔 불이 꺼져 있어 자세히 보지 못했는데 이제 보니 천정이 꽤 높은 작은 강당만 한 곳에 내가 누워 있었다. 마룻바닥에 적당한 간격을 두고 줄지어 깔린 수십 개의 이부자리는 대충 그 절반 정도가 주인을 맞았다. 어제 초저녁 아무도 없는 숙소에 들어와 홀로 잠을 청했는데 그사이 같은 공간에서 숨을 쉬고 잠을 잔 일행이 생긴 거였다. 우리는 눈 속의 여행자였다. 서로 다른 곳에서 출발했지만 같은 곳을 향해 온. 이불 속에서 어제 오후부터 꺼두었던 휴대폰을 켜서 시간을 보았다. 다섯시 삼십분. 다들 아직 깊은 잠에 빠져 있었다. 어스름 속이지만 이불 무더기의 크기로 보아 어린아이들도 제법 있는 듯했다. 정작 바로 내 옆자리에는 나중에야 눈길이 가닿았는데 큼직한 덩치들이 양쪽 다 성인 남성임을 말해주고 있었다. 아무리 공동 숙소라 해도 솔직히 조금은 당황스러웠다. 그렇다고 일어나 부스럭대면 방해가 될 것 같아 다시 누웠다. 복잡한 대도시를 훌쩍 떠나와 마주한 현실이 마치 씀바귀를 씹은 듯 씁싸름하면서도 묘한 향내가 났다. 눈을 감고 누워 새벽잠 뜸 들이기로 그 쓴맛을 달래기로 했다.

도쿄 탈출을 꿈꿨던 가장 큰 이유는 학회 숙소로 잡은 닛포리의 A호텔에 있었다. 대학원 행정조교로 세미나 일정과 숙소며 식당 수배를 책임졌던 나로서는 사실 할 말이 없었다. 스카이라이너 노선이 있어 공항을 드나들기 쉽고 우에노 공원과 아사쿠사가 가깝다고 자신 있게 그 호텔을 예약한 사람이 나였으니까. 닛포리역 남쪽 출구로 나와 계단을 내려오자마자 오른쪽으로 꺾은 다음 이삼 분만 걸으면 바로 그 호텔이었다. 3성급이지만 와이파이도 빵빵 터지고 아침 식사도 풍성했다. 그런 곳이 값은 우리나라 모텔 수준이니 가성비가 썩 괜찮은 셈이었다.

그런데 호텔에 묵은 지 사흘째 되는 날부터 또렷이 인식하게 되었다. 새벽이면 묘하게 내 고막을 건드리며 잠을 앗아가는 훼방꾼이 있다는 것을. 그것은 새벽 다섯시쯤부터 몇 분 간격으로 탈탈탈탈탈탈탈탈 하고 멀리서부터 점점 크게 들려와 잠시 멈췄다가 다시 탈탈탈탈탈탈탈탈 하며 사라져갔다. 그 소리는 호텔 바로 옆이 전철역이라는 사실을 다시 환기시켰다. 잠을 제대로 이룰 수가 없으니 피로는 풀리지 않고 신경은 점점 더 날카로워졌다. 그런데도 숙소를 옮길 생각도 하지 않고 나는 무엇에 홀린 듯 일행이 떠난 뒤에도 여전히 닛포리에 꽁꽁 묶여 있었다.

전철 소리에 앞서 도쿄대에서 열린 세미나도 내 가슴에 '탈출'이란 단어를 슬슬 움트게 하기에 충분했다. 『천변풍경』의 작가 구보 박태원의 소설 속에 그려진 도쿄라는 도시를 살펴보는 세미나였는데 숨 돌릴 겨를도 없는 빡센 스케줄에다 너무나도 진지한 내용 탓이었다. 행정조교로서 세미나실을 들락거리다가 간간이 들어보면 아직도 그런 연구를 하고 있는 학자들이 있다는 게 존경스러우면서도 한편으로는 그 쫀쫀함에 숨이 막힐 지경이었다. 한 연구자는 작품 속에서 작가의 신경병적 징후를 찾아내는가 하면 또 다른 연구자는 소설 속 도쿄의 공간을 눈에 보이듯 세밀화로 그려내기도 했다. 나는 그들처럼 치밀한 연구를 해낼 수 있을지 솔직히 자신이 없었다. 오전에 세미나가 끝나면 오후에는 작가가 다녔던 호세이 대학과 거리, 서점과 식당, 영화관 등을 일일이 답사했다. 이름하여 '구보 따라 동경 걷기'였다.

세미나가 끝나고 염상섭 전문가인 K교수가 작가의 도쿄 행적을 답사한다기에 나도 따라나섰다. 옆길로 새는 것도 세미나 여행의 또 다른 묘미였다. 이 옆길로 샌 오솔길에서 자연스럽게 머릿속에 작가의 단편 「숙박기」가 떠올랐다. 몇 년 전 한 일본인 학자가 그 소설의 배경이 닛포리일 것이라고 주장하는 논문을 발표한 기억도 났다. 이유는 소설 속에서 대지진 직후 도쿄 중심부의 뜨거웠던 부흥의 열기를 전혀 찾아볼 수 없기 때문이라는 거였다. 이것은 염상섭과 같은 시기 유학을 갔던 노산 이은상의 회고기 「도향(稻香) 회상」에서도 이미 입증되었다. 도쿄 외곽인 닛포리에 하숙을 든 염상섭이 나도향, 양주동과 함께 떼로 몰려 지냈고, 이따금 조치대(上智大)에 다니던 이태준이 찾아와 이 가난뱅이들에게 우동도 사고, 담뱃값도 던지고 갔다고 노산은 썼다. 술 한잔 사 마실 돈이 없는 천애고아들이었지만 이제 보니 그 시절이 '가난한 천국'이었노라고. 그 시절 「숙박기」의 주인공 변창길은 당시 조선인을 거부하는 분위기 탓에 하숙을 구하지 못해 닛포리 일대를 발이 아프도록 헤매고 다녔다. 그 사실이 은근히 내 가슴을 짓눌렀다.

처음엔 전철 소리가 왜 그렇게 신경을 긁어대는지 나도 몰랐었다. 나흘째 되던 날 새벽잠에서 깨어 몸을 뒤척이던 중에 문득 깨달았다. 닛포리역의 전철 소리는 하숙집을 찾아 휘적휘적 헤매고 다닌 「숙박기」의 변창길뿐만 아니라 곧 내 할아버지를 떠올리기 때문이라는 것을. 부산에서 살던 할아버지는 애당초 돈을 벌려고 50년대에 일본으로 건너왔고 처음에는 도쿄 근교 다마강에서 자갈을 채취하는 일을 했다. 나중에는 닛포리로 와서 전철이며 온갖 건설 현장에서 노동자로 일했다.

"너거 할배 말이다, 돈 벌어 오겠다고 가더니만 이 년 뒤에 회사 직인이 찍힌 편지가 온기라. 홍 아무개가 다쳐서 입원했다가 세상을 떴다고 말이다. 얼마 후에 유골 단지가 인편으로 돌아왔제."

'너거 할배'라는 말을 할 때의 할머니 목소리는 매번 잠기고는 했다. 새벽마다 탈탈탈 하는 소리가 들려올 때면 뙤약볕 아래, 또는 차가운 겨울바람 속에 삽으로 자갈을 퍼 담아 등에 지고 강둑을 오르는 할아버지 얼굴이 자꾸만 눈에 밟혔다. 허리가 부러져라 온종일 자갈을 캐고 강가의 엉성한 막사에서 잠시 눈을 붙이고 함바(飯場)에서 끼니를 때우는 모습.

서울에서 호텔 예약을 할 때는 무턱대고 그저 닛포리(日暮里)라는 이름에 은근히 마음이 끌렸다. '날이 저물 무렵'이라는 이름의 동네. 그곳에서는 석양을 향해 홀로 걷기만 해도 한 폭의 그림 속으로 걸어 들어가는 일이 될 것이었다. 닛포리역 북쪽 출구로 나가면 오래된 묘지와 작은 절간이 나왔다. 그 쓸쓸한 풍경을 뒤로하고 조금만 더 걸어가면 언덕을 내려가는 긴 계단 꼭대기에 이르렀다. 그곳에 서서 한동안 노을을 바라보다가 계단을 내려가 중앙로를 걷다 보면 옛 모습 그대로인 야나카 긴자 상점 거리가 나왔다. 기념품 가게와 센베 같은 전통 제과점을 지나면 착한 가격표를 내건 작은 식당들이 즐비해 있었다. 덕분에 적은 돈으로 배를 한껏 채우고 흡족한 기분으로 호텔로 돌아올 수 있었다.

또한 그곳에는 유명한 고양이 마을이 있었다. 기념품 가게에는 온통 고양이 모양의 장식품들이 선반을 차지하고 있었다. 소설 『나는 고양이로소이다』를 쓴 소세키가 이곳의 이백 년 된 당고집의 단골이었기 때문인지는 알 수 없었다. 찹쌀떡에 간장을 발라 구워낸 것이 당고인데 요즘도 성업 중이라고 했다. 고양이 마을에 오자 소세키의 소설을 패러디한 염상섭의 단편 「박래묘(舶來猫)」라는 풍자소설도 생각났다. 박래묘란 '물 건너온 고양이'라는 뜻이다. 고양이의 이름은 '고려(高麗)'. 고양이 '고려'는 자신이 소세키의 소설 속에 나오는 고양이의 손자라고 밝힌다. 그러면서 소세키의 행적에 대해 중요한 발언을 한다. 소세키가 자기 할아버지 집에 서기 겸 식객으로 들어와 용돈까지 타 쓰면서 『나는 고양이로소이다』라는 소설을 썼다는 거였다. 그러니까 소세키에게 명작을 쓰게 해서 출세를 시킨 건 자기 할아버지란 얘기다. 그런데 자기 이름이 고려인 걸 보면 할아버지의 원고향은 식민지 조선이고 고려 시대에 일본에 귀화했을 거라는 얘기였다. 소설을 읽고 나면 소세키의 권위를 은근히 자기 발아래 두려는 듯한 염상섭의 의중이 느껴져 입가에 웃음을 띠게 된다. 하지만 구십여 년 전, 「숙박기」의 주인공 변창길이 걷던 닛포리는 지금과는 전혀 다른 분위기였다. 창길은 관동대지진 이후 조선인이라는 이유로 하숙을 구하지 못해 금방 눈이 쏟아질 듯 음산한 날에 발이 부르트도록 거리를 헤매고 다녀야 했다. "언 땅이 녹아서 질척거리기는 하지마는 고요한 묘지 사이로 휘더듬어서"라거나 "숯집 문 앞에 쌓인 숯 더미에 '빈방 있소'라는 마분지 쪽이 매어 달렸다"라는 구절을 보면 어쩐지 일본인 학자나 이은상의 말이 아니어도 그곳이 닛포리였을 것만 같은 생각이 들었다. 그것은 이태준의 산문 「도향(稻香) 생각 몇 가지」에서도 확인되었다. 「물레방아」와 「벙어리 삼룡이」의 작가 나도향이 폐병과 가난, 실연의 상처에 견디다 못해 유서 소동을 벌인 곳이 곧 닛포리에 있던 염상섭의 하숙방이었다. 바람에 꽃잎이 흩날리던 어느 봄날 동백보다 더 붉은 꽃잎이 도향의 입에서 길바닥에 툭 떨어진 곳도 닛포리역 건너편 동산이었다.

할아버지에 대해서는 아무런 기록이 없지만—그 점에서 작가의 존재에 다시금 눈길이 가게 된다—염상섭의 소설 덕분에 시기는 좀 다르지만 그도 변창길과 비슷한 심정으로 그 거리를 걸었을 것이라는 유추를 해볼 수 있다. 중앙로를 따라가면 원단 가게며 중고의류매장이 늘어서 있는데다 물가가 비교적 싸서 노동자들이 살 만한 곳이었을 것 같았다. 그리하여 나는 탈출을 원하면서도 한편으로는 잡혀 있고 싶어 하는 이 율배반적인 심정으로 닛포리에 머물고 있었다.

그런 내 가슴에 탈출의 욕구를 맨 먼저 싹트게 한 것은 박태원의 중편 「반년간」에 나오는 주인공 철수였다. 철수는 염상섭의 주인공과는 달리 대지진 이후 한창 개발 붐이 일던 신시가지 아스팔트 위에서 중요한 것을 목격한다. "주검과 같이 가혹하고 얼음장같이 싸늘한 도회의 외각"을. 그는 백화점과 요리점, 카페, 영화관과 댄스홀과 같은 건물 사이를 전차, 자동차, 자전거가 끊임없이 다니는 거리 풍경을 본다. 그러고는 "그보다도 더 무서운, 오— 군중의 대홍수"에 눈이 휘둥그레진다. 유곽과 유흥가의 찬연한 네온사인 아래에서 "비약하는 근대의 불량성"을 보기도 한다.

같은 하숙생이어도 박태원 소설 속의 철수는 염상섭의 소설에 나오는 창길과는 사뭇 다른 입장이었다. 주인에게 또 퇴짜를 맞을까 노심초사하는 것이 도쿄 동쪽 지역 닛포리에 살던 변창길의 처지였다면 철수는 서쪽 근교인 스기나미구 고엔지에서 하숙집을 마음껏 골라서 들어갈 수 있는 유리한 위치에 있었다. 또 철수는 주인집 딸에게 「신연애술」이라는 소설로 영어 교습을 해주면서 곧 그녀에게 연모의 대상이 된다. 하지만 철수는 결코 그 여자에게 단 한 번도 "사랑하고 싶다는 유혹을 느낀 일이 없었다"고 고백하고 있다. 단지 어쩌다 "자기 품에 내어던져진 여자의 온몸을 온몸으로 껴안았"다가 자신이 오직 "여자의 육체만을 상념 삼고 발흥하였"다는 것을 시인하고는 여자를 품에서 놓아주고 만다. 그러고는 최근에 취업을 해 온, 카페 오모이데의 "매서웁게 예쁜" 조선인 여급 미사코에게 한눈에 반해 무사시노칸에서 함께 애니메이션 「미키마우스」를 보고, 신주쿠 일대를 돌며 데이트를 즐긴다.

철수의 태도에서 내가 영 마뜩지 않았던 것은 데이트를 하면서 혹시라도 들킬세라 끊임없이 남을 의식하고 죄의식을 느낀다는 점이었다. "유학을 온 녀석이 여자와 영화관이나 드나들며 연애질이나 한다고 손가락질 당할까" 봐서다. 지식인의 어떤 부채 의식일 거라는 추측은 해보지만 요즘 세대인 나로서는 좀 이해가 되지 않았다. 물론 소설에는 남의 책을 훔쳐 팔아먹다 체포되는 조선 청년도 등장하고 하숙집 담장 밖에서는 자주 휘파람에 얹은 아리랑 곡조도 들려온다. 휘파람 소년은 오른발을 절고 있다. 이런 서글픈 분위기에도 불구하고 박태원의 「반년간」에는 핑크빛이 살짝 어리고 있다. 하지만 염상섭의 「숙박기」는 "비 오는 날 뺨을 스치는 찬바람을" 맞으며 헤매다 "쓸쓸하고 설운 증이 목 밑까지 치받치는 것을 깨닫"는 것으로 끝이 난다.

이렇게 해서 나는 도쿄에 머무는 내내 변창길과 철수, 그리고 내 할아버지의 모습이 눈앞에 어른거려 못내 마음이 편치 못했다. 빨리 어디론가 달아나고 싶었다. 그토록 공부하고 싶었던 1920~30년대 동경 유학생들의 행적이었는데 막상 그들의 뒤를 쫓다 보면 외려 깊은 비애감만 느낄 뿐이었다. 무엇보다도 나는 이태준, 염상섭, 황석우 등 많은 유학생들이 노출되었을 새로운 사상에 관심이 갔다. '지배하는 자가 없음'이라는 뜻을 지닌 그것은 혼돈 속에서도 아래로부터 균형을 잡으며, 생생하게 '살아 있고, 언제나 변화하는 야성적이고 아름다운 춤'으로 표상되는 아나키즘이었다. 그것은 예술이란 생명과 개성의 발로라고 했던 염상섭의 주장과도 일맥상통하는 것이었다. 하지만 일차 대전 이후 열린 파리강화회의가 약소국의 독립은 아랑곳없이 강대국 간의 이권 나눔으로 끝나자 그는 분노했다. 그런 상황에서 두 나라 지성들은 고치마치 유라쿠초역 부근에 있던 이와사키 오뎅집에서 머리를 맞대고 제국주의와 민족주의, 공산주의로부터도 벗어나 이상향을 건설하기를 꿈꾸었다. 나의 역량이 좀 더 늘어나 그들에 대한 연구를 할 수 있는 경지에 갈 수 있게 된다면 더 바랄 게 없을 것 같았다. 그들의 꿈이 비록 이룰 수 없는 한때의 환상이었다 할지라도.

하지만 그것은 좀 더 먼 훗날의 내 포부일 뿐이고 당장 이번 세미나에서 내가 바란 것은 단지 아주 작은 바람이었다.

그 시대를 복원해 오랫동안 반목하고 있는 도쿄라는 도시 공간과의 실낱같은 대화의 물꼬라도 터보자는 것. 상대는 어떤 개인과의 소소한 담소라도 좋았다. 그런데 세미나의 분위기는 너무나 진중해서 나의 그런 작은 소망을 내비치기조차 민망한 상황이었다. 솔직히 나는 그런 무거운 세미나에서부터 도망치고 싶었다. 거기에다 J교수의 한마디는 탈출하고픈 마음에 불을 질렀다.

"그동안 수고 많았는데 니가타 쪽으로 여행이나 하고 돌아오지. 설국도 보고. JR 패스, 모바일로 첫 티켓팅을 하면 거의 절반 가격이니까."

그래서였을까. 일행이 어제 먼저 서울로 돌아가자마자 나는 무작정 도호쿠행 신칸센 열차에 올랐다. 피곤이 몰려와 두어 시간 깜빡 잠들었다가 깼더니 눈의 나라 니가타에 와 있었다. 낭패였다. 원래 목적지는 소설 『설국』의 무대로 니가타 훨씬 못미처에 있는 작은 도시 유자와였다. 반대 방향 열차를 타고 유자와역에 도착했을 때는 이미 오후 다섯시가 넘어 있었다. 역 구내 관광안내센터를 찾아가 숙소 예약을 부탁했다. 흰마스크 속에서 웅얼거리는 여직원의 말에선 '신칸센'이란 단어만 들렸다.

내가 의아한 표정을 짓자 그녀는 태블릿 피시에다 뭐라고 말을 하더니 내 앞으로 들이밀었다. 태블릿에 통역사가 나왔다.

'오늘은 주말이라 숙소를 구하기 어렵습니다. 신칸센은 밤

늦도록 다니니까 돌아가셨다가 다음에 예약하고 오시지요.'

계획 없이 충동적으로 떠나온 대가였다. 맥이 풀린 나는 창밖의 굵은 눈발을 바라보며 혼잣말로 웅얼거렸다. "어디 온천이라도 있을 텐데." 그때 흰 마스크를 쓰고 뒷짐 지고 서있던 남자 직원이 내 말을 알아들었던지 여직원에게 무어라고 귀뜸을 했다. 어딘가로 전화를 하고 난 여직원이 제법 자신 있는 목소리로 간단한 영어를 섞어 말했다.

"독방 노, 온리 공동 숙소 오케이?"

그렇게 해서 택시를 타고 십여 분 달려온 곳이 삼사층쯤 되는 이곳, 겐코랜드였다. 숙박비가 일반 호텔의 십분의 일도 안 되는 가격이었다. 돈을 내고 온천장 로커 열쇠를 받은 나는 택시를 좀 불러달라고 했다. 행선지를 묻는 말에 '다카한 료칸'이라고 입을 떼자마자 프런트 여자의 표정이 돌변했다. 돈을 다시 돌려주며 당장 나가라는 거였다. 양다리 걸치기는 질색이라는 눈치였다. 거기는 이미 방이 없다는 걸 확인했으니 『설국』의 작가 야스나리의 전시관만 보고 돌아온다고 해도 막무가내였다. 회색빛 하늘이 점점 어둑해지고 자동차 소리도 끊어졌다. 어렵게 얻은 숙소에서나마 쫓겨날까 두려웠다. 슬며시 꼬리를 내리고는 삼층 숙소로 터덕터덕 걸어 올라갔다.

부당하게 홀대받는다는 느낌은 머릿속에서 다시 염상섭의「숙박기」를 불러냈다. 변창길이 조선인인 것을 알아챈 하숙집 주인들은 선금을 요구하기도 하고 얼토당토않은 트집을 잡기도 한다. 심지어 변(卞)이라는 글자 모양을 두고 "기둥에 붙은 파리인지 뭔지 희한한 성씨도 다 있다"거나 "논두렁의 허수아비 같은 재수 사나운 성(姓)"이라며 조롱까지 한다. 거기 비하면 내가 겪은 일은 아무것도 아니었다.

잠자리에 누운 채 한참 상념에 잠겼던 나는 조용히 배낭을 챙겨 일층으로 내려갔다. 전세 낸 듯 혼자서 느긋하게 온천을 하고 이층 식당으로 올라갔다. 손님은 아무도 없었다. 창가 자리로 가서 얌전하게 앉았다.

창밖은 그야말로 도쿄와는 전혀 딴 세상이었다. 간밤에 포근한 극세사 담요를 깔고 덮고 잠도 잘 잤지만 창밖의 하얀 세상을 보자 머리가 개운해지는 느낌이었다. 두툼한 흰색 외투를 입은 숲과 집들은 눈의 위세에 눌려 폭삭 주저앉은 것처럼 보였다. 담장 위에 수직으로 쌓인 눈의 두께는 아마 칠팔십 센티미터도 넘을 듯했다. 도로에선 자동차 소리 하나 들리지 않았다. 소리 없이 소록소록 쌓이는 눈을 바라보며 생각했다. 머리가 지근거리던 일주일 동안의 도쿄 체류 끝에 내가 그토록 갈구했던 것이 바로 이런 것이었구나. 어쩌면 눈은 더 두텁게 쌓여야 하는지도 몰랐다. 영문도 모를 근심 걱정이 매의 발톱처럼 금세라도 나를 낚아챌 듯 도사리고 있던 그 도시와 완벽하게 차단되기 위해.

잠시 후 중년 여자가 식탁을 세팅하러 다가왔다. 간단한 영어니까 알아들을 줄 알고 물어보았다.

"식권은 어디서?"

일본어로 무어라고 하는데 통 알아들을 수가 없었다. 어제 관광안내소 여직원처럼 표준말로 또박또박 말하면 나도 웬만큼 알아들을 텐데. 아마도 옛날 말이 많이 섞인 도호쿠 사투리 때문인가 보았다. 그저 '쁘런또' 한마디만 들렸다.

"프런트에서요?"

재차 묻는 말에 무슨 대답이 나왔는데 도무지 요령부득이었다. 약간 짜증이 나려는 것을 겨우 누르고 있을 때 뒤에서 또렷한 영어가 들려왔다. 젊은 남자 목소리였다.

"로커 키 번호만 보여주세요. 계산은 체크아웃 할 때 프런트에서."

목소리 나는 곳으로 고개를 돌려보았다. 검은색 바바리코트에 스포츠머리를 한 말쑥한 젊은 남자가 창가에 앉아 있었다. 테이블 두 줄을 건너 나와 마주 보는 자리였다. 짙은 눈썹에 수염을 말끔하게 깎은 모습이 무척 단정해 보였다. 무던한 얼굴에 서글서글한 눈매가 화통한 성격임을 말해주는 듯했다. 고맙다고 인사를 했더니 그는 덤덤하게 "유아 웰컴" 하고 받았다. 말이 통하는 사람이 생겨 반가웠지만 호들갑으로 보일까 봐 내색은 하지 않았다. 아침을 먹고 나서는 다카한을 가야 할 텐데 걸어가도 되려나, 하고 있을 때 그가 말을 걸어왔다.

"한국에서 오셨습니까?"

"네, 서울에서요."

"네에. 유자와에는 어떤 일로……"

"아, 야스나리 작가가 묵었던 다카한 료칸을 보려고요."

"아하, 거기요? 어디, 거리를 한번 볼까요. 실은 저도 아직 가보지 못했는데."

마치 내 마음을 읽은 것처럼 그는 휴대폰으로 검색을 하더니 손짓으로 나를 불렀다.

"자, 보세요. 여기서 구백 미터 거리군요. 먼 거리는 아니지만 절대 도보로 가시면 안 돼요. 위험합니다. 지금 눈이 허벅지까지 푹푹 빠져요. 눈 그치고 제설 작업 끝난 뒤에 택시를 불러 타고 가셔야 해요. 가끔 눈 치우고 나면 꽁꽁 언 시신들이 발견되기도 하거든요. 시타이(死體)."

그 말에 내 머리 밑이 쭈뼛했을까 봐 염려되었던지 그는 입가에 가벼운 미소를 지었다. 그 미소가 좀 짓궂다는 느낌이 들자 별안간 분위기가 추리소설로 바뀌었다. '다카한을 보러 갔다 실종된 한국 대학원생' '마지막 목격자인 도쿄의 회사원 참고인 조사', 신문의 헤드라인이 눈앞에 보였다. 쓸데없는 상상을 떨쳐버리려고 얼른 화제를 돌렸다.

"혹시 여기 어디 충전할 데 없을까요?"

"아 폰 배터리요?"

그는 자기 스포츠 백에서 어른 주먹 두 개 크기만 한 흰색 휴대용 충전기를 꺼냈다. 준비성이 꽤나 좋은데 뭐 하는 인물일까 생각하며 휴대폰을 맡기고 내 자리로 돌아왔다. 가만히 있자니 내가 좀 깍쟁이 같은 느낌이 들었다.

"혹시 스키 타러 오신 건가요?" 군살 없이 탄탄한 체격에 눈길이 가서 물어보았다.

"네, 주말에 여길 오지 않으면 몸의 배터리가 충전되질 않거든요. 그래서 다음 주 근무할 때 허덕이게 되죠. 가라다노 바테리."

'몸의 배터리'란 말을 속으로 따라 하며 나는 눈 내리는 창밖을 망연히 바라보았다. 눈은 가만가만 조신하게도 내렸다. 아까는 함박눈이더니 금세 싸락눈으로 바뀌었다. 그러다 조금 뒤에는 밀가루처럼 고운 가루눈으로 바뀌었다. 그때 왠지 이 순간을 어딘가 새겨두어야 할 것만 같은 생각이 들었다. 이국땅에서 낯선 사람을 만나 마주 보고 얘기를 나누고 서로 필요한 도움을 주고받는다. 두 남녀의 모습이 이대로 눈 속에 박제가 되어도 괜찮을 듯했다. 십여 분 동안 창밖만 바라보자니 대화가 끊긴 게 꼭 나 때문인 것 같아 뭐든 물어봐야만 되었다.

"혹시 일행 있으세요?"

"네, 아이들 스키 레슨을 해야 하는데, 눈이 그치지 않네요. 꼭 무슨 일이라도 낼 것처럼."

"아, 그래서 숙소에 아이들이……"

내 말에 그는 나를 한번 쓱 훑어보더니 낮은 목소리로 물었다.

"어젯밤, 혹시 삼층 공동……"

나는 웃으면서 고개를 끄덕였다. 그도 멋쩍은 듯 씽긋 웃었다. 그가 했던 '무슨 일이라도 낼 것처럼'이라는 말이 머리에와 꽂혀서는 좀체 떠나지 않았다. 침묵이 어색해진 나는 얼떨결에 ○○대학 국문학과 대학원 홍여주라고 내 소개를 해버렸다. 기다렸다는 듯 그도 쇼헤이 오하타라고 이름을 대며 악수를 청했다. 명함을 건네주며 아예 짐을 들고 자기 앞자리로 옮기라고 했다. 나는 자리를 옮기면서 명함을 보고 말했다.

"어머 손다이 림코라면 메타버스 속 4차원 가상현실 프로그램 제작사잖아요. '윈터 레슨'이나 '연애 파라다이스' 같은 프로그램 만드는. 재미있겠어요. 혹시 개인용 맞춤 제작도 해주나요? 연애 프로?"

"그럼요, 물론이죠. 그동안은 마케팅용만 주로 해왔지만 요즘은 연애 프로 주문도 늘어나고 있어요."

"그럴 거예요. 이 시대 솔로들에게는 가상 연애가 구원이죠."

"저도 처음엔 그런 줄 알았어요. 근데 슬슬 회의가……"

"혹시 기술적인 한계 때문에요? 오리지널 음성 구현 같은."

"아뇨, 그런 것쯤은 인공지능으로 다 해결돼요. 음성합성 기술도 있고요."

"그거 어떻게 하는 거죠?"

"여주 씨가 어떤 가수나 배우를 좋아한다고 쳐요. 그럼 먼저 그 가수의 목소리를 녹음해둬요. 그러면 AI가 그 가수의 말투나 어조, 음색을 정확하게 분석하죠. 그러고 나서 어떤 말을 AI에 입력해요. 그러면 AI가 그 정보를 합성해서 그 가수의 음성으로 바꾸어줘요. '여주 씨, 우리 이번 휴가 때 어디로 여행 갈까요? 프라하, 아님 뉴욕?' 이렇게요. 두 사람의 데이트 장면을 드라마로 찍은 영상에다 목소리까지 입히면 더할 나위 없는 환상적인 연애 프로가 되죠."

그때 아주머니가 주문을 받으러 왔다. 나는 샐러드가 곁들여진 연어구이 백반을, 그는 날계란에 명란젓과 새우튀김이 나오는 백반을 주문했다. 식사가 나오자 나는 연어를 절반 뚝 잘라 그의 접시에 놓아주었다. 그는 "굿 초이스"라고 하면서 새우튀김 두 개를 내게 주었다. "니기타의 명물인 분홍색 난반에비인데 입에서 살살 녹는다"는 말도 덧붙였다. 그는 날계란을 툭 깨서 밥에 넣고 잘 비빈 다음 밥공기를 들고 젓가락으로 맛있게 먹었다. 그 모습이 재미있어 흘끔흘끔 훔쳐보았더니 그는 두번째 계란을 내게 건네며 말했다.

"한번 맛보세요. 이 동네 계란은 특별히 신선하고 맛있어요. 뜨거운 밥에 비벼 먹으면 아주 고소하죠."

시골에서 생산된 날계란으로 밥을 비벼 먹는 도쿄의 프로그래머라니. 색다른 미각이라는 생각이 들었다. 먹는 것을 주거니 받거니 하고 있자 문득 지지리도 가난하고 배고팠던 염상섭과 그 패거리들이 생각났다. 실은 세미나 기간 동안 도쿄의 맛집을 골라 다닐 때마다 그들의 모습이 떠오르곤 했다. 니시닛포리의 주류 무한 리필 해물탕집에서 배가 터지도록 새우와 조개, 해삼, 전복을 건져 먹을 때도, 닛포리의 미슐랭 라멘집인 '부라리'에서 소주 안주로 안성맞춤일 듯한 걸쭉한 닭 국물을 들이켤 때도.

그들은 늘 배가 고팠다. 한번 얻어먹은 것이 있으면 빨리 배가 꺼질까 봐 몇 끼가 지나도록 하숙방에서 몸으로 내 천 (川) 자를 쓰며 "사팔뜨기 눈을 흘겨 뜨고 그린 듯이 누워" 지냈다는 염상섭, 양주동, 그리고 문학청년 모(某)씨였다. 김지원이라는 화가의 아이디어로 시작된 이 '벽 소화법(僻消化法)'은 배 속에 음식을 오래 남겨두기 위해 되도록 소화되는 것을 지연시키는 작전이었다. 오죽하면 하숙집 벽에 '움직이면 손해다'라는 뜻의 '동즉손(動則損)'이란 글귀를 써 붙여놓기까지 했을까.

염상섭 전문가인 K교수를 따라 조시가야 묘지에 있는 소세키의 무덤을 찾아갔을 때 J교수는 일행에게 수수께끼 하나를 냈다.

"그때 염상섭 일당이 소세키의 묘를 방문했을 때 어떤 이야기를 나누었을 것 같나?"

나는 순간 생각나는 대로 내뱉었다.

"염상섭은 아마도 이렇게 말했겠죠. '소세키처럼 큰 문학가가 되어 노벨상을 타겠다.'"

일행에게서 모두 탄식 같은 웃음이 나왔다. 그들의 반응을 보며 내가 너무 작가에게 실례되는 말을 한 것은 아닐까 염려되었다. 하지만 염상섭이 정말 그랬다면 그 말을 하고 나서 나처럼 머쓱해지지 않았을까. 억압받는 식민지 백성으로서 식민 종주국에 와서 어쭙잖게 그 나라 작가를 선망하는 자신의 모습이라니. 더구나 그는 게이오대 재학 중에 오사카 덴노지 공원에서 발표할 독립선언문을 작성한 인물이었다. 그 순간 나는 J교수의 얼굴이 심하게 일그러지는 것을 보았다. 가슴이 미어지는 듯한 그 표정을. 한참 그때 생각에 빠져 있던 나는 쇼헤이의 질문을 받고서야 다시 현실로 돌아왔다.

"저어, 날계란 밥 어때요. 입에 맞으신지……"

"아, 네에, 생각보다 꽤 맛있는데요. 계란이 아주 신선해요."

얼떨결에 입에서 나오는 대로 대답을 하고 나서 보았더니 어느새 커피 잔이 내 앞에 와 있었다. 내가 생각에 잠긴 사이에 그가 가져온 모양이었다. 아까 미루어두었던 질문이 생각났다.

"근데, 이해가 안 돼요. 주문이 폭주한다면서 왜 가상 연애 프로 제작에 회의를……"

"아, 그거요?"

그는 씽끗 웃더니 천천히 커피를 한 모금 마시고 나서 말을 이었다.

"저어, 혹시 그 프로그램 주문하려는 건 아니죠? 그렇다면 먼저 돈부터 왕창 벌어놓으시죠."

"뭐 돈이 문젠가요? 꿈에도 그리던 가수나 배우가 내 곁에서 나를 즐겁게 해주는데요. 키스도 하고 섹스도 나누고 단둘이서 멋진 곳으로 여행도 다니고요. 그야말로 파라다이스가 펼쳐지잖아요. 그 안경만 쓰고 있으면요."

"바로 그게 문제죠. 그 가상 증강현실 안경만 벗으면 외롭고 초라한 자기 자신으로 돌아오니까요. 주머니는 빈털터리가 돼 있고요. 연예인 초상권료나 음성 저작권료가 얼마나 되는지 아세요? 재벌 아니면 감당하기 힘들어요."

"어차피 하룻밤의 꿈, 한 줄기 바람 같은 인생인데 안경 쓰는 몇 시간 동안만이라도 행복하면 된 거 아닌가요?"

"와, 미래의 고객님. 알아 모시겠습니다."

능청스럽게 상대를 예우하는 척한 뒤 그는 내 얼굴을 향해 검지로 크게 동그라미를 치면서 말했다.

"오호, 위험 인물군. 우리 회사야 좋지만 여주 씨도 디지털 네이티브, Z세대군요."

그 말에 내가 아무 대꾸도 하지 않자 삐진 줄 알았던지 그가 금세 다시 말을 걸어왔다.

"아, 너무 걱정 말아요. 그런 분들을 위한 치료 프로그램이 있으니까요. 일종의 해독제죠. IT 회사들이 힘을 합해 주말에 여는 오프라인 프로그램인데, '언덕 비비기'라고 해요. 거기 오세요."

그 말을 하며 그는 양팔로 스키 타는 시늉을 했다.

"언덕 비비기요?"

"네, 세상의 미친 속도에서 벗어나 아주 느리게 살면서 몸을 충전시키는 건데요. '언덕에서 뒹굴기'라는 뜻이죠."

"그거 병 주고 약 주기군요. 하긴 저도 스마트폰 중독이에요. 틈만 나면 게임을 하거나 유튜브만 들여다보니까요. 거기선 주로 어떤 걸 하죠?"

"네, 맞아요. 병 주고 약 주기. 문명이란 게 원래 그런 거니까. 겨울엔 스키나 눈썰매를 타면서 진짜로 언덕을 비비고, 여름이면 시냇물에서 미역 감고, 다슬기 잡고, 강에서 래프팅……"

"그런 건 전통적으로 다 하던 것들이잖아요. 벚꽃 마츠리에서 꽃비를 맞는 것 같은."

"그런데 우리 프로엔 전통을 넘어서는 '플러스알파'가 있어요."

'알파'라는 말을 할 때 그는 엄지와 중지를 튕겨 '딱' 소리를 냈다.

"알파요?"

"네. 언덕 비비기에 반드시 곁들여지는 거죠."

"그게 뭘까요?"

"궁금하시면 직접 참여해보시죠. 디지털 중독에서 탈출하려면 거기에 빠졌던 시간만큼이나 언덕 비비기에 투자해야 돼요. 말하자면 현대의 속도에 휘말려 우리 모두가 잃어버린 자연의 리듬을 되찾는 과정이랄까."

"그런가요? 아무튼 쇼헤이 씨 애길 들으니까 미래에는 남녀 간의 데이트도 사랑도 모조리 디지털 기술로 충족시킬 수 있고, 또 그러다 디지털에 심하게 중독이 되면 또 다른 프로그램으로 해독……"

"쉿!"

그 한마디로 그는 내 입을 막고는 오른손을 펴서 들어 올렸다. 나는 그와 하이파이브를 하고 나서 그가 가리키는 창밖을 바라보았다. 눈이 펑펑 쏟아지고 있었다. 유난히도 함박눈을 좋아하는 모양이었다. '쇼헤이 씨' 하고 처음으로 이름을 불러보았는데 입에서 나오는 소리의 느낌이 제법 괜찮았다. '소세키'라는 이름보다는 훨씬 고상하게 들린다 싶어 나는 혼자 실없이 킥킥댔다. 내가 웃는 이유도 모르면서 그도 따라 웃었다. 이제 함박눈이 우리 둘의 모습을 박제하는지 우리가 눈 오는 날의 유자와를 박제하고 있는지 알 수 없었다. 조금도 지루하거나 따분하지 않았다. 우리는 진정 눈의 강림에 참여하면서 오로지 거기에만 집중해 있었다. 오늘 유자와의 함박눈은 마치 서울에서 온 홍여주와 도쿄에서 온 쇼헤이가 없이는 완성되지 않는다는 듯이. 그 순간 얼핏 우리는 이 대지에 발을 딛고서 모든 것을 받아들이면서 우주의 운행에 충실하게 참여하고 있는 것은 아닐까, 하는 느낌이 들었다. 그러다

가도 내 머릿속에서는 야릇한 추리소설이 써지고 있었다. 오늘 같은 폭설에는 '무슨 일이라도 낼 것처럼'이라던 그의 말이 실제로 이루어질지도 모를 일이었다. '서울에서 온 이십대 여, 눈 속의 실종' 기사는 좀 더 구체적이 된다. '마지막 목격자. 참고인에서 피의자로.' 내 머릿속에서 십여 분 넘게 펼쳐지던 추리소설은 그가 끼어들면서 중단되었다.

"아까 가상 연애 프로그램 얘길 하셨죠? 어떤 목소리를 원하시는지 알려주세요. 연습 삼아 도전해보게요. 기계로는 좀체 합성해낼 수 없을 듯한 우아하고 아주 개성적인 목소리."

그 말에 대뜸 아침부터 듣고 싶었지만 배터리가 닳을까 봐 애써 참았던 노래가 생각났다.

"아, 있어요. 우선 이 가수부터."

얼마간 충전이 된 내 휴대폰에서 노래를 찾아내 이어폰 한쪽을 그에게 건넸다. 우리는 이어폰을 나누어 끼고 같은 음악을 들었다. 몇 분이 지났다.

"그대는 나의 안식, 그대는 나의 평화. 슈만의 「헌정」이군요. 헤르만 프라이가 노래하는."

그가 한 소절을 허밍으로 따라 하더니 말했다.

"사실 저는 이 곡, 피셔 디스카우 노래로 자주 들었어요. 발음이 좀 더 또렷해서요."

"맞아요. 저도 그랬어요. 초기에 가사 익힐 땐요. 그다음엔 아니에요."

의외라는 듯 그가 고개를 갸우뚱했다. 웬일인지 내 입에서는 말이 저절로 술술 풀려나왔다.

"헤르만 프라이는 좀 달라요. 따뜻하고 부드러운 음색을 지녔어요. 거기에다 표현이 풍부하고 서정적이에요. 무엇보다도 즉흥적인 흥취가 나죠. 레가토는 또 얼마나 유려한데요. 아이쿠, 또 잘난 척. 실은 잘 몰라요. 제 별명이 '난 척'이에요."

"난 척요?"

"네. 쥐뿔도 모르면서 잘난 척하는 인간요. 조심하세요. 사기꾼인지도 몰라요."

내가 말하고도 깜짝 놀랐다. 너무 스스럼없이 촐랑댔나 걱정하고 있을 때 그가 내 낯을 구해주었다.

"와 좋은데요. 제멋에 겨워 잘난 척하며 살기. 사는 데 무슨 정해진 규칙이 있는 건 아니니까."

"거봐요. 벌써 당했잖아요. 걸려들었어요."

"그런 거라면 기꺼이. 어쨌든 좋은 도전 거리 주셔서 고맙네요. 어쩜 귀가 그리 예민하신지……"

"컨설팅료 받아야겠는데요. 사실 제 이상형은 한국의 어떤 발라드 가수예요. 그래서 소리에는 좀 예민한 편이죠."

그때 재잘거리는 소리와 함께 십여 명의 아이들이 몰려 들어왔다. 운동선수인 듯한 건장한 체격의 청년이 인솔하고 있었다. 그는 쇼헤이에게 다가와 걱정스런 얼굴로 무슨 말을 한 뒤 아이들 쪽으로 갔다. 쇼헤이가 통역하듯 일러주었다. 여자

보조강사가 도쿄에서 승용차로 출발했다가 도중에 폭설로 발이 묶였다고. 안전요원인데 그 사람이 빠지면 규칙상 야외 수업은 할 수 없게 되어 있다고. 일이 꼬인 것은 그쪽만이 아니었다. 나 역시 다카한 바로 코앞까지 와서 발이 묶여 있었다. 근심 어린 얼굴로 창밖만 바라보고 있자 그가 조심스레 물어왔다.

"저어, 한 가지 궁금한 게 있는데. 여쭤봐도 실례가 되지 않을지……"

그러고는 내 표정을 살폈다.

"무슨 말씀인데요? 하세요. 괜찮아요, 뭐든."

"여주 씨는 무척 명랑하고 발랄하세요. 그런데 대화 중에 자주 사색에 잠기는 것 같던데. 멜랑콜리라고나 할까……"

멜랑콜리, 나는 그 말에 흠칫했다. 내 얼굴에서 그늘을 읽은 것일까. 무슨 사연이라도 있는 여자로 비친 걸까. 하긴 그랬다. 수십 년 전 도쿄 근처 강변에서 자갈을 채취하고 등짐을 지느라 허리가 휘었던 할아버지, 닛포리를 헤매던 「숙박기」의 창길이, 연애를 하면서도 항상 죄의식에 시달리던 「반년간」의 철수, 그들의 혼이 모두 내 안에 드리운 그늘이라면 그늘이었다. 하지만 그 사연을 미주알고주알 까발리기란 쉽지 않았다. 그러다 나도 몰래 툭 내뱉고 말았다.

"제가 그랬나요? 사실은 저, 사연이 하나 있어요. 옛날에 저희 할아버지께서 도쿄 근처에 있는 다마강에서 자갈을 채

취하셨대요. 나중에는 닛포리 여러 공사장에서 등짐도 지셨고요. 결국 몸을 다쳐 병상에 계시다 고향으로 돌아오셨지만."

내 말 도중에 그는 "오 저런" 하고 미간을 찌푸리며 짧은 한숨을 쉬었다. 나는 나머지 말을 마무리했다.

"한 줌 재로 변해서요."

그는 자못 엄숙한 표정으로 말했다.

"할아버님께 영원한 안식을. 이제 알겠어요. 제가 발을 딛고 다니는 도로와 타고 다니는 전철의 철로에도 여주 씨 할아버님이 캐신 자갈이 들어 있다는 걸."

그저 인사치레려니 생각하면서도 이상하게 그 말에 가슴이 먹먹해왔다.

"참 저희 회사는 JR 야마노테선 메구로역 부근에 있습니다. 도쿄역에서 여덟번째 정거장이죠. 놀러 오시면 전철역마다 숨어 있는 맛집을 소개해드릴게요."

그러면서 그는 처음으로 활짝 웃었다. 할아버지 이야기는 그의 가슴에 잔잔한 파문을 일으킨 듯했다. 나는 또다시 입을 다물고 속으로 기어 들어갔다. 그러자 별의별 생각들로 머릿속이 어지러워졌다. 할아버지 얘기를 이렇게 편하게 꺼냈듯 언젠가는 「숙박기」의 주인공 창길이 얘기도 그에게 마음 편히 건넬 수 있을까. 또 「반년간」의 철수 이야기와 고치마치 유라쿠초역 부근 오뎅집에서 있었던 두 나라 아나키스트들의 밀회 얘기도. 그렇게만 된다면 꽉 막혀 숨도 쉬지 못할 듯

하던 왕년의 답답한 상태에서는 적어도 탈출하는 게 아닐까. 순간 뭔가가 머리를 스쳤다. 어쩌면 그러기 위해 먼저 도쿄를 벗어나 이 눈의 나라에 와야만 했는지도 모른다. 다카한의 야스나리에 앞서 도쿄 청년 쇼헤이를 먼저 만나도록 누군가가 나를 이곳으로 인도한 듯했다. 둘이 만나 이미 지나간 시간이 아닌 앞으로 다가올 시간에 대해 이야기하라고. 눈을 감고서 이런저런 생각에 잠겼다. 한참 뒤 눈을 떠보니 쇼헤이가 사라지고 없었다. 눈길은 저절로 창밖으로 가서 꽂혔다. 앞마당에는 검은 바바리코트에 왕방울이 달린 스키 모자를 쓴 키 큰 남자가 두 팔을 벌리고 서서 눈을 맞고 있었다. 길 건너 보이는 우람한 산을 향해서였다. 그것은 마치 눈을 맞이하는 설국 사람들의 어떤 의식처럼 보였다. 문득 조금 전 그에게서 들었던 '플러스알파'라는 말이 생각났다. 디지털 해독제인 '언덕비비기' 프로그램에 반드시 곁들여져야 한다는.

아이들은 밖으로 나가겠다며 보조강사를 졸라댔다. 강사는 아이들을 달래느라 애를 쓰고 있었다. 나도 모르게 눈길이 창밖의 그에게로 갔다가 실내의 아이들 쪽으로 갔다가 하고 있었다. 초등학교 사오학년쯤 된 아이들은 바로 내 조카 또래였다. 두 팔 벌리고 서 있는 쇼헤이의 머리와 어깨 위에도, 그의 앞에 버티고 선 거대한 흰 산에도 눈은 하염없이 계속 내리고 있었다.

참고 자료

김윤식, 『염상섭 연구』, 서울대출판부, 1999.

김광렬, 「관동대지진 이후 일본의 제도(帝都)부흥사업과 한인 노동자—건축자재 자갈의 공급을 중심으로」, 『한일민족문제연구』, 2016.

박진숙, 「이태준 초기 연보의 재구성과 단편소설 「누이」에 대한 고찰」, 『현대소설연구』 69호, 2015.

이종호, 「염상섭 문학과 사상의 장소—초기 단행본 발간과 그 맥락을 중심으로」, 『민족문화학회』 46권 46호, 2014.

한기형, 「초기 염상섭의 아나키즘 수용과 탈식민적 태도」, 『한민족어문학』 43집, 2003.

황금소로

마스크 사는 것을 포기하고 막 돌아선 순간 소희는 멈칫했다. 눈앞에 뜻밖의 얼굴, Y가 보였기 때문이다. 그는 책에 몰두하느라 앞사람과 보조를 맞추지 못해 혼자 줄에서 툭 튀어나와 있었다. 눈을 비비고 다시 보아도 그가 분명했다. 어릴 적부터 이웃에서 오누이처럼 자랐고, 커서는 세상에 둘도 없는 커플이 되었지만 어쩌다 헤어진 뒤로는 오랫동안 만나지 못한 사람. 그는 소희로부터 일곱번째쯤 뒤에 서 있었다. 앞사람과의 사이는 1.5미터, 그와의 거리는 약 10미터쯤 되었다. 마스크 5부제에 따라 출생연도 끝자리가 해당되어 일인당 두 장은 살 수 있는 자격이 주어진 날. 그녀 앞으로는 수십명, 뒤로는 끝이 보이지 않을 만큼 긴 줄이 보도를 따라 늘어서 있었다. 서울에서 첫 코로나19 확진자가 발생한 지 한 달 만에 전국적으로는 칠천 명을 훌쩍 넘어섰고 그중 사분의 삼이 대구 신천지교회 신자로 집계된 날이었다. 서울에서는 대놓고 '대구 봉쇄'란 말까지 나왔지만 시민들은 조용히 집에 머물렀고 단지 마스크를 살 때만 밖으로 나와 줄을 섰다. 어느 외신의 보도대로 '대구에는 공황도 폭동도 두려움에 떠는 군중도 없다. 다만 차분한 절제와 고요가 있을 뿐'이었다. 소희는 자신이 마스크 줄에서 돌아선 이유를 확실히는 알 수 없었다. 이 나이에 좀 더 오래 살아보겠다고 아등바등 줄을 서는 것에 회의를 느낀 것인지, 아니면 단지 기다리다 지쳐 충동적으로 돌아선 것인지.

그는 아직도 다른 사람들과 보조를 맞추지 못하고 있었다. 스마트폰에 코를 박고 있는 사람들 사이에서 마스크도 쓰지 않은 채 종이책을 들고 있는 사람은 오직 그뿐이었다. 소희는 느린 걸음으로 그가 서 있는 쪽을 향해 발을 옮겼다. 다가갈수록 그의 몸은 잔인하게도 소희의 눈에 낱낱이 노출되었다. 무엇으로도 감출 길 없는 폭삭 삭은 얼굴과 구부정한 어깨, 빈약해 보이는 몸피까지. 일부러 뜯어보려고 애쓸 필요조차 없었다. 희끗희끗한 반백의 머리와 훌렁 벗어진 이마에다 키만 멀대같이 큰 그는 전과 달리 깡말라 있었고 깊게 팬 이마의 주름으로 해서 나이보다 훨씬 겉늙어 보였다. 게다가 추레한 운동복 차림이었다. 책장을 넘길 때 드러난 유난히 긴 손가락은 예전에 소희가 게으른 한량이라고 놀렸던 기억까지 되살려주었다. 마스크를 쓰지 않은 것이 소희에게는 다행이긴 했다. 하지만 어쩌다 마스크 하나 변변하게 준비하지 못했는지 실망스럽기도 했다. 소희가 마지막으로 그 곁을 스쳐 지나갈 때도 그는 여전히 책에 눈을 박고 있었기에 시선이 마주치는 일은 없었다.

약국 앞을 벗어난 소희는 발길 닿는 대로 걸었다. 걷다가 발에 걸리는 콜라 캔을 세게 걷어차면서 그녀는 자문했다. 마스크에 대한 집착을 버린 것은 썩 잘했다 싶은데 그 빈자리에 들어선 이 찜찜함은 또 무엇일까. 그것을 따지기에 앞서 가슴 한편에서는 야릇한 감정이 일었다. 그렇게 초라한 몰골로 나타날 양이면 차라리 눈앞에 보이지나 말 것이지. 그랬더라면 이십대의 이미지를 계속 간직할 수 있었을 텐데. 저이가 재기발랄하고 좌중을 즐겁게 하던 그 쾌남아가 맞단 말인가? 그런가 하면 다른 한편으로는 그냥 지나친 것이 후회되기도 했다. 그래도 그렇지, 밉든 곱든 평생 잊은 적이 없는 사람인데.

그런 감상적인 느낌은 잠시, 평소 젊은 날의 Y를 생각할 때면 항상 머리 밑이 쭈뼛할 만큼 두려운 장면이 떠오르곤 했다.

이십대의 어느 여름날, 폭염으로 숨 막히던 대구에서 칠성동 소희네 집 다락방에 숨어든 사람. 계엄령이 내려진 서울에서 용케 검문을 피해 대구로 내려온 Y. 대규모 시위 사태의 배후로 지목되어 현상금이 붙은 사나이. 오랜 도피 생활 끝에 자수를 하고 구속되어 대학에서도 제적당했던 사람.

헤어지고 나서는 십여 년이 흐른 뒤에야 신문에서 근황을 알 수 있었다. 유학에서 돌아온 뒤 교수 생활을 하다가 정권이 바뀐 다음 공직에 발탁되었지만 얼마 되지 않아 그만두었다는 소식. 소희는 그제야 기억이 났다. 원래는 자신보다 세 살 위지만 호적에 잘못 기재되어 서류상으로는 동갑이라고 하던 그의 말이.

묵묵히 보도를 걷던 소희의 가슴속에서는 얼마 되지 않아 그 찜찜함의 실체가 모습을 드러냈다. 둘 사이에 아직 해결되지 않고 남아 있는 어떤 감정의 앙금이었다. 그것은 젊은 날 자신이 그로 인해서 받았던 깊은 상처와 맞닿아 있었다. 하지만 이제 와서 그 진실을 파헤쳐본댔자 길가의 작은 돌멩이 하나 뒤집어놓을 만한 영향력도 없을 것이었다. 그런데도 마음에 와서 자꾸 걸리는 것은 그 일이 자기 생애에 미처 끝내지 못한 숙제처럼 여겨지기 때문이었다. 그러자 홀연 머리를 스치는 묘한 느낌. 죽기 전에 밀린 숙제를 끝내라고 누군가가 나를 마스크 대열에서 돌아서게 한 것일까. 그것은 어떤 섭리였을까.

어제만 해도 이런 일이 있으리라고는 전혀 예상치 못했었다. 마스크를 사러 이마트 앞에 두 시간 동안 줄을 섰다가 빈손으로 돌아와 티브이를 켰을 때였다. 뭔가 낯선 얘기가 들렸다. "이제 '사회적 거리두기'로 들어갑니다. 종교 활동은 가정예배로 대체하시고 개인끼리는 이 미터 거리를 지켜주십시오."

'사회적 거리두기'라는 말이 무엇을 의미하는지 되새기고 있을 때 전화벨이 울렸다. 며느리였다.

"어머니, 이제 애들 봐주러 오시지 않아도 돼요. 저 오늘부터 재택근무예요."

송현동에서 범어동까지 버스와 모노레일을 갈아타며 손자들을 돌보러 다닌 지 사 년째였다. 소희는 어쩐지 그 말이 해고 통지처럼 들렸다. 매달 조금씩 들어오던 용돈도 기대할 수 없게 되었다. 자신이 쓸모없는 존재가 된 느낌이었다. 눈을 감자 지나온 세월이 머릿속에서 바로 어제 일처럼 펼쳐지며 지나갔다. 매일 오후, 학교가 파할 무렵이면 아들네 아파트로 가서 아이들 저녁 해 먹이고 숙제까지 봐주고 나서 파김치가 되어 집으로 돌아오던 자신의 모습. 일찍이 공무원 시험에 합격했지만 신원조회에 걸려 끝내 발령받지 못했던 일도. 일제 때 농민운동을 했던 아버지의 월북 의혹 때문이었다. 의사였던 아버지가 소싯적 일로 어쩌다 그런 의심을 받게 되었는지는 소희도 알 수 없었다. 그 뒤로 이 도시의 파티에 초대받지 못한 불청객이라는 소외감에 시달리던 젊은 날. 다행히도 늙어서까지 좀체 그녀를 놓아주지 않던 일거리는 있었다. 학부모들 사이에 '학습지 명교사 강 선생'으로 통했던 긴 세월.

아무 생각 없이 터덕터덕 걷다 보니 얼마 되지 않아 대명역이 나왔다. 집과는 반대 방향이었다. 대명역을 보자 언뜻 생각이 났다. 지하철역과 가까운 곳에 있다는 신천지예수교회. 그동안은 무심코 지나치곤 했는데 지금은 어떤 모습일지 궁금했다.

십층쯤 되어 보이는 연회색 빌딩에는 대형 걸개사진이 걸려 있었다. 사진은 입교생들의 수료식 장면이었는데 '2019년 10만 명'이라는 설명이 달려 있었다. 출입문에는 붉은색의 굵은 사선이 그어진 싯누런 폐쇄 명령 스티커가 붙어 있었다. 건물 가까이 다가가자 심한 악취가 진동을 했다. 둘러보았더니 출입문 옆 벽면에 계란 껍데기와 함께 알 수 없는 오물이 잔뜩 투척되어 있었다. 빼곡히 모여 앉아 목청 높여 찬송가 부르고 함께 기도하던 열성적인 신자들. 그중에 코로나 확진자들이 대거 나왔다고 꼭 이런 대우를 받아야 하는 걸까. 의문을 갖다가 소희는 문득 대학 시절 교정에서 만난 낯선 남자가 기억났다.

"저어 학생, 몹시 고단해 보이시네요. 우리 같이 성경 공부해보지 않겠어요?"

그날 받은 전단지를 집에 와서 펴보았다. 경기도 과천 장막성전교회 대구지부라고 나와 있었다. 그때의 장막성전에서 분리되어 나와 팔십년대에 새로 생긴 것이 오늘의 신천지교회였다. 어느 날 짠, 하고 땅에서 솟아난 게 아니었다.

도시는 그 모든 것을 끌어안고 있었다. '빼앗긴 들에도……'를 읊은 시인의 저항적인 숨결과 국채보상운동을 이끌던 의

인의 기개와 독재에 항거하던 학생들의 외침, 그리고 어디에도 기댈 곳 없어 방황하다가 광신의 수렁에 빠져드는 이들의 영혼, 거기에 빠질 수 없다는 듯 집요하게 달라붙은 코로나19 바이러스까지. 각각 형태는 달랐지만 그 모든 것에는 공통적으로 불안과 공포가 스며 있었다.

소희는 학창 시절의 기억을 돌이켜보았다. 당시 불온 세력으로 불리던 Y와 그 친구들이 맞서 싸우고자 했던 대상도 도시에서 개인이 느끼는 불안, 공포와 관련이 있어 보였다. 민주니 자유니 하는 거창한 구호들도 있었지만 대학 시절 뇌리에 가장 선명하게 박힌 것은 교문 밖에 내걸린 플래카드의 글귀였다. '공포 분위기 조성 말라.' 소희는 이제라도 묻고 싶었다. 내가 몸담고 있는 이 도시는 언제나 불온과 불안, 그리고 공포와 광적인 열기에 사로잡히게 되어 있는 것일까.

소희는 신천지교회를 뒤로하고 대명역에서 전철을 타고 무작정 중앙로역에서 내렸다. 무엇에 이끌렸는지는 알 수 없었다. 조선 시대 감옥이 있었던 경상감영공원 앞을 지나는데 섬뜩한 느낌. 수많은 순교자들의 원혼이 서린 곳이어서일까. 전에도 이곳을 지나갈 때면 '돌형구'라는 고문 도구가 눈에 들어와 온몸에 소름이 돋았다. 서둘러 향촌동 수제화 골목으로 방향을 돌렸다. 이곳을 다시 찾은 것은 그와 헤어지고 나서는 처음이었다. 가게들이 모조리 문을 닫아 적막한 골목에서는 진열장 안의 구두들이 옛 유령들의 발이 되어 후다닥 튀어나올 것만 같았다. 눈을 감자 그녀의 손을 잡아 끌던 Y의 모습이 어른거렸다.

"어서 들어가. 걱정 말고. 나 지금 두둑해. 과외로 많이 벌었어."

수제화 골목에서 서성로16길로 꼬부라지면 대안성당 골목길이었다. 황토색의 수수한 현대식 성당 건물 앞으로 걸어가자 다시 들려오는 듯한 그의 목소리.

"기억나나? 소희야, 우리 여기서 손잡고 빙글빙글 돌면서 노래하고 춤추고 했던 거. 피난 시절에 말이야. 서울에서 내려온 어떤 유치원 선생님이랑."

소희는 너무 어릴 때여서 기억이 날 듯 말 듯했다. 그나마 Y가 상기시켜주는 덕분에 그때 일을 어렴풋하게나마 머릿속에서 그림을 그릴 수 있게 되었다. 옛 기억을 되살려주고 싶어서인지 그는 대학 시절 소희를 데리고 종종 이곳을 찾곤 했다. 겨우 세 살 위인데도 그는 모든 것을 다 기억하고 있었다. 성당 앞에 서자 둘이 나누던 대화가 들려오는 듯했다.

"이 성당하고 저 왼쪽에 천리교회 자리 있제? 니 그거 아나? 저 두 군데가 우리한테는 굉장히 중요한 장소야. 왜냐하면, 피난 내려와서 우리가 들어가 살았던 곳이거든. 그때는 저 두 자리에 일본식 쌍둥이 절이 있었어. 근데 두 절 다 처마 밑에 빙 돌아가면서 반지하로 된 제법 넓은 공간이 있었거든. 거기에 피난민들 백여 가구가 들어가 살았어. 가마니로 칸을 치고 말야. 니캉 내캉은 바로 이 성당 자리에 있던 절 처마 밑에서 살았던 기라. 절 마당에서 풀죽을 끓여 먹으면시롱. 흑흑."

"나물 넣어서 끓인 죽 말이지? 풀죽은 나도 기억나. 맛있었던 것 같은데."

소희에게는 풀죽에 대한 기억이 좋을 수밖에 없었다. 서울에서 대구까지 내려오는 피난길에서 네 살배기의 머릿속에 남아 있던 것이라고는 폭격기 소리만 나면 눈밭에 납작 엎드리던 기억뿐이었다. 몇 달 만에 대구 근교에 도착한 아이는 들판의 초록빛에 안도했었다. 어린 마음에도 엄습해오던 의구심. 이 평화로운 세상을 두고 우리는 왜 그 아수라장을 헤맸을까, 하는. 하지만 그 이후의 기억은 아리송하기만 했다.

그런데 Y의 자세한 이야기 덕분에 소희는 움집에 대한 기억을 되찾을 수 있었다. 몇몇 장면들은 마치 어제 일처럼 가깝게 느껴졌다. 절의 처마를 지붕으로 삼고 가마니로 칸을 나눈 움집에도 아침이면 펼쳐지던 새파란 하늘. 밤이면 찾아와 주던 세수한 듯 말끔한 달의 얼굴. 잠을 자려고 이불 속에 들어가 있으면 은은하게 풍겨 오던 구수한 냄새. 마치 삶은 옥수수 냄새 비슷해서 주책없이 와락 몰려오던 허기. 그것이 볏짚 냄새인 줄은 움집을 떠나오고 나서 한참 뒤에야 알았다.

"생각해보면 오빠네는 가마니 집에서도 부티 나게 살았던 것 같아. 옷도 잘 입고 고기반찬 해 먹고. 어떻게 그래? 북에서 아버지는 잡혀가고 전 재산을 몰수당했다면서."

"음, 내려올 때 외갓집에서 준 것이 조금 있었대. 근데 엄마 씀씀이가 좀 헤퍼야 말이지. 우리 삼 남매 데리고 호텔 식당엘 다녔거든. 그러다 돈 다 떨어지고 나자 너희 엄마랑 같이 신천동으로 가서 명태 껍질을 벗기게 된 거야. 그때 물컹거리는 시커먼 명태 껍질 찌개 정말 질리도록 먹었다."

그 시절이 새록새록 떠오르자 소희는 좀체 발이 떨어지지 않았다. 다시는 찾고 싶지 않았던 곳, 아니 어쩌면 보물처럼 아껴두었던, 마음속 황금소로였다. 가마니마다 몰래 구멍을 뚫어놓고는 어디선가 잡아 온 개구리를 집어넣어 사람들을 놀라게 하던 개구쟁이 Y. 땅바닥에 네모 칸들을 그려놓고 사방치기를 하는 꼬마들이 금세라도 오자미를 들고 깨금발로 튀어나올 것만 같은 골목.

과거의 기억은 이제 그만, 이라고 다짐하며 소희는 대안성당 골목을 성큼성큼 걸어 나왔다. 중앙대로로 나오자 발길이 저절로 동성로 쪽으로 향했다. 음악 감상실 하이마트(Heimat)가 있는 곳이었다. 도무지 알 수가 없었다. 옛 기억에서 벗어나겠다고 하면서 왜 자꾸만 발길이 악몽 같았던 '그 일'이 있었던 곳으로 향하는지.

'그 일'이란 곧 그 음악 감상실에서 소희가 Y의 어머니와 누나로부터 평생 잊지 못할 어떤 통고를 받은 사건이었다. 소희와 Y 두 사람에게는 독일어 이름 그대로 '마음의 고향'이나 다름없는 곳, 그곳은 2·28기념공원을 지나 동성로 작은 골목에 숨어 있었다.

소희는 마치 과거를 향해 한 발 한 발 내딛듯 하이마트에 이르는 삼층 계단을 타닥타닥 걸어 올라갔다. 예전에는 계단 벽에 베토벤과 모차르트 같은 서양 음악가의 사진이 붙어 있었다. 그런데 지금은 대구 출신 음악가들의 포스터로 도배되어 있었다. 안으로 들어서자 무대 위에 그랜드 피아노가 두 대 놓이고 벽면에는 LP판이 빽빽하게 꽂힌 음악 감상실이 나왔다. 하지만 코로나 여파로 좌석은 텅 비어 있었다.

감상실 안쪽에 따로 나 있는 스터디 룸은 지금도 그대로 있었다. 소희가 재수를 할 때 Y에게 미적분을 배운 곳이었다. 요즘은 코로나로 손님이 없자 단출한 모임도 받고 있는 모양이었다. 그의 누나는 하필이면 그곳을 약속 장소로 잡아놓았다. 당시 그는 구속에서 풀려나 서울에서 유학을 준비 중이었다. 창가에 가서 앉자 그의 목소리가 들려오는 듯했다.

"지난번에 내가 준 미적분 공식 다 외웠어?"

하지만 그 소리는 곧 '국방색 아지매'의 투박한 목소리에 묻혀버렸다. 양키 물건 가게를 하던 그의 어머니는 주위에서 그렇게 불렸다.

"너네 집 얘기 다 들었디. 어쩌겠나. 다 운명이라 생각해야디. 이런 말, 하기 뭐하지만 너하고 같이 다니다가 우리 정하가……"

그 뒤로 들리던 그의 누나의 세련된 목소리.

"고맙다, 소희야. 우리 정하 어려울 때 정말 많이 도와주었지. 그런데 엄마 말씀은 둘이 계속 만나다가는 정하가 결국 생선 장수……"

그 대목에서 소희는 조용히 자리에서 일어나 입을 열었다.

"저어 그런 염려 하지 않으셔도 됩니다. 저, 정……"

소희는 순간 울컥하는 감정을 추스르느라 잠시 말을 멈췄다. 꼴깍 침 넘어가는 소리가 들렸다. 그들이 자신을 불러낸 이유를 대뜸 알아차렸기 때문이다. 얼마 전 신문에 대문짝만하게 났던 기사가 있었다.

'대규모 보안사범 검거. 교수, 공무원, 가정주부 포함.'

그중에 끼어 있었던 어머니의 이름.

'북의 친척에게서 남편 소식을 전해 들은 혐의.'

하지만 그 이전, Y 때문에 조사를 받을 때 수사관에게서 들은 새로운 사실이 있었다. '아버지는 북으로 간 흔적은 없고, 전쟁 전에 이미 서울에서 잘못되었다'고 하는 얘기였다. 그런데 세월도 한참 지나 새삼 북에서 온 사람에게서 무슨 아버지 소식을 들었다는 것인지. 그때는 무엇엔가 철저히 속임을 당한 느낌이었다. 마음을 단단히 먹은 소희가 말을 이었다.

"정하 오빠에겐 손톱만큼의 피해도 끼치는 일 없을 거예요. 염려 마시고 편히 돌아가세요."

그러고는 깍듯이 묵례를 하고 돌아서서 하이마트를 나왔다. 그 말은 진심이었다. 자신이 그토록 아끼는 사람에게 그 어떤 어두운 그림자도 드리우고 싶지 않았다. 다만 '생선 장수'라는 말만은 뼈에 사무쳤다. 바로 며칠 전 서울에서 신문을 보고 급히 내려온 Y가 했던 말이 아직도 귓가에 맴돌았다.

"소희야, 많이 힘들지? 어무이는 말이다. 우리 대신 짊어지신 기라. 시대의 아픔을. 걱정하지 마라. 내가 있잖나, 인마. 이 든든한 오빠가."

하지만 몇 달 뒤 방학을 맞아 내려온 그에게 다른 말을 해야 했던 소희.

"오빠, 나 있지. 다른 남자 친구 생겼어. 미안해. 오빠 유학 가잖아. 잘 다녀와요."

그러고는 엷은 미소를 지은 채 돌아섰었다. 그 뒤로 이어진 그의 끈질긴 설득도 소희의 마음을 돌려놓진 못했다. 그때 소희는 그것이 Y를 위해 최선의 길이라고 믿었다. 하이마트를 나온 소희는 근처 교동시장으로 향했다. 어머니가 일하던 한복 골목과 그의 어머니가 가게를 하던 양키 골목이 있던 곳이었다. 하지만 한복 골목은 찾을 수 없었다. 예전에는 수십 개의 요정과 기생학교인 권번이 있어 한복집이 번성하던 곳이었다. 초등학교 때 동화대회에 나가 받은 상장과 괘종시계를 들고서 찾아갔던 어머니의 일터 자리가 지금은 어디쯤인지 도저히 가늠할 수가 없었다. 소희는 그날 한복 공장이 돌아가는 광경에 눈이 휘둥그레졌었다. 수십 명이 모여 앉아 분업으로 단숨에 뚝딱 치마저고리 한 벌을 만들어내던 모습. 외삼촌의 도움으로 재봉틀을 마련한 뒤로는 집에서 일을 하던 프리랜서 삯바느질꾼이 된 어머니. 중학교 때부터는 등굣길에 완성품을 한복집에 납품하고 하굣길에 새 옷감을 받아 오던 영업상무 소희.

"아무튼 늘푼수라고는 없는 양반이야. 평생 바늘구멍으로만 세상을 들여다봤으니."

그 말에 힘주어 소희의 어깨를 껴안던 Y. 그는 볼우물이 깊게 패도록 씽긋 미소를 지으며 말했다.

"와, '평생 바늘구멍으로만 세상을 들여다본 어머니'라니. 걱정 마. 이제부턴 우리가 잘……"

그 순간 소희는 자신도 모르게 손으로 그의 입을 막았다. 말로 뱉어버리면 그 다짐이 이루어지지 않을까 저어되어서였다.

양키 골목도 역시 손님은 없었지만 국방색 제품은 넘쳐났다. 미군 담요와 침낭, 군복과 군화, 배낭, 전역모 같은 군수품과 영내 매점인 PX에서 흘러나온 과자, 주류, 가전제품 등등. 아직도 이런 물품에 대한 수요가 많은 것을 보면 국방색 아지매는 그때 이미 멀리 내다보는 눈이 있었나 보았다. 은근히 어머니의 수완을 자랑하던 그.

"울 엄마, 깡은 진짜 알아줘야 한데이. 밑천도 없이 양키 물건 보따리 장사 시작하더니 몇 년 만에 군수품 가게를 연 거야. 너도 알지? 그 천국 같은 맛. 초코캐러멜 투시 롤. 내가 엄마 몰래 꿍쳐놨다가 니 손에 한 개씩 쥐여줬잖아."

그 캔디 맛을 떠올리던 소희는 가슴이 싸해 오면서 예리한 무엇이 심장을 긋는 듯한 통증을 느꼈다. 이제 와 생각해보면 Y의 말은 소희가 여태 깨닫지 못하고 있었던 어떤 진실을 새삼 일깨워준 듯했다. 그와 헤어지게 되는 계기가 이미 어머니들의 직업 선택에서부터 싹트고 있었다는 사실을. 가게를 연지 몇 년 되지 않아 부유층이 사는 삼덕동에 집을 사서 이사한 Y네. 어머니의 삯바느질로 근근이 살아가면서 오랫동안 칠성시장 뒷골목 사글셋방을 벗어나지 못했던 소희네. 그래도 전혀 변함없었던 둘의 사이. 그런 생각을 하다가 소희는 고개를 저었다. 둘의 사이가 정말 변함이 없었던 것인지 의문이 일어서였다. 어쩌면 자기 마음 편하자고 그를 미화시키고 있는지도 모른다. 어쨌든 그는 가족들이 원하는 대로 유학을 떠났고 그 뒤로는 한 번도 소희에게 연락을 해오지 않았다. 심지어는 가족이 자신에게 어떤 통고를 한 사실조차 눈치를 채지 못한 것처럼 보였다. 그러자 소희의 마음속에서는 어두운 그림자가 일렁거렸다. '젊어서 한때 힘든 시절을 보내긴 했지만 나보다는 훨씬 더 크게 성취도 하고, 따뜻하게 산 사람이 아닐까. 내란 소요죄로 구속되었던 사람이 어떻게 그럴 수가. 전향서라도 쓴 걸까.'

소희는 중앙로역으로 돌아와 1호선을 타고 신천역으로 향했다. 내친김에 두 어머니가 피난 시절 일했던 명태 골목을 다시 가보고 싶었다. 전동차 안에 승객이라고는 지하철 택배 할아버지와 소희 단둘밖에 없었다. 할아버지는 한 손에는 꽃바구니를, 다른 손에는 대여섯 개나 되는 백화점 쇼핑백을 든 모습이었다. 코로나 시대의 산타클로스였다.

올망졸망한 가게들로 정겨움이 묻어나는 신천동 송라시장도 한산하긴 마찬가지였다. 상인들에게 물어물어가며 명태골목을 찾아 헤매기를 몇십 분, 소희는 결국 찾아냈다. 어느 나지막한 유리문 밖 선반 위에서 망자루에 든 채 진한 향기를 풍기며 햇볕에 오글오글 말라가고 있는 그것을. 딱 하나 남은 명태 껍질 벗기는 집이었다. 물기로 흐려진 소희의 눈에 어른거리는 형상들. 머리에 흰 수건을 쓰고 초라한 차림으로 쪼그리고 앉아 명태 껍질을 벗기던 두 어머니. 이어서 명태 얘기만 나오면 낄낄대던 Y의 모습도.

"소희야, 니 그거 아나? 니나 내나 요만큼이라도 살결이 희고 뽀샤시한 이유를 말이다. 그것도 피난민인 주제에. 그건 다 어릴 때 얻어먹은 그 명태 껍질 덕분인 기라. 콜라겐이 듬뿍 들어 있어서 말야."

기억 속 그의 농담 덕분에 겨우 진정이 된 소희는 조심스럽게 유리문을 두드렸다.

"일하시는데 죄송하지만 구경 좀 해도 될까요?"

예순이 넘어 보이는 두 할머니는 소희에게 흔쾌히 들어오라고 했다. 그들은 좁은 바닥에 퍼질러 앉아 일을 했다. 대관령 덕장에서 들여온 마른 명태를 한 명이 다듬돌 위에 올려놓고 방망이로 자근자근 두드린 다음 껍질을 벗겨주면 앞사람이 건네받아 배를 가르고 뼈를 발라냈다. 가위로 북어 가장자리를 다듬던 할머니가 웃으며 말했다.

"옛날엔 일 끝내고 집에 돌아갈 때 주인이 일꾼들 고쟁이 주머니까지 뒤졌다 카데."

할머니의 말을 듣자 소희의 입가에 쓸쓸한 미소가 지어졌다. 아이들 생각에 고쟁이 주머니에 슬쩍 가위밥을 한 줌 집어넣는 어머니의 모습이 떠올라서였다. 배를 가른 북어가 함지에 수북이 쌓이자 그 위에 나무판을 올리고 할머니 한 분이 올라서려고 했다. 소희는 선뜻 자신이 해보겠다고 나섰다. 그 시절 어머니도 했을 일이었다. 판때기 위에 올라서서 소희는 몸무게를 실어 두 발로 꼭꼭 밟았다. 진땀이 날 만큼 온 힘을 다 내 밟았지만 요령이 없는 탓인지 높이가 쑥 내려가진 않았다. 할머니 한 분이 그만 됐다며 내려오라고 했다. 그러고는 북어를 하나씩 옆에 있는 압착기에 넣어 완전히 납작하게 만들었다. 마지막 터치는 기계에 맡기는 것이 옛날과 달라진 점이었다.

명태 골목을 나온 소희는 주공아파트를 지나 신천교 쪽으로 향했다. 대안동 움집을 벗어나 이십대까지 몸을 의지했던 곳. 얼마 만인지 알 수 없었다. 하지만 대안동과 마찬가지로 다시는 발길을 하고 싶지 않던 동네였다. 발을 디뎠다 하면 그때의 불안, 공포가 달려들어 뒷덜미를 덥석 움켜잡을 것만 같은.

근교의 농산물이 모여들어 항상 북적이던 칠성시장도 손님이 없어 휑한 분위기였다. 노점에서는 밀짚모자를 쓴 남자가 대파를 무더기로 쌓아놓고 "천 원에 네 단이오"를 외치고 있었다. 코로나 터지기 전에는 한 단에 몇천 원씩 하던 대파였다. 그 광경을 보자 티브이 뉴스에서 무릎까지 자란 파밭을 트랙터로 깡그리 갈아엎는 농부의 모습을 본 기억이 났다. 식당들이 죄다 코로나로 문을 닫았기 때문이라고 했다.

그런데 아무리 둘러보아도 시장 뒷골목의 옛 주택가가 보이지 않았다. 게딱지처럼 다닥다닥 붙여 지은 판잣집과 꼬불꼬불한 미로가 깡그리 사라져버렸다. 그 동네가 있었던 자리로 짐작되는 곳에는 꽃도매시장과 전자제품점, 그리고 가구시장이 들어서 있었다. 소희는 미로 찾기를 포기하고 시장 안 공원 벤치로 가 앉았다. 그 공포와 불안의 시절은 아마도 자신의 기억 속 지층 어디엔가 깊이 묻혀 있으리라 생각되었다.

가만히 있어도 등에서 땀이 주르르 흘러내리는 어느 여름날, 반정부시위 혐의로 현상금이 붙은 사나이 Y가 소희네 다락에 숨어들자 어머니는 혀를 끌끌 찼다.

"이게 무슨 일이고. 일본 순사 들이닥칠 때, 니 아부지 읽던 '막스', '네닌' 어쩌고 하는 책들, 허겁지겁 마루 밑에 감추던 때가 바로 어제 같은데."

어머니의 탄식에도 아랑곳없이 그를 먹이기 위해 부지런히

장을 봐 오던 소희는 어느 날 낯선 광경에 심장이 얼어붙는 듯했다. 수상한 사내 둘이 소희네 골목을 샅샅이 훑고 있었다. 고양이처럼 살금살금 기어서 집에 들어온 그녀는 그를 얼른 옆집으로 피신시키고 책은 담 너머로 집어 던졌다. 대학노트에 번역되어 돌아다니던 고리키의 『어머니』와 체르니셰프스키의 『무엇을 할 것인가』, 그리고 출간되자마자 금서가 된 헤겔의 『변증법 사상』 등이었다. 곧이어 쾅쾅 거칠게 대문 두드리는 소리.

"강소희 씨 댁이죠?"

자다 나온 것처럼 눈을 게슴츠레하게 뜨고 나른한 목소리로 대답하던 소희.

"전데예. 무신 일이신데예?"

소희는 일부러 강한 사투리를 썼다. 신분증을 꺼내 휙, 보여주는 척만 하고는 다시 집어넣으면서 묻던 사내.

"서울 ○○대학 다니는 유정하와 친구 사이 맞죠?"

"예 맞심더. 그치만 지금은 아이라예. 서울 가고 나서는 코빼기도 못 봤심더."

사내들은 방과 다락 그리고 부엌과 마루 밑까지 뒤진 다음 헛간으로 갔다. 영장 없는 가택수색이었다. 한 명이 꼬챙이로 소금 가마니를 쿡 찔러보며 엄하게 내뱉던 경고.

"시국사범 숨겨주면 범인은닉죄로 처벌받습니다."

그로부터 한 달도 채 되지 않아 두번째 수색이 있었다. 예감이 이상해 그를 아침 일찍 옆집으로 피신시킨 날이었다. 수색을 마치고 돌아가던 경찰이 고개를 갸우뚱거렸다. 뭔가 낌새를 챈 것 같아 소희는 옆집에 있던 그를 밤늦도록 부르지 않았다. 아니나 다를까 몇 시간 뒤 그들은 다시 들이닥쳤다. 그녀는 직감했다. 곧 무슨 일이 닥치리라는 것을.

어둠 속에 번져오는 불안과 공포의 냄새가 두 사람의 목을 서서히 조여오던 그날 밤 소희는 거의 뜬눈으로 밤을 지새웠다. 그 불면의 밤이 오로지 시국사범을 숨긴 것에 대한 불안 때문이었다고만 한다면 그것은 정직하지 못한 것이다. 소희는 그에게서 풍기는 매혹적인 불온의 냄새를 거역하기 힘들었다. 그녀가 보기에 그것은 곧 퍼덕거리는 생명력이었다. 그는 언제나 세상에 두려울 것이 없다는 듯이 굴었다.

"'운동'은 나 같은 사람이 해야 해. 그래야 의심을 받지 않거든. 할아버진 만주에서 일본군과 싸우다 전사한 독립군이었어. 독립운동사에도 올라 있다고. 또 북에서 교수였던 아버지는 강의실에서 '독재 정부'라는 말을 했다가 정치범 수용소로 끌려갔고. 그런 집 아들이 나서는데 누가 뭐래?"

그는 진정 살아 있는 아이였다. 그에 비해 소희는 어릴 때부터 집안 분위기 탓에 소금에 절인 파처럼 지레 주눅 들어 있었다. 자연히 '운동'에는 관심을 갖지 않으려고 애를 썼고 시위에는 일절 참가하지 않았다. 다만 어머니가 딸에게 부과한 금기를 깨고 싶은 욕구만은 꿈틀거리고 있었다. 그 금기를 깨는 것이 얼마나 달콤한지 맛보고 싶었다. 그렇게 방구석에서 겨우 어머니의 훈육 방침에 맞서는 것으로라도 이십대의 저항을 행사해볼 작정이었다. 눈은 다락 쪽을 바라보면서 식구들이 잠들기 기다렸다. 몇 번이나 일어나려다 누군가의 기척에 다시 자리에 누웠다. 그러다 그만 깜빡 잠이 들고 말았다.

이튿날 아침 깨어보니 그는 이미 떠나고 없었다. 그러고 나서 얼마 후 7월 말 계엄 해제 직전, 한 번 더 경찰의 수색이 있었다. 어디 실컷 뒤져봐라, 하며 팔짱을 끼고 서 있던 소희 앞에 그들이 들이댄 것이 있었다. 그가 무심코 다락에 떨어뜨리고 간 고리키의 『어머니』 번역 노트. 겉장에 적혀 있던 그의 이름이 결정적인 단서가 되었다. 그날 밤의 일은 한 장면 한 장면 모조리 그녀의 기억 속에 아직도 살아남아 파닥거렸다.

검은색 지프에 태워져 한참을 달려 도착한 작은 건물의 삼층. 빈 테이블을 사이에 두고 잔뜩 겁에 질린 채 수사관과 마주 앉았던 순간.

"유정하를 숨겨준 이유가 뭔가?"

"그냥 어릴 때부터 이웃에서 같이 자란 친구라서예."

아버지의 이력을 들먹이며 소희의 머리에 채색을 하던 뚱뚱한 수사관.

"집안 내력 때문 아닌가?"

"아부지는 지가 세 살 때 집을 나가 소식이 없다 카데예. 지는 아부지 얼굴도 모르고 자랐심더. 의사였다는 것밖엔 모릅니다."

세 명이 교대로 똑같은 신문을 되풀이하던 수사관들. Y와 만나서 했던 일을 날짜별로 작성하다가 쓸 거리가 바닥나면 한일극장, 동성로 포장마차, 수성못 등을 배경으로 소설을 쓰던 시간들.

이듬해 봄, 새 학기가 시작될 무렵 그에게서 날아온 짧은 편지 한 장.

'그동안 힘든 일은 없었는지. 혹시라도 나로 인해 소희가 어떤 고초를 겪는다면 그건 결코 견딜 수 없는 일이야. 더 이상 힘들게 하지 않을게.'

얼마 후 신문 기사를 보고 알게 된 그의 자수 소식. 검거가 아니라 '자수'라는 뉴스에 소희는 안도했었다. 자신이 아끼는 그에게 적어도 혹독한 시련의 계절은 지나갔다는 생각이 들어서였다.

잠시 공원 벤치에 앉아 있었던 것 같은데 배에서 꼬르륵 소리가 났다. Y 생각을 하자 오랜만에 미성당의 납작만두 생각이 났다. 평양 출신인 그는 유난히 그 만두를 좋아했다. 전쟁 직후 쉽게 구할 수 있는 당면과 부추만 넣고 대충 만들어 팔던 것이 아직도 대구의 명물로 남아 있었다. 혹시나 싶어 검색해보았더니 남산동에 있던 미성당이 계명대 대명캠퍼스 앞으로 이전했다고 나왔다.

대학가로 옮겨 말끔하게 신장개업한 홀에는 흰 마스크 몇 장만 띄엄띄엄 눈에 띄었다. 소희는 납작만두와 쫄면을 주문했다. 그와 함께 왔을 땐 늘 매운 쫄면을 만두에 싸서 먹었는데 오늘은 그의 방식대로 따로따로 먹기로 했다. 노릇노릇 구워진 얄팍한 만두에 파를 얹은 다음 간장에 살짝 찍어 입에 넣었다. 껍질의 쫄깃함과 당면의 말랑말랑함, 거기에 알싸하고 향긋한 파 맛까지 하나하나 다 느껴졌다. 이제 매운맛을 즐길 차례. 소희는 Y가 그랬듯이 쫄면에다 와사비와 청양고추를 넣고 고춧가루를 듬뿍 뿌렸다. 처음 몇 술은 매콤한 맛을 즐겼지만 다섯 술째가 되자 혀가 타는 듯이 화끈거리면서 눈물 콧물이 마구 흘러내렸다. 그 매운맛이 다시 불러낸 그의 목소리.

"소희야, 니 이거 모르제? 매운 맛집의 비밀. 서울 무교동 낙지 골목에 단골로 다니면서 들었는데……"

소희가 귀를 쫑긋 세우면 주위를 둘러본 다음 소곤거리던 Y.

"매운맛이 말이다, 우릴 강철 인간으로 만들어준다더라. 어디에도 굴하지 않는."

우동 국물로 입을 헹군 다음 계산대 앞에 서 있는데 티브이에서 들려오는 젊은 남자의 목소리.

"병원엔 할 일이 너무나 많아요. 대구는 아직 전쟁 중이니까요."

서울에서 내려온 자원봉사 청년의 말이었다. '전쟁 중'이라는 말은 시대마다 이 도시에 드리웠던 불안, 공포와 싸웠던 수많은 이들을 상기시켰다. 넓게 보면 Y도 그중의 한 사람이었다. 하지만 소희 자신은 그 전쟁에 여태 손가락 하나 보태지 않은 채 방관자로만 살아온 듯했다. 미성당을 나와 시내 쪽으로 발걸음을 옮기기 시작했다. 얼마 걷지 않았는데 어느새 남산동 청라언덕 입구에 이르렀다. 제일교회와 동산맨션 사이, 삼일운동길이라 이름 붙은 아흔 개의 돌계단 앞이었다. 계단을 하나씩 오르면서 생각했다. 이제 그를 편히 놓아줄 수는 없을까. 냉혹한 시간의 궤적이 훑고 지나간 그 노쇠하고 허깨비처럼 가벼워진 존재를. 볼품없게 사그라든 그의 육신이 여실히 증거하고 있지 않던가. 학자로서의 소신을 현실에서 펼쳐보려 했던 그의 삶도 그리 녹록지 않았음을.

이제 그와 함께했던 장소들—대안성당, 하이마트, 교동시장, 송라시장, 칠성동, 청라언덕—에 이르는 작은 골목, 골목들이 나에게 정말 황금소로(黃金小路)가 될 수 있을까, 소희는 생각했다. 어느 날 밤, 펑 하는 폭발음과 함께 평생 실험에만 몰두하던 늙은 연금술사는 숨져 있고 그의 손에 싯누런 돌맹이가 쥐어져 있었다는 프라하 그 전설의 골목 같은.

하지만 연금술사의 시대도 지나 이제 그런 일은 일어날 리 없었다. 도처에 누추한 현실과 비루한 기억만이 널려 있을 뿐이었다. 거기에는 그에게서 쉽사리 거둘 수 없는 의혹까지 포함되어 있었다. 머리가 점점 더 복잡해왔다. 층계참에서 잠시 숨을 고르다가 다시 계단을 오르던 소희는 그만 발을 헛디뎌

자칫하면 아래로 굴러떨어질 뻔했다. 아찔한 순간이었다. 계단 옆에 솟아난 잡초 더미를 붙잡고 겨우 균형을 잡으면서 갑자기 떠오른 생각. 헤어진 이후 그의 삶에 대해서 내가 과연 어떤 판단을 내릴 수 있겠는가. 또 그의 가족이 자신에게 주었다고 여겨지는 상처에 대해서도 그랬다. 그것은 정작 본인의 뜻과는 아무런 관련이 없는 일이 아니었을까. 하지만 머리로는 이해가 된다 해도 가슴속 응어리까지 쉬 풀릴 수 있을지는 의문이었다.

답답한 나머지 소희는 위를 올려다보았다. 아득한 계단을 끝까지 오르면 오른쪽에 자신이 육 년간 다녔던 여학교가 나올 것이었다. 거기서 언덕을 내려가 대로를 건너면 그의 모교였다. 십대 시절 누가 볼세라 손도 잡지 못하고 멀찌감치 떨어져 걸었던 청라언덕. 그곳의 나무와 흙과 돌멩이 하나하나에도 둘의 숨결과 발자취가 고스란히 아로새겨져 있을 것이었다. 그 숨결과 자취에서 미세한 입자들이 날아와 자신의 뺨을 간질이는 느낌이었다. 그러자 코끝이 시큰해오면서 가슴속에서 어떤 질문이 터져 나왔다. 그의 전 생애에서 자신과 함께했던 그 시절만을 떼어내 다시 맑은 눈으로 바라볼 수는 없을까, 라는. 어려서는 피난 시절의 친구였고, 자라서는 유쾌한 연인이었던 한 평범한 인간. 때론 실수도 하고 그것으로 해서 고통도 받았을, 하지만 그 시절의 순수함에는 티끌만큼의 흠결도 없었던.

더 이상 그에게 무엇을 바라겠는가. 언덕 위에서 이국적인 붉은 벽돌의 선교사 사택을 지나 왼쪽 오솔길로 걸어 내려가면 코로나19 거점병원인 동산병원이었다. 소희는 다시 힘을 내어 계단을 오르기 시작했다.

거미줄과 꽃향기

박혜경(문학평론가)

1. 문학의 역할

오래전 어느 문학개론 책에서 이순신 장군이 명량해전을 승전으로 이끈 것은 역사적 사실이지만, 해전이 있던 날 아침 장군이 어떤 생각을 했고 어떤 음식을 먹었으며 아내와 어떤 대화를 나눴는지를 상상하는 것은 문학의 영역이라는 요지의 글을 읽은 적이 있다. 다른 맥락이긴 하지만 발터 벤야민의 「이야기꾼과 소설가」에도 이야기의 역할에 대한 흥미로운 언급이 있다. 구전의 전통에 속한 이야기 양식과 개인성의 세계에 갇힌 근대소설의 대비를 주논지로 풀어나가는 이 글에서 우리의 흥미를 끄는 것은 벤야민이 정보(information)라는 근대의 새로운 의사소통 형식에 주목하는 부분이다. 그에 따르면, 신문의 등장과 함께 근대사회를 지배하기 시작한 정보라는 소통 형식 속에서 "매일 아침 우리들은 지구의 새로운 사건들을 알게 되지만 정작 진귀한 얘기에는 빈곤을 겪"[1]는 삶을 살아가고 있다. 정보가 이야기를 몰아낸 세계, 그것이 벤야민이 바라본 근대 세계의 모습이다. 우리는 그 세계를 정보라는 새로운 소통 형식이 인간의 실질적인 삶의 경험과 사연들을 배제하고 결국은 인간까지 지우려 하는 세계라고 말할 수 있지 않을까?

벤야민의 이러한 진단은 지금 우리 현실에도 여전히 유효하다 해야 할 것이다. 인간의 삶에서 나오는 것이지만 인간의 개별적인 이야기들을 지우고 종국에는 그 자체로 인간을 지배하는 권력이 된다는 점에서 역사와 정보는 유사한 속성을 지니고 있다고 생각된다. 소설집 해설의 도입부에서 다소 거창한 느낌이 드는 이런 얘기를 꺼내는 것은 이 소설집에 실린 작품들이 정보라는 현대사회의 각질화된 소통의 틀 안에 갇힌 인간 삶과 감정들의 내밀한 속살들을 이야기의 형태로 재현해내는 일에 남다른 공을 들이고 있다는 생각에서다. 근대 이후 소설들이 재현해내는 이야기는 기본적으로 특정한 개인의 시선을 통해 서술되는 내면의 서사다. 그런 의미에서 문학은 개인

1 발터 벤야민, 『발터 벤야민의 문예이론』, 반성완 편역, 민음사, 2000, 172쪽.

을 지우려는 세계에 맞서 인간을 개인의 이름으로 호명하고 기억하며 이름 없는 개개인의 사연들을 집단의 기억 속으로 불러냄으로써 사회적 보편성을 획득하는 장르다.

늦은 나이에 작품 활동을 시작했음에도 박찬순은 활동 초기부터 젊은 작가들 못지않은 활달한 필력을 보여주며 국경과 계층, 직업의 경계를 넘나드는 개인들의 다양한 이야기들을 들려주었다. 이 과정에서 작가가 일관되게 견지해온 것은 동시대의 현실 속에서 개인들이 겪는 삶의 리얼리티를 충실하게 재현해내려는 태도다. 특히 이국의 세계를 넘나드는 자유로운 공간 이동은 박찬순이 들려주는 개인들의 서사를 보다 다채롭게 만드는 인상적인 요소다. 이러한 공간 이동은 작가의 꾸준한 공부와 부지런한 취재를 짐작게 하는 섬세한 디테일들과 어우러지며 박찬순 소설의 육체를 보다 풍성하게 만들어준다. 이 소설집 바로 이전에 발간된 『암스테르담행 완행열차』(강, 2018)에서 작가는 이러한 공간의 확장과 더불어, 이국의 공간을 배경으로 음악이나 문학 등의 예술 행위를 하거나 예술과 관련된 일에 종사하는 개인들의 삶에 집중하는 새로운 소설적 시도를 보여준다. 이러한 예외적 개인들의 이야기는 일견 우리가 당면한 동시대의 삶과 거리가 있어 보인다. 그러나 이들을 그려내는 작가의 시선이 예술적 삶에 대한 낭만적 지향과 함께 예술을 둘러싼 현실 세계에 대해 특유의 사실주의적 관찰의 태도를 견지하고 있다는 점에서 이 또한 박찬순 소설을 특징짓는 리얼리즘적 현실 인식의 확장으로 보아야 할 것이다. 예술 또한 우리의 현실을 구성하는 중요한 요소가 아닌가?

이번 소설집에 나타나는 두드러진 특징은 이전 소설들에서 이국의 시공간을 넘나들며 펼쳐지던 작가의 소설적 관심이 현재, 한국의 현실로 집중되는 양상을 보인다는 점이다. 최근에 일어난 일들을 중심으로 작가의 소설들이 한국 현실의 내부를 보다 찬찬히 들여다보는 쪽으로 소설의 방향을 선회하고 있는 것이다. 이러한 변화는 공교롭게도 『암스테르담행 완행열차』의 발간 이후 코로나로 인해 국경이 봉쇄되었던 최근 몇 년간의 현실과 겹쳐 있기도 하다.

소설집 속에는, 멀게는 2016년 구의역에서 있었던 스크린도어 정비공의 죽음에서부터 가깝게는 코로나로 인한 실직과 사망, 혹은 159명의 젊은 목숨들을 앗아간 최근의 10·29 참사에 이르기까지, 실제의 비극적 사건들을 소재로 한 다수의 작품들이 실려 있다. 작가의 적극적 취재와 상상력이 결합된 이러한 기민한 현실 인식은 뉴스가 전해주는 건조한 사실들과 통계수치들에 가려진 인간의 모습들을 문학의 이름으로 호명한다. 객관적 보도라는 이름 뒤에 가려진 개개인의 삶의 이야기들을 들려주는 것, 뉴스를 통해 익명화된 정보나 숫자로 처리되곤 하는 인간의 죽음에 삶의 육체를 부여함으로써 그 죽음이 누구도 대체할 수 없는 한 고유한 개인의 죽음

이자 우리 모두의 참혹한 비극임을 기억하게 하는 것, 그것이
이 소설집에서 작가가 수행하고 있는 문학의 역할이다. 이것
은 또한 이 세계가 객관적 정보나 수치들로 기록되는 세계를
넘어 각각의 개인들이 저마다의 아픔과 고통 어린 사연들을
지니고 살아가는 생생한 삶의 현장임을 기억하는 방식이기도
할 것이다.

2. 컨베이어벨트와 거미줄과 팽이의 세계

소설집에서 먼저 눈에 띄는 것은 대부분의 작품들이 코로
나 상황을 배경으로 하고 있다는 점이다. 코로나로 사망한 남
편의 장례를 치르는 아내의 이야기를 다룬 「죽은 자의 향기」
나, 코로나로 강제해고를 당한 방송작가 이야기를 들려주는
「하수오」, 코로나의 여파로 처리해야 할 물량이 급격히 늘어
난 택배 일을 하다 확진돼 중증환자가 된 청년의 이야기를 다
룬 「신 테트리스 게임」, 코로나의 현실 속에서 형을 잃고 자
신은 밀려드는 주문에 맞춰 쉴 새 없이 수타면을 뽑아야 하는
청년의 이야기를 들려주는 「아라크네의 후예들」뿐만 아니라,
코로나 상황을 직접적으로 다루지 않는 「검은 모나리자」나
「황금소로」 등의 작품들에도 코로나의 그늘은 드리워져 있
다. 남편을 잃고 두 아이를 키우며 "십오 년 동안 내 몸 돌보

지 않고 밤새워 열심히"(215쪽) 일했던 직장을 코로나로 하루 아침에 잃은 「하수오」의 여주인공은 새로운 일거리로 해산물 판매 사이트를 열 생각을 하며 서해 최북단의 한 섬에 찾아든 다. 그녀는 그 섬에서 "언제 포탄이 날아올지 모르는 땅에 바짝 엎드린 섬사람들과 하루아침에 일자리를 잃고 이곳까지 와서 생업 거리를 찾아 헤매고 있는 어느 프리랜서"(217쪽)의 삶이 다르지 않은 현실을 만나게 된다. 각자 살아가는 공간만 다를 뿐 모두가 삶이라는 무게를 지고 "물결에 쓸려가지 않으려고 버둥대는"(217쪽) 그 현실에 대해 그녀는 "우리 모두는 어떤 정체를 알 수 없는 북소리에 홀려 무작정 앞으로 나아가고 있는 것은 아닐까"(219쪽)라고 생각한다.

우리 모두가 현실에 갇혀 허우적대는 삶을 살아가고 있다는 인식은 「신 테트리스 게임」이나 「아라크네의 후예들」에서도 나타난다. 「신 테트리스 게임」은 대형물류센터에서 코로나에 확진된 중증환자가 음압병실에서 치료를 받고 있는 장면으로 시작된다. 작품은 환자 K와 그를 맡은 간호사 S의 시점을 교차하거나 K가 의식불명 상태에서 꾸는 꿈과 그의 실제 현실을 교차하며 이 모두가 실은 같은 현실로 연결돼 있음을 보여준다. K는 의식불명 상태에서 깨어나기 직전 꾼 꿈에서 평소 즐기던 테트리스 게임을 하듯 한 치의 실수 없이 신나게 상차 작업을 하는 자신의 모습을 보며 "택배 일이 자신에게 가져다줄 장밋빛 앞날을 그려"(71쪽)본다. 그러나 "어머, 금동희 님, 깨어나셨군요"(71쪽)라는 간호사의 말과 함께 꿈에서 깨어난 그는 "쉬지 않고 쏟아져 들어오는 무거운 상자들에 부딪쳐 온몸이 멍투성이가 되"(76쪽)던 현실의 기억으로 되돌아온다. 코로나로 인한 죽음의 위험에서 풀려난 그를 기다리는 것은 "무섭게 돌진해 오는 컨베이어벨트 위로 상자들은 숨 가쁘게 쏟아져 들어왔고 채워도 채워도 빈 탑차는 계속 들어"(87쪽)오는 고된 작업 현장이다. 방호복 안에 갇혀 "하루에도 몇 번이나 씻고 또 씻고 소독하고 또 소독한 탓에 손은 허옇게 허물이 벗겨져 너덜너덜해"(78쪽)진 간호사 S의 현실 역시 컨베이어벨트에 묶인 K의 현실과 다르지 않다. 코로나의 손아귀에서 풀려난 그가 맞닥뜨리게 되는 '진짜 현실'은 '게임처럼 즐겁게'라는 그의 모토와는 정반대인 '신 테트리스 게임'의 세계다. 작가는 그 세계를 다음과 같이 말하고 있다

잠시 후 그는 꿈인지 생시인지 모를 어슴푸레한 지대로 흘러 들어갔다. 자욱한 안개 속에 컨베이어벨트처럼 생긴 원형의 거대한 회전 장치가 돌아가고 있었고 자신도 그 위에 올라타 있었다. 친구, 이웃들과 함께였다. 모두들 그 벨트를 숙명으로 알고 있는 듯했다. (……) 벨트는 점점 더 가속도가 붙기 시작했다. 급기야 속도가 너무나 빨라져 도저히 감당할 수가 없는 지경에 이르렀다.(92쪽)

인용문에서 꿈인지 생시인지 모를 안개 속으로 표현된 K의 '진짜 현실'은 코로나의 현실인 동시에 "코로나보다 더 무서운 게 있다구요. 일을 하지 못하게 된다는 거요"(82쪽)라고 말할 수밖에 없는 현실이다. 척박한 현실을 살아내기 위해 허우적대는 사람들에게 코로나는 그 척박함을 가중시키는 요인일 뿐이다. 박찬순의 작품에서 코로나가 단순한 질병이나 일상을 위협하는 일시적 재앙을 넘어 인간 삶에 드리운 보다 근원적인 억압과 고통을 드러내기 위한 서사적 장치처럼 보이는 이유다.

삶을 짓누르는 보이지 않는 힘에 대한 인식은 여러 작품들에서 발견된다. 「아라크네의 후예들」은 그 힘을 거미줄의 이미지로 형상화한다. 거미줄은 소설 속에서 수타면 기술자인 '너'와 네트워커라 불리는, 일종의 다단계 일에 종사하는 너의 형의 삶을 옭아매는 현실의 메타포로 사용된다. 작품의 주인공을 '너'라고 부르는 작중화자 '나'는 "거미가 된 직녀 아라크네"(162쪽)다. 이 소설은 아라크네가 너와 너의 형 이야기를 들려주는 흥미로운 구성을 취하고 있다. 너와 너의 형을 아라크네의 시선에 포획된 인물들로 대상화한 서술 형식은 두 사람이 거미줄에 걸린 벌레와도 같은 존재임을 암시하는 역할을 한다. 어린 시절 '거미줄을 거미의 예술작품'이라며 감탄하던 형과 거미줄에 공포를 느끼며 거미줄이 걸린 나

무릎 도끼로 찍기까지 하던 너, 성인이 되어서는 코로나로 인해 네트워크 사업의 위기를 맞고 결국 젊은 나이에 죽음을 맞게 되는 형과 수타면 기술로 근근이 생계를 이어가며 "네 손으로 뽑은 수타면이 철제 그물이 되어 네 몸을 덮치던 장면"(178쪽)에 시달리는 너, 모두가 거미에 먹히는 벌레의 운명을 피해 갈 수 없다는 것이 이 소설의 메시지다. 이 소설뿐만 아니라 소설집에 등장하는 인물들 중 거미줄로부터 자유로운 인물은 없다. 따지고 보면 코로나 또한 전 세계 사람들의 삶을 옭아맨 거미줄 같은 것이 아니었는가?

구의역과 이태원에서 일어난 참사를 다룬 작품들의 경우는 어떤가? 「팽이 돌리는 소년」은 뉴스를 통해 전해진 사실들과 작가의 상상력을 섞어 구의역에서 죽어간 한 청년 노동자의 삶을 입체적으로 재구성한 작품이다. 청년이 배낭 안에 컵라면을 넣고 다녔다거나 대학 가려고 돈을 모았다는 것은 뉴스를 통해 보도된 사실이지만 그가 어린 시절 돌리던 팽이에 대한 기억, 길에서 대학 간 친구를 만나 느꼈던 감정, 죽음의 순간 그를 사로잡았던 생각 등은 뉴스 밖의 영역에 속하는 것이다. 어린 시절 그는 할아버지가 만들어준 "채로 때리면 오래도록 멈추지 않고 잘도"(130쪽) 도는 팽이를 신바람 나게 돌리며 놀았지만, 청년이 된 지금은 "서울 시내 지하철을 뱅뱅 돌고 있는 내가 꼭 그 팽이 신세인 것만 같다"(131쪽)고 느낀다. 팽이 또한 컨베이어벨트나 거미줄, 「끝없이 나선형으로

나 있는」의 나선형 등과 마찬가지로 작중인물들의 삶과 죽음이 그들의 의지가 아닌 외부의 힘에 의해 강제된 것임을 암시하는 역할을 한다. 네트워크가 네트워크 노동자를 죽음으로 내몰고 스크린도어가 스크린도어 노동자를 죽음으로 몰아가는 현실에서 인간은 채를 맞으며 쉴 새 없이 돌아가는 팽이의 운명과 다르지 않다.

한 청년 노동자가 스크린도어에 끼인 채 참혹한 죽음을 맞았다면 159명에 이르는 청년들은 사람들 사이에 긴 상태로 참혹하게 죽어갔다. 「네가 떠난 그 자리에서」는 최근에 일어난 이 고통스러운 참사를 나와 나의 이란 친구 라일라의 이야기로 재현해낸다. 참사에서 겨우 살아남아 병원 치료를 받고 있는 '나'가 참사 희생자인 라일라를 기억하는 형식으로 진행되는 이 소설에서 나를 괴롭게 하는 것은 친구의 죽음만이 아니다. 나를 괴롭히는 또 다른 현실은 참사의 책임을 이태원에 갔던 청년들에게로 돌리는 주변 사람들의 비난 어린 시선이다. "미친 녀석. 미쳐도 단단히 미쳤지. 남의 나라 귀신 놀이에 뭐가 좋다고 달려갔다가 이 지경을 당하누. 남들 보기 창피해서 원, 어디다 말도 못하겠다"(42쪽)는 아버지의 비난은 참사 이후 쏟아진 사람들의 반응 중 가장 혹독하고 잔인한 것이었을 것이다. 피해의 책임을 피해를 당한 사람들에게로 돌리는 인식은 사회적 약자를 대하는 우리 사회의 매우 오래된 폐습 중 하나다. 내가 라일라의 아버지 역시 "그렇게 한국, 한국 노랠 부르더니만. 내가 뜯어말릴 때 그냥 제 땅에 죽 치고 엎드려 있었어야지. 서울 가면 무슨 뾰족한 수가 난다 고, 얼빠진 녀석"(43쪽)이라고 말할 것이라고 예상하는 장면 또한 내가 겪은 아버지의 반응의 연장선에 있을 것이다. 나는 꿈속에서 아버지가 자신의 시신을 붙들고 우는 모습을 보며 이태원 축제에서 라일라에게 들려주려 연습했던 마녀의 웃음 소리를 떠올린다. 그러면서 이 마녀의 웃음소리로 "온갖 못 된 악령들과 오랜 편견과 모든 추문까지도 모조리 쫓아버리 기를"(59쪽) 간절히 원한다. 작가는 이러한 나의 모습을 통해 왜곡된 2차 가해로 인해 참사 피해자들이 겪는 고통이 얼마 나 큰 것인지를 보여주려 했을 것이다.

이와 달리 「팽이 돌리는 소년」에는 'K가 나다'라고 말하며 구의역을 찾아 K의 죽음에 대한 애도에 동참하는 청년들이 등장한다. 이 차이는 아마도 두 사건이 일어났을 당시의 실 제 현실을 반영한 결과일 것이다. 그러나 이 작품에서 작가는 애도의 행렬에 동참한 청년이 중산층의 안온한 가정에서 성 장한 자신을 바라보며 "내가 K가 아닌 것을 이토록 다행으로 여기며 안도하는"(152쪽) 모습을 통해 애도의 마음으로는 넘 어설 수 없는 현실의 엄연한 계층적 한계 또한 보여준다. 두 작품 모두에 우리의 현실 속에 도사린 끈질긴 벽과 편견들에 대한 작가의 우울한 성찰이 담겨 있는 것이다.

3. 하수오, 그리고 콩고 강물의 꽃향기

답답하고 우울한 현실을 보여주면서도 작가는 그 속에서 삶의 의미를 찾으려 애쓰는 인물들의 노력을 이야기 속에 틈틈이 끼워놓는다. 「탈출」은 과거, 현재, 미래라는 시간적 배치를 바탕으로 탈출을 꿈꾸는 여주인공의 동선을 따라가는 소설이다. 도쿄에서 열린 국문학 세미나에 참석한 나는 일제 강점기에 건설 현장 노동자로 일했던 할아버지와 염상섭이 쓴 「숙박기」의 주인공 변창수, 박태원의 「반년간」의 주인공 철수 등의 행적들을 떠올리며 도쿄 외곽에 있는 닛포리를 배회한다. 자기 안에 드리운 과거의 그림자를 좇아 식민지 시대 인물들의 행적을 찾아다니며 "깊은 비애감만 느"(272쪽)낄 뿐인 그녀는 "탈출을 원하면서도 한편으로는 잡혀 있고 싶어 하는 이율배반적인 심정으로 닛포리에 머물"(270쪽)다 결국 소설 『설국』의 무대인 유자와라는 도시로의 탈출을 감행한다. 그리고 그곳에서 가상현실 프로그래머로 일하는 일본인을 만나게 된다. 그녀로 하여금 닛포리를 배회하게 했던 과거 못지않게 일본인으로부터 듣게 된 가상현실의 미래 또한 "증강현실 안경만 벗으면 외롭고 초라한 자기 자신으로 돌아"(283쪽)올 수밖에 없으며, 디지털 중독을 해독하기 위해 또 다른 디지털 프로그램을 개발해야 하는 세계다. 작가는 과거와 미래를 한 소설 안에 담는 이러한 방식을 통해 과거만큼이나 미래 또한 탈출이 불가능한 현실일 것임을 말하고 있는 것일까?

그렇다면 박찬순의 인물들은 어떤 방식으로 이 탈출 불가능한 현실을 견디고 있는가? 우리는 그 견딤의 방식을 화해와 연대라는 이름으로 요약할 수 있을 것이다. 코로나가 번지던 초기의 대구시를 배경으로 한 「황금소로」는 주인공인 소희가 마스크를 사려는 행렬 속에서 오래전 그녀의 연인이었던 Y를 보게 된 후 그와 함께 다녔던 추억의 장소들을 배회하며 과거를 회상하는 이야기다. 그녀는 수배 받아 쫓기던 Y를 위험을 무릅쓰고 숨겨주었지만 그녀와 신분이 달랐던 Y는 그녀를 떠나고, 이후 그녀는 신문을 통해 그가 성공한 삶을 살아왔음을 알게 된다. 그러나 마스크 행렬에서 마주친 그의 "폭삭 삭은 얼굴과 구부정한 어깨"(296쪽)는 그가 살아온 또 다른 시간을 짐작게 한다. 과거의 기억들을 배회하는 동안 그녀는 어린 시절 대구의 피난지에서 함께 살던 그의 다정했던 모습을 떠올리며 "어려서는 피난 시절의 친구였고, 자라서는 유쾌한 연인이었던 한 평범한 인간. 때론 실수도 하고 그것으로 해서 고통도 받았을, 하지만 그 시절의 순수함에는 티끌만큼의 흠결도 없었던"(319쪽)이라는 말로 Y와 Y로 인해 받았던 자신의 상처와 화해한다. 「죽은 자의 향기」나 「바람의 노래」 역시 여주인공들이 코로나로 사망한 남편의 장례를 치르거나 치매에 걸린 언니를 돌보며 자신의 지나온 삶과 화해하는 이야기라 할 수 있다.

이들 작품이 주인공들이 타자와의 오랜 관계 속에서 받았던 상처와 화해하는 이야기라면, 「하수오」나 「검은 모나리자」는 나와 생면부지의 타인을 잇는 어떤 연대의 정서를 이야기하는 소설들이다. 「하수오」에서 섬을 찾은 여주인공은 그곳에서 "노란색도 갈색도 붉은색도 아닌, 여러 가지 색이 뒤섞여 무어라 형용하기 어려운 복합적인"(211쪽) 피부색을 가진 민박 주인을 만나게 된다. 그녀는 자신이 살아온 도시적 삶과 완전히 다른 피부색을 가진 이 남자에게서 물범이나 산에서 방금 캔 하수오를 닮은 야생의 기운을 느낀다. "말 못할 고통과 쓰라림이 함께 곁들여 있"(229쪽)는 그의 피부색을 보며 그에게 "고귀하신 육지 손님"(228쪽)이라 불리는 그녀는 괴리감과 부끄러움을 동시에 느낀다. 그녀가 이곳에서 만난 것은 도시에서 상상했던 낭만적 섬이 아닌, 오직 살아남기 위한 척박한 그러나 눈부신 야생의 삶이다. 그녀는 그녀가 이 섬의 "하나뿐인 특산물"(229쪽)이라고 말하는 그의 피부색에서 "섬을 태워버릴 듯 무섭게 내리쬐었을 따가운 태양, 그가 어릴 때부터 들어가 뒹굴었을 사곳의 부드러운 비단 모래 해변"(212쪽)의 자연과 그 속에서 맨몸으로 부딪혀왔을 삶을 본다. 그 척박하고도 원시적인 삶에 대해 그녀는 "내 몸의 미세한 세포들이 오래도록 뭔가를 갈구해왔"(220쪽)다고 말하거나, 그가 숲에서 캐내준 하수오를 바라보며 "나는 손에 괴이

하게 생긴 덩이뿌리를 들고 서 있었고 여기까지 오는 데 거의 사십 년이 걸렸다"(231쪽)고 말한다.

「검은 모나리자」역시 생면부지의 타인을 통해 삶의 새로운 의미와 용기를 얻게 되는 여주인공의 이야기다. 코로나에 걸린 소설가의 대필 제안을 받아 파리에 온 주인공 희진은 코로나로 인해 오히려 새로운 일거리를 얻게 된 케이스다. 그러나 그녀는 일을 하던 도중 신용카드를 도난당해 오도 가도 못하는 불운을 맞게 되고 그 과정에서 파리의 한식당에서 배달 아르바이트를 하는 콩고 출신의 소년 아둠을 알게 된다. 그녀는 아둠의 소개로 함께 배달 아르바이트를 하며 불운이 가져온 상실감에서 서서히 벗어난다. 아둠을 알게 된 후 무엇보다 그녀에게 깊은 영향을 준 것은 화가를 꿈꾸는 아둠이 그린 '검은 모나리자'라는 그림이다. 모나리자의 얼굴을 흑인으로 바꾼 이 그림을 아둠은 "그냥 엄마랑 동네 아주머니들"(15쪽)을 그린 것이라고 말한다. 그러면서 자신이 살던 콩고의 동네 강물에서 나는 꽃향기에 대한 얘기를 들려준다. 아둠은 파리에서 자전거 사고로 이마를 다쳤을 때도 하나도 아프지 않았다며 이 꽃향기가 자신을 지켜주었다고 말한다. 아둠이 동네 강물에서 꽃향기가 난다는 사실을 알게 된 것은 그의 마을을 찾았던 어느 화가에 의해서다. 화가는 아둠의 마을에서 꽃향기를 발견하고 그에게 감화를 받은 아둠은 마을의 삶을 화폭에 담는다. 삶이 예술이 되고 예술이 삶이 되는 어떤 순환이 꽃향기 안에는 담겨 있다. 아둠이 말한 콩고 강물의 꽃향기는 "도 저히 '거부할 수 없는' 꽃향기"(36쪽)로 희진에게 이어져 두 사람이 이국에서의 삶을 함께 견디는 연대의 고리가 된다.

작가는 이 작품을 소설집을 여는 첫 작품으로 배치했다. 우 연이었을까? 거미줄이 옭아매는 것이라면 꽃향기는 퍼져가 는 것이다. 이 글을 맺으며 작가는 거미줄의 세계로 우리를 안내하기 전, 그 현실을 견디게 해줄 꽃향기에 대한 이야기를 먼저 들려주고 싶었던 것이 아니었을까 생각해본다. 실은 우 리가 문학작품을 읽으며 작가가 들려주는 타인의 고통에 감 응하는 순간들이야말로 문학이 선물하는 가장 아름다운 꽃향 기가 아닐까라는 생각과 함께.

그해 겨울의 어느 날, 어둠이 내린 파리 거리에는 비가 추적추적 내리고 있었다. 브뤼셀에서의 북토킹을 끝내고 청탁받은 기행문의 취재를 위해 리옹에 갔다가 돌아오는 길. 주머니를 털린 데다 숙소로 가는 길마저 잃어버렸다. 비슷비슷해 보이는 주택가 골목길을 몇십 분째나 헤매고 다녔는지. 그때 뒤에서 따르릉 소리를 내며 다가오던 자전거 소년. 길을 묻자 마침 그쪽으로 배달 가는 중이라고 했다. 내 걸음에 맞춰 천천히 돌아가던 그의 바퀴는 십여 분 만에 민박집 문 앞에 이르렀다. 덕분에 알게 된 한식당과 소년의 사연. 그날 비오는 파리의 밤거리에서 소설 「검은 모나리자」는 시작되었다.

그보다 앞서 브뤼셀에서 열린 한국문학 북토킹. 팬데믹의 한가운데에서 불안한 마음으로 발걸음을 했었다. 하지만 악기박물관에서 비올라 다 감바를 옆에 두고 열린 낭독회는 새로운 바이러스의 공포를 잊게 하기에 충분했다. 눈으로는 「암스테르담행 완행열차」의 불어 번역본을 읽으며, 귀로는 한국어 낭독을 듣던 독자들. 아직도 잊을 수가 없다. 숨소리 하나 들리지 않던 그 몰입과 고요의 순간을. 그것은 나그네로서 초콜릿과 맥주, 다이아몬드 세공과 같은 그 나라 명품 목록에 보태고 싶었던 순정한 문학적 열기였다.

거기에 무엇보다 놀라운 광경이 파리에서 벌어졌다. 전시관을 빼곡히 메운 채 모나리자 앞에 경배하는 듯한 자세로 서서 좀체 발길을 돌리지 못하던, 전 세계에서 몰려온 관람객들. 한 달간의 취재를 끝내고 돌아오는 길, 머릿속을 스치던 예감.

'위기의 시대에도 아름다움을 향한 그리움을 포기하지 않는 사람들, 보다 높은 곳을 바라보는 이들이 있는 한 인간은 결국 어떤 고난이든 극복하리라'는.

눈길을 안으로 돌려보아도 지난 3년간, 참으로 많은 고통이 있었다. 거리두기 여파로 생업이 위태로워졌던 사람들, 사상 초유의 '국가주도의 장례'라는 고독하고도 처절한 절차를 치러야 했던 유족들, 밀려드는 환자에 숨 돌릴 틈조차 없었던 의료진들, 소독약에 헐은 손과 극심한 과로로 항상 충혈되어 있었던 눈. 하지만 그들이 결코 절망에만 머무르지 않았음을 소설 속 주인공들은 보여준다.

그리고 지난해 시월에 일어난 이태원 참사. 무슨 말을 더 보태겠는가. 청명한 가을날, 졸지에 수많은 풋풋한 생명들을 떠나보낸 그 골목이 뉴스 화면에 비칠 때마다 내 몸은 움찔거렸다. 그곳에 뭔가가 어른거리는 듯했다. 그들이 떠난 자리에서 일어날, 시대와 세대, 모든 경계를 뛰어넘을 어떤 새로운 꿈틀거림이.

어려운 시기, 현지 독자와의 만남을 주선해준 브뤼셀 한국문화원의 김재환 원장님, 취재에 살뜰한 도움을 준 런던의 미술사학자 장미선 선생님, 두 분이 있어 이 책은 가능했다.

부족한 책을 출간해주신 도서출판 강의 정홍수 대표님과 이명주 편집자께도 마음 깊은 곳으로부터 감사를 드린다.

물의 소리 철썩이는 덕소 강변에서
2023년 5월

수록 작품 발표 지면

검은 모나리자 _미발표작

네가 떠난 그 자리에서 _미발표작

신 테트리스 게임 _『문학의오늘』 2021년 가을호

끝없이 나선형으로 나 있는 _『문학나무』 2019년 봄호

팽이 돌리는 소년 _『문학에스프리』 2021년 겨울호

아라크네의 후예들 _『한번 날아보구 싶어라 하룻강아지 범 무서운 줄 모르고』 도요, 2015

죽은 자의 향기 _『한국소설』 2021년 12월호

하수오 _『문학에스프리』 2023년 봄호

바람의 노래 _『실천문학』 2022년 겨울호

탈출 _『문학무크 소설』 2019년 5호

황금소로 _『문학나무』 2021년 여름호